流転の中将

奥山景布子

PHP
文芸文庫

○本表紙デザイン＋ロゴ＝川上成夫

流転の中将

目次

流転の中将

序　開陽丸

慶応四年（一八六八）一月六日夕刻　大坂

松平定敬《さだあき》は、二十三歳の初春を大坂城で迎えていた。

「桑名中将《くわなちゅうじょう》さま。上さまがお召しでございます」

徳川慶喜《よしのぶ》からの呼び出しが告げられた。予期していたとおりである。

「御意《ぎょい》。即刻、参上仕《つかまつ》る」

「極秘の要件ゆえ、お一人で密かにとの仰《おお》せです」

「承った」

廊下を歩きながら、胸が高鳴るのを感じた。

――いよいよだな。

桑名藩主、左近衛権中将《さこんえごんの》、越中守《えっちゅうのかみ》。

いくつもある己の呼称、肩書き。ほんのひと月前にはもう一つ、「京都所司代」というのがあった。

王城をいただく京を守る所司代は、慶長《けいちょう》五年（一六〇〇）に奥平信昌《おくだいらのぶまさ》が任ぜられて以来、定敬で歴代五十六名を数える。この中で「中将」の官位を持つ者は定敬だけであることから、いつしか京では「桑名中将」の名で呼ばれることが多くなっていた。

十九歳でこの重責に任じられてから三年余。誇り高き所司代の座は、王政復古の大号令とともに奪われた。時を同じくして京からもまるで追われるように退《しりぞ》くことになり、定敬は未《いま》だ、己の置かれた今の状況を得心できずにいる。

――なぜ、向こうが錦《にしき》の御旗《みはた》を掲げているのか。

卑怯《ひきょう》なやり口で朝廷に取り入り、徳川家に取って代わろうとしている薩摩《さつま》藩。改めて、胸に怒りがふつふつとこみ上げてくる。

将軍慶喜――定敬が所司代を免ぜられるのと同様に、慶喜も第十五代征夷大将軍の座を追われたから、前将軍と言うべきなのかもしれないが、むろんそれも、定敬はまったく得心していない――は、この元日に薩摩と全面対決する姿勢を明らかにし、三日にはついに鳥羽《とば》と伏見《ふしみ》で戦闘の火蓋《ひぶた》が切られた。

薩摩の軍備が手強《てごわ》いことは覚悟していたから、戦況の厳しさは予期していた範囲内だったが、向こうが錦の御旗を掲げているというのはどう考えても受け入れがたい話だった。

と言っても、定敬はまだこの目でその旗を見たわけではない。ただ噂は瞬《またた》く間に大坂城内を駆け巡り、会津や桑名をはじめとする在坂、在京の諸藩の侍たちの動揺に大きく火を点《つ》けていた。

――上さまは、ついにご決断なされたか。

定敬は、昨日の朝に聴いた慶喜の朗々とした声を思い出していた。

「……ついに来るべき時は来た。たとえ千騎が討たれ、一騎になろうとも、決して退《ひ》いてはならぬ。万が一、大坂が奪われても、江戸があり、また水戸もある。明朝には余が自ら指揮をとる」

老中らを前に、慶喜は高らかにこう宣言した。さすれば、この呼び出しはきっと決戦の陣立てに関するご下命であろうと思うと、思わず背筋が伸びる。

「越中守、参上仕りました」

「入れ」

御前へ進み出て、兄で、やはりひと月前に京都守護職の任を解かれた会津藩主、松平肥後守《ひごのかみ》容保《かたもり》の姿がないのを、定敬は不審に思った。先に来ているものとばかり思っていたのだが。

――またご体調を崩されているのだろうか。

重なる心労のためか、容保は近頃、臥《ふ》せっていることが度々《たびたび》ある。

「余はこれからここを脱出する。そちは肥後守と共に随行《ずいこう》せよ」

定敬は耳を疑った。

「何をぐずぐずしておる。さっさと肥後守を呼んでまいれ。良いか、くれぐれも他言は無用、誰にも言わずに、即刻二人だけでここへ帰参せよ。主命である」

慶喜はそれだけ言うとぷいと背を向けてしまった。問答無用ということらしい。

――脱出？

この大坂城を出て、どこへ、何をしに行くというのか。

ともかく、容保に来てもらうしかない。

控えの間に向かうと、廊下で警護をしていた会津藩士が定敬に気付いて平伏しようとした。

「そのままで良い。宰相《さいしょう》さまはおいでか」

小さく咳払《せきばら》いをして襖《ふすま》を開けると、会津宰相――参議の官位による呼称である――容保は青い顔で脇息《きょうそく》に身体《からだ》を預けるように座っていた。

定敬の顔を見て、容保が察しよく人払いをしてくれたので、兄弟だけの密談となった。

「兄上。上さまが、内密ですぐ参れと仰せです」

「上さまが。そうか、いよいよ決戦、籠城《ろうじょう》のお覚悟か」

「それが、どうもそうではないようなのです」

「そうではない？」

「ともかく、おいでくださいますか」

容保は訝《いぶか》しげな顔をしながらもすぐに立ち上がった。その足取りの確かさに、定敬はいくらか安堵《あんど》したが、慶喜との対面は、思いも寄らない事態を引き起こした。

「先ほど越中に申し伝えたとおりだ。今晩、ここを出る。供をせよ」

「なにゆえですか。ここは天下の大坂城ですぞ。今集結している諸藩の力を以《もっ》てすれば、ひと月でもふた月でも籠城が叶いましょう。交渉なり、態勢を万全にしての決戦なり、ここにお留《とど》まりあって、お力を」

容保は形の良い顎《あご》を震わせながら慶喜に翻意《ほんい》を促した。

「それはできぬ」

「なにゆえでございましょう」

「できぬと言ったらできぬのだ」

「しかし」

「やかましい。それ以上言うのは僭越《せんえつ》であろう」

慶喜は、持っていた扇子《せんす》をぴしゃりと手で打ち鳴らした。

「しかし、これから出るとなれば。今から下知《げち》していては、藩士たちの準備は」

「誰が家臣たちまで連れて行くと言った。そなたら二人だけで参れと言うておる。早々に、身支度《みじたく》だけ調《ととの》えてくるがよい。ああ、くれぐれも、他の者に悟られるなよ」

慶喜は眉間《みけん》に蝶《ちょう》のような皺《しわ》を深く刻みながら告げた。

「しかし、せめて家中の誰かには知らせておきませぬと」

容保の言うとおりだ。今もし、この三人がいきなり姿を消せば、おそらく二万は下らぬ在坂中の諸藩の侍たちは混乱し、大坂城は怨嗟《えんさ》と阿鼻《あび》叫喚《きょうかん》であふれるだろう。

「ならぬ。さようなことをして、企《くわだ》てが漏れたらすべてが水の泡になる。そうでなくとも、そなたらの家中は血気盛んだ。いらぬ誤解や動揺を絶対に招かぬという自信があるのか。昨夜から余が苦心してきたことを、絶対に潰さぬと誓《ちか》えるか」

こうすごまれてしまうと、容保も定敬もそれでもとは言いづらい。

「ともかく、誰にも告げず、余の供をする支度を調えよ」

「ですが」

「まだ申すか。これは主命であるぞ」

――かまいたちだ。

定敬は思わず己のこめかみのあたりに手をやってしまった。痛みを感じたような気がしたからだ。

謡《うたい》をたしなむ慶喜は、声がよく通る。のみならず、その声には時折、予告も容赦もなく、いきなり人の肌を鋭く切り裂く殺気のごときものが感じられることがあり、定敬はそれを密かに〝かまいたち〟と名付けて畏怖《いふ》していた。

こめかみから血は出ていないが、鋭い刃物で斬りつけられたような薄ら寒さは消えなかった。

「ならば、ならばせめて、どこへ行くのかだけでもお教えください。それによって、身ごしらえも変わってきましょう」

兄がなお食い下がった。その言はやはり、定敬の胸中にある思いと同じだった。慶喜の命令は、「その先どうなるのか、どうするつもりか」が不明で、戸惑うことがよくある。

「支度は簡単で良い。船に乗るのだ」

大坂湾には今、幕府の軍艦四隻《せき》が、輸送船一隻を伴って碇泊《ていはく》しているという。

――いったん江戸へ行って、軍備を増強しようというお考えか。

ずいぶん慎重だ。さっき容保も言ったとおり、大坂城の堅固な造りと、集結する諸藩の力を考えれば、ひと月でもふた月でも籠城して十分戦えると思うのだが、どうやら慶喜の考えは違うらしい。

――それにしても、せめて服部《はっとり》には告げていきたいが。

桑名藩の惣宰《そうさい》――以前は家老と言っていたが、昨年、家中の職制を改めてのちはこう呼んでいる――は四名で、そのうちの一人、服部半蔵《はんぞう》が大坂にいる。ほぼ同年配の服部は、定敬にとって貴重な相談相手だ。

しかし、服部も人一倍、忠義者だ。薩長への怒りも激しく、今この計画を聞けば、慶喜の真意を命がけで問うくらいのことはしかねない。

――やむを得ぬ。

定敬と容保は、家臣たちに気付かれぬよう、最低限の身支度だけ調えて、改めて慶喜のもとへ戻った。

見れば、参集しているのは老中の板倉勝静《かつきよ》、酒井忠惇《さかいただとし》、外国総奉行の山口直毅《なおき》、大目付《おおめつけ》の戸川安愛《とがわやすなる》など、ごくわずかである。

「上さま。出陣の号令にお出ましねがいたいと、大勢の者が広間に詰めかけておりますが」

そう申し出てきたのは陸軍奉行の浅野氏祐《うじすけ》である。

「分かった。では〝これより直《ただ》ちに出馬する。皆それぞれの持ち場に着くように〟

と下知いたせ」

浅野は困惑げな表情を浮かべ、あいまいにうなずいてから、踵《きびす》を返した。

これから城を出ようというのだから、この言葉はまるっきり嘘だ。浅野が慶喜の企みを知っているのか、それとも知らずにいるのか、定敬には読み取れなかった。

板倉がつと立ち上がり、浅野の後を追ったようだったが、すぐに帰ってきた。

四ツ（午後十時）を告げる太鼓が聞こえる。夜はとっくに更《ふ》けていた。

誰も口を開く者はいない。

どれほど経ったか、ようやく慶喜がぼそりと告げた。

「では、参るぞ。先導いたせ」

先頭に立って歩き出したのは山口だった。人気《ひとけ》や灯《あか》りを避け、闇を辿《たど》る、ひっそりとした足取りだ。

――よくもあのように。

慶喜が平然と人を欺《あざむ》く場面はこれまでも何度か目にしてきたが、そのたびごとに驚かされる。

――今頃、皆、今か今かと上さまの号令を待っているだろうに。

重くなる足をどうにか運んで、やっとたどり着いたのは京橋口の裏門だった。

「待たれよ」

闇に蠢《うごめ》く影を、衛兵は見逃さなかったようだ。定敬はごくりと唾《つば》を飲み込んだ。

「どちらの方々か」

「御小姓《おこしょう》の交代です」

山口の声は冷静だった。

「ご苦労さまです」

衛兵はそれ以上詮索《せんさく》しようとはしなかった。

八軒家浜《はちけんやはま》の船着場には、すでに苫舟《とまぶね》が用意されていた。一行が無言で乗り込むと、やがて舟は天保山《てんぽうざん》沖へと漕ぎ出していった。

――ずいぶん、船がいるな。

暗闇に、船の灯りがいくつも見える。冷たい海風が幾度も頬を刺した。

「開陽丸《かいようまる》はどれだ」

慶喜が問うたが、誰も答えられる者はいない。定敬と容保が顔を見合わせていると、高波が舟の舷側をどんとあおった。

「うわっ」

声を上げたのは、板倉か、酒井か。

「上さま、だいじょうぶです。まずはあの船に乗りますから」

山口が、一番岸近くに碇泊している大船を指差した。

「アメリカの砲艦です。公使に頼んで、艦長への紹介状を用意しておきました」

こちらの苫舟が近づくと、艦から西洋式の小舟が下ろされ、しばしのやりとりの後、一行は乗船を促された。

——どういうことなのだ。かような手はずまで整っているとは。

これまで幕府の軍備に手を貸していたのは、主にフランスだったはずだ。アメリカも幕府に味方してくれるというのだろうか。ならば心強いが。

時折聞こえる船員たちの話し声は、まるで聞き取れない。船の名がイロクォイであることが辛《かろ》うじて分かって、妙な響きだと思っただけである。

やがて空と山の稜線との境界が微《かす》かに白《しら》み始めた頃、西洋式の小舟——ボオトと言うらしい——が山口を乗せて、別の艦に漕ぎ寄せていった。

——あれが開陽丸か。

定敬は、海路を使って上洛した、先代の将軍家茂《いえもち》のことを思い出した。あの時の船は確か翔鶴丸《しょうかくまる》だったか。

思えば家茂が京に滞在する際の警護を命じられたのが、定敬と京との縁である。

——まさかかような日が来ようとは。

同い歳だった家茂には何かと目をかけてもらい、親しみも感じていた。三度目の上洛に当たっては、大坂で出迎えの役をつとめた。

亡くなったのは一昨年の秋だが、まるで遠い昔のように思われる。

近づいていった小舟は、しばらく経つと、別の小舟を連れて戻ってきた。

「これは……」

イロクォイ号に慶喜をはじめ容保、定敬ら、大坂城にいるはずの幕府要人が幾人も乗船しているのを見て、開陽丸の副艦長、澤太郎左衛門《さわたろうざえもん》が目を白黒させて仰天《ぎようてん》している。

艦長の榎本武揚《えのもとたけあき》は公用で上陸していて不在だという。

澤の指図で、一行が開陽丸に乗り移ると、後を追うようにもう一艘《そう》、舟が姿を見せた。乗っていたのは慶喜の御側御用取次《おそばごようとりつぎ》をつとめる室賀正容《むろがまさかた》で、どうやら身の回りの世話をさせるため、奥づとめの者たちを何人か連れてきたらしい。

「あの、これはいったい」

澤が当惑している様子を、定敬は気の毒に思いながら見た。容保も押し黙っている。

慶喜はというと、当たり前のように我が物顔で艦長室を占領し、さらに船の様々な装備を動かしてみせよと命じたり、近くを航行する異国船の動きについて澤を質問攻めにしたりしている。

――今頃大坂城はどうなっているだろう。

いきなりいなくなった将軍、藩主。江戸へ態勢を立て直しに行ったものと、前向きに推し量ってくれる者がどれほどあるだろうか。裏切られた、見捨てられたと落胆し、切腹に走る者もいるのではなかろうか。

今からでも引き返したい——容保と定敬がそう思っていることは慶喜もよく分かっていたようで、「そなたらは船室で休んでおれ」と体《てい》よく押し込められてしまった。

どれくらい時が経ったのだろう。

船室の小さな窓から見える景色からは、どう見ても、船が明らかに同じところをぐるぐると回っているとしか思えず、江戸へ向けて出航するようには見えない。

そっと艦長室の様子を探りに行ってみると、慶喜の鋭い声に交じって、ぼそぼそと板倉と澤らしき声がする。

「ともかく、すぐに江戸へ行けというのだ」

「そう仰せられましても」

澤は、突然姿を見せた慶喜ら一行について、あくまで軍艦の様子を視察に来たものと思っていたらしい。

開陽丸は大坂の海上警備の要《かなめ》である。この湾を離れている間に、薩摩や長州が船で乗り込んできたらどうなるか。今は国際法に従って粛々《しゆくしゆく》と航行している諸外国の船も、非常事態になればいかなる動きを見せるか分からない。艦長の榎本が戻るまでは、さような命令に従うわけにはいかない——澤は理路整然と、かつ、必死に述べたてて抵抗したが、やはり〝上さま〟の威光には勝てなかったらしく、八日の夜になると、船の動きが明らかに変わり始めた。

「おい、今の、子どもの声じゃないか」

容保が訝しげに、柳のような眉を寄せて呟《つぶや》いた。

「兄上もそう思いますか。某《それがし》も、どうも妙な気配がすると思っていたのですが」

声がするのは、明らかに艦長室——慶喜の御座所の方である。

——幕府の軍艦に子どもの声なんて。

二人とも、心痛のあまりに感覚がおかしくなったのだろうか。狐狸妖怪《こりようかい》など信じてはおらぬが、もしさようなものに誑《たぶら》かされているというのなら、いっそこの状況すべてが夢幻《ゆめまぼろし》であってもらいたい。

声の主《ぬし》はやがて知れた。

「兄上。いくらなんでもあれはひどい。いつの間に。斬り殺してやる」

「まあ、そう怒るな」

容保は苦笑いをしながら、怒りに震えている定敬の肩を軽く叩き、ため息を吐《つ》いた。

「ああいうお方だ。それに、権現《ごんげん》さまが幕府を開く前、日の本全土《ひのもと》が乱世であった頃は、軍陣に側女《そばめ》を伴っていくことも、珍しくなかったというではないか」

「しかし……」

子どもの声ではなく、明らかに慶喜のお手つきと思《おぼ》しい、若い町娘の嬌声《きょうせい》だったのだ。

大坂城に置いて行かれた者たちが、この有様を知ったらなんと思うだろう。

アメリカの砲艦で待機している時に板倉から聞いたのだが、「広間に大勢が詰めかけている」と告げに来た陸軍奉行の浅野氏祐は、すでに慶喜の企みを承知していたらしい。あのとき板倉が浅野を追って行ったのは、「残った者で早まって切腹しようとする者がいたら諫《いさ》めて止めてくれ」と伝えるためであったのだという。

――老中どのもお気の毒だ。

板倉勝静の兄は先々代の桑名藩主、松平定和《さだかず》である。弟の勝静は板倉家に婿養子として入り、備中《びっちゅう》松山藩主の座についた。

――そういえば、皆養子だな。

勝静に自分、兄の容保、それに慶喜もそうだ。

「養子の責は重いぞ。何かあれば、家臣たちはすぐそっぽを向いて、他の者とすげ替えようとする。心して参れ」――十四歳で養子が決まった時、父である美濃高須《みのたかす》藩主、松平義建《よしたつ》に言われたことを思い出す。容保と定敬、二人の息子の現状を、彼岸の父は今どう見ているのだろう。

——これで本当に、江戸で態勢を整えたりできるのだろうか。

再び薩長と対峙《たいじ》し、「帝《みかど》の玉体《ぎょくたい》を守り、日の本を守るのは徳川家の役目である」と宣言し直すことが。

船の揺れが強くなり、身体が幾度も激しく揺さぶられる。

潮目《しおめ》か、それとも嵐か。

胸のうちに吹き荒れる不安をなんとかやり過ごそうと、定敬は狭い船室で横になり、じっと目を閉じた。

一　桑名の神籤《みくじ》

慶応四年（一八六八）一月十日　伊勢桑名

「殿さま、行ってらっしゃいまし」

「うむ」

酒井孫八郎《さかいまごはちろう》は、妻のりくに見送られ、急ぎ足で桑名城二の丸へと取って返した。

――かような正月になるとは。

藩主の定敬は、京都所司代を拝命してから三年余、この城に戻っていない。

藩士たちは江戸、京、桑名とおおよそ三ヶ所に散っていることになるが、やはり京へ行っている――今はおそらく、大坂城に詰めている――者が一番多い。

何かと人手の足りない桑名で、孫八郎は御勝手惣宰《おかってそうさい》――以前なら国家老と呼ばれたのだろう――として、国許のすべてに責めを負う立場にある。

忙しいのには慣れているが、まさかこの正月の三日から、眠る暇も満足に取れない事態に見舞われるとは、さすがに思ってもみなかった。

はじめに届いたのは、「将軍さまがついに討薩を表明されたので、ついては援軍を送ってほしい」との要請だった。孫八郎は、もう一人の重役、御政事惣宰の職にある沢采女《うねめ》と相談の上、すぐに一個中隊を派遣すると、川口番所の守衛の数を増やした。

「薩摩の者と思《おぼ》しき者、またさにあらずとも、少しでも不審な素振《そぶ》りのある者は必ず取り押さえよ」――この番所は東海道の桑名宿と宮宿とを結ぶ渡船場、いわゆる七里の渡しを監視する。孫八郎は薩摩に限らず、人馬の往来に目を光らせることにした。

それを皮切りに、京から続々と知らせが入る。断片的な報告はいずれも芳《かんば》しくない話ばかりだ。

――どうなっているのだ。

一昨日には、幕府方の手痛い敗戦の報がもたらされたが、その中で孫八郎が最も解《げ》せぬのが、「薩摩方に錦の御旗が掲げられている」という話だった。

「どういうことだ。将軍さまも、わが殿も、あれほど朝廷の信が篤《あつ》いのに、なぜ錦の御旗が、向こうに」

「分かりませぬ。皆混乱するばかりで」

報告のために帰参した宇田熊太郎《くまたろう》を問い詰めても、その点についてのはかばかしい答えは得られない。

――兄上は、書状を認《したた》めるゆとりもないのだろうか。

四名いる桑名藩の惣宰のうち、京で定敬の側《そば》にいるのは、軍事惣宰の服部半蔵のみである。半蔵は孫八郎の実の兄だ。

――もし錦の御旗が、本当に向こうにあるなら。

むしろこちらが朝敵扱いされていることになるではないか。そんな馬鹿なことがあるだろうか。

孫八郎は四年前にやはり定敬に随従《ずいじゅう》して、京へ行った時のことを思い出した。帝は定敬のみならず、孫八郎にもご尊顔を拝す機会を与えてくれたのだ。

雲行きが怪しくなってきたのは、その帝、孝明《こうめい》天皇が崩御《ほうぎょ》なされてからだ。代わって御位《みくらい》に即《つ》いた今上《きんじょう》の帝が幼いのを良いことに、巧《たく》みにつけ込んだ薩摩が朝廷での発言力を増し、慶喜や容保、定敬を京から締め出そうとしているのだろう。

「申し上げます」

様子が分からず苛立《いらだ》つ孫八郎の耳に、大坂から幾人目かの伝令の到着が知らされた。

「これを」

伝令が書状を取り出した。見慣れた筆の跡、兄半蔵の字である。

厳重に油紙で包んであるのをもどかしく解《ほど》き、急ぎ、目を走らせながら、孫八郎は己の顔、いや、総身から血の気が引いていくのが分かった。

……密かに軍艦開陽丸に乗船せられたる由《よし》……

よほど急いで書いたのだろう、ところどころ文字のかすれた兄の書状は、慶喜を筆頭に、容保、定敬ら、幕府方の重要人物が大坂城から姿を消してしまったこと、薩摩や、長州、土佐らの軍が「官軍」を名乗っているという情報があること、公家《くげ》の橋本実梁《さねやな》がそれらを率いて東海道を東へ向かっていること、おそらく桑名城を陥落させようとするつもりだろうとの兄の読みなども記されていた。

橋本実梁といえば、文久《ぶんきゅう》三年（一八六三）八月十八日の政変の折、一度は出仕差し止めの処分を受けた者のはずだ。昨年あたりからお許しが出たとは聞いていたが、それが「官軍」を率いて桑名城を「陥落」させようと向かっているとは。

――官軍……陥落……。

藩主定敬が誰一人供も連れず、誰にも告げずに開陽丸に乗ったというのは何より不審だが、それ以上に孫八郎に衝撃だったのは、「官軍」と「陥落」という二つの言葉だった。

「沢どの。すぐに総触れを」

「さ、さようですな」

ここは、藩士の総意を固めねばならぬ。

すでに日も暮れかかっているが、京から桑名まで、四日もあれば着いてしまう。橋本の率いる軍――「官軍」とはどうしても認めたくはない――がこの地に至るまでに、取るべき道を決める必要がある。

深夜近く、大広間に集まってきた家中の顔ぶれを見て、孫八郎は改めて今が非常時であることを思い知った。

大半を占めたのは、まだ月代《さかやき》の青さも抜けぬ若い藩士と、すでに隠居の身と思しき高齢者だった。

孫八郎は今年二十四歳。藩校や道場で見慣れた、自分と年回りの近い働き盛りの者はほとんど大坂か江戸に行っていて、ここにはいなかった。

たじろいでしまいそうになるのをぐっとこらえ、大広間に進み出る。

沢は孫八郎より二十ほど年長だが、日ごろからあまり弁の立つ方ではない。自然に譲られる形で、評議の口火を切ることになった。

「すでに伝え聞く者も多いと思うが、わが殿は将軍さまとともに大坂城から脱出、海路にて江戸へ向かわれた」

本当に江戸に向かったのかどうかについて、確証があるわけではなかった。異国へ渡ろうとしているのではないかという風評も報告されていたからだ。ただ、孫八郎としては、それはおそらく、薩摩がこちらを動揺させようとして流布《るふ》している妄言《もうげん》であろうと思っていた。

いくらなんでも、将軍や老中がいきなり江戸を捨ててしまうとは思えない。態勢を立て直すための脱出だ、そうであるべきだ。というのが、孫八郎の思いだった。

「残念ながら、ご叡慮《えいりよ》は今、薩摩にねじ曲げられている。よって、わが桑名領内にこれから、官軍を名乗る軍隊が侵入し、桑名城の奪取を企てる見通しである」

大広間がいっせいにどよめき、孫八郎は己の声が聞き取れぬほどである。

「静まれ。騒ぐでない」

やむを得ず、用意していた陣太鼓を二つ、打ち鳴らした。

「事は差し迫っておる。これからわが家中の取るべき途《みち》を、皆で考えてもらいたい。時が時であるゆえ、家格や職掌、席次に遠慮せず、存念を述べよ」

孫八郎がそう言うと、一人の若者がすぐに立ち上がった。かなり家格の高い家の子弟である。

「惣宰のお二方は、どうお考えなのですか」

探るような目つきだ。思わず沢と目を見合わせる。

「まず皆の思うところを聞きたい。我らが何か言えば、口を開きにくくなる者も多かろう」

若者はうなずくと、すぐに一言「応戦です」と叫んだ。

「わが殿にも、わが藩にも、落ち度はないはず。誇りを持ってここで敵を迎え撃つべきだ。私は城を枕に討ち死にする覚悟はできている」

何人かの若者と、数人の隠居が「そのとおりだ」と応じた。

「待たれよ」

次に立ったのは一人の隠居である。

「将軍さまとわが殿が大坂を捨てて脱出されたことを重く見るべきであろう。敵を甘く見ぬ方が良い。うかつに迎え撃てば犬死にになる」

「ならば、みすみす明け渡すのですか」

「みすみす、ではない。いったんここは退《ひ》いて、皆で江戸へ行き、殿や将軍さまの軍と合流してはどうか。その方がこちらの兵力も集結できよう」

これには同意の意思を示す者が多いようだ。

——やはり、いったん開城して東下《とうげ》だ。

口には出さぬが、孫八郎自身もおおよそこの意見であった。

大坂を離れた桑名藩士たちは桑名か江戸か、どちらかを目指すだろう。もし自分がその立場だったら、きっと江戸を選ぶ。その方が、会津など志を同じうする他藩と連携ができる。やはり、将軍のお膝元で集結してから、薩摩や長州に牛耳《ぎゅうじ》られる今の状況を打開すべきだ。

「ま、待ってください」

遠慮がちに、しかしふり絞るような声が聞こえた。年配の下士らしい。

「いかなるいきさつにせよ、向こうが本当に官軍だったらどうします。それで戦って、負けたらどうなりますか」

座が一瞬水を打ったようにしんとなった。

本当に官軍……負けたら――。失うのは、身分、それとも、命。

「犠牲を出す前に、恭順すべ……」

「平士風情《ふぜい》が何を臆病なことを申すか。戦わずして恭順などと、貴様それでも武士か。それに薩摩が官軍などと、さようなことがあろうはずがない」

最初に意見を述べた若者が大声で遮《さえぎ》って、居丈高《いたけだか》に詰め寄ろうとする。

「待たれよ。身分家格に関わりなく存念をと言ったはず」

孫八郎は自ら二人の間に割って入った。若者の方がなおも「臆病者は一人で逃げたら良いのだ」と毒づくのを、「まあまあ」と元の位置に戻らせ、もう一度座を見渡した。

その後も議論はえんえんと続いた。

徹底抗戦か、開城東下か、それとも恭順か。

抗戦を唱える声は「無謀すぎる」と次第に退けられ、東下か恭順かに意見が二分されると、そこから議論が動かなくなった。

はじめ恭順派の声は小さかったのだが、政事奉行の小森九郎右衛門《こもりくろうえもん》と山本主馬《しゅめ》が支持を明らかにしたことで勢いづいた。しかし、東下派は抗戦派を取り込み、さらに軍事奉行の椙山弘枝《すぎやまひろえ》のもとに結集して、一歩も譲らない。

——これはもう、議論では収拾できぬ。

どの者の顔にも疲労の色が濃くなっている。ちらちらと盗み見るようなまなざしが、酒井や沢に向けられることが多くなってきた。

「酒井どの。どうだろう。ここは入れ札《いふだ》で決しては」

沢が小声で提案してきた。無記名の入れ札なら確かに数で決まる。されど、僅差《きんさ》の採決で決めれば、家中が二分され、遺恨が大きく残る。その後の舵取《かじと》りが難しくなるにちがいない。

——異なる意見の者を、どうにかして得心させられる方法はないか。

孫八郎はしばし思案の後、別の案を沢の耳にそっと囁《ささや》き入れた。

「うむ。その方が良いかもしれぬ」

「どちらになっても、粛々と進めるということで」

沢は深くうなずいて、孫八郎をふたたび皆の前に押し出した。

「もはや、これ以上の議論は無用とお見受けする。ここは、ご神意、すなわち御《み》社《やしろ》のご神前において、神籤《みくじ》で決することにしたいが、いかがか」

どよめきとため息が渦になった。

御社――鎮国守国《ちんこくしゆこく》神社は、城内本丸にある。

ご祭神はその名のとおり鎮国公と守国公――松平定綱《さだつな》と松平定信《さだのぶ》、桑名家中にとって決して忘れてはならぬ〝藩祖〟の二柱だ。

東下か恭順か。

孫八郎は両派から主な二名ずつを指名し、神籤に立ち会わせることにした。

〝恭順〟、〝東下〟。

右筆《ゆうひつ》が認めた紙が一通ずつ、奉書の形に整えられた。神官が二通を受け取ってそれぞれを三方《さんぼう》の上に載せ、神前に供える。

全員が拝礼した後、まず「誰が籤を引くか」を籤で決める。孫八郎を含む六名が自分の名を書き、素木《しらき》の箱に入れ札して、神官がそこから一枚を選び出す。

ここまで念入りに手順を踏むことにしたのは、孫八郎にしても沢にしても、後から不正を疑われてもめ事にしたくないからだった。

「こちらです」

神官が抜き取った一枚を見て、孫八郎は思わず唸った。己の名である。

──私に引けと。

ご神意──やむを得まい。

孫八郎は白装束《しろしようぞく》に身を包み、井戸の水を何度も身体に浴びた。初春の寒風が身体を突き刺していく。

神官が三方から恭《うやうや》しく二通を取り、素木の箱の中に収めた。もちろん神官も孫八郎も、どちらがどちらか分からない。

「ご神意でございます」

身体は寒さで凍えるほどなのに、掌《てのひら》にはじっとりと汗が滲んでくる。

──どうか、ご加護を。

一通を取り出して、神官に渡す。皆が固唾《かたず》を呑《の》む音が聞こえる。

〝東下〟

「ご神託は東下でございます」

神官が宣言すると、立ち会いの四名がそのまま駆け出そうとしたので、沢が慌てて止めた。

「待たれよ。皆への最初の触れは某《それがし》がする。今晩はもう遅い。これ以上騒ぎにしないよう、それぞれ自重してくれ」

四名の者にそう言い含めてから、沢は孫八郎の方に向き直った。

「酒井どのは早く着替えて、少し休息なされ」

「しかし」

これからのことを考えると、とても休む気になどなれない。

「東下の段取りを整えるとなると、どれだけの大仕事か分からぬ。ここで酒井どのに風邪でも引かれては、家中の行く末に関わる。まずは一度」

沢は穏やかだが強く、孫八郎を制した。

「明日からは眠る暇もないかもしれぬ。さ、まずは」

「かたじけない。そうさせていただく」

肌に貼り付いた白装束を脱ぎ、慌ただしくもとの姿に着替えて足早に屋敷へ戻ると、立っていられないほどの眠気が襲ってきた。

「殿さま！」

りくの声が瞬くうちに遠ざかっていく。

孫八郎の長い長い一日が終わった。しかしそれは、長い長い旅の始まりでもあった。

東下の方針を世嗣《せいし》である万之助《まんのすけ》——先代当主定猷《さだみち》の一子であり、定敬にとっては義弟にあたる——に言上《ごんじょう》し、改めて家中に伝え、さらに東下にあたって留意すべきことなど細かな触れを書状に認め——と孫八郎は城内で休む間もなく動き続けた。

その間にも、大坂からの情報をもたらす者が次々と城に到着していたが、それらは孫八郎が神籤の結果を恨みたくなるようなものばかりであった。

——どうしても、本物だというのか、錦の御旗は。

信じたくはないが、「徳川慶喜追討令」が朝廷から出ていること、仁和寺宮嘉彰《にんなじのみやよしあき》親王《しんのう》が「征討大将軍」に就任し、天皇から錦の御旗と節刀《せっとう》を渡されていること、親王の下に、薩摩、長州、土佐などが「官軍」として組織されていることなどは、どうやら流言飛語などではなく、動かしがたい事実らしい。

公家の橋本実梁が軍を率いてくるというのも、「東海道鎮撫《ちんぶ》総督」という任務を正式に朝廷より拝命してのことであるという。

——ということは。

「征討」の対象にされれば、「朝敵」だ。徳川慶喜が朝敵なら、おそらく松平定敬も、そして桑名藩も今や、紛れもなく「朝敵」とされてしまったということなのか。

――なんということだ。

　徳川に取って代わりたい薩摩や長州が幕府に私闘をしかけてきている、だからこそ応戦するのだ――慶喜が将軍を辞し、容保と定敬が守護職と所司代を辞めても、「何と何とがなにゆえ戦っているのか」は変わっていないつもりでいたのだが、どうやら天地はひっくり返ることがあるらしい。

　孫八郎は混乱していた。

　このまま、東下の方針で押し進めて良いのだろうか。

　……負けたら、どうなりますか。

　耳に残る声に、思わず手が止まっていると、ふっと手許の灯りが消えた。

「申し訳ありませぬ」

　役目の者が慌てて点《つ》け直そうとするのを、孫八郎は手で制した。

「今宵はもう遅い。明日にしよう」

　屋敷に戻り、遅い夕餉《ゆうげ》の膳を平らげて、床に就いた頃であった。

「殿。お休みのところを申し訳ありませぬ」

　襖がそっと開き、りくが声をかけてきた。

「うむ。何事か」

「勾当《こうとう》さまがおいでになりまして。どうしてもお耳に入れたいことがあるとか……」

「椙村《すぎむら》どのが？」

椙村保寿《やすとし》は盲目の箏曲師《そうきょくし》で、勾当の資格を持っている。音曲や鍼灸《しんきゅう》などを生業《なりわい》とする者のうちでは、検校《けんぎょう》、別当に次ぐ地位で、城下では多くの弟子を抱えて尊ばれている者だ。

今時分に何事かと訝《いぶか》しく思ったが、珠光院《じゅこういん》――先代藩主定猷の正室、貞姫《さだひめ》――の屋敷へもわざわざ招かれて、芸を披露することのある者でもあり、無下《むげ》にもできず、座敷へ通すように告げた。

りくに手を取られて姿を見せた椙村は、丁寧に頭をさげると、見えない目をじっとこちらへ向けた。

歳《とし》は三十過ぎといったところだろうか。剃り上げた頭に続く額《ひたい》に、深くはないが幾筋かの皺が見える。

「酒井さま、どうか夜分の推参、お許しのほどを。今、実は……」

椙村は声を潜《ひそ》めて、今起きていることを教えてくれた。

「それはまことか」

丸い影法師が揺れる。

「はい。某、先ほどまですぐ近くで聞いておりましたので。このままでは大変なことになると思い、こうしてお知らせに」

東下の方針に納得のいかない者たちが、恭順を望んで、桑名城にほど近い本統寺《ほんとうじ》で談合をしているというのである。

「〝勝手次第と言われては、とても行く末が立たぬ。それならいっそ早く恭順して、家名の存続を〟と、皆さま口々に」

――やはりか。

孫八郎も危惧していたことであった。

桑名藩は「京都警護」の役目を将軍から仰せつけられることがたびたびあり、そのための経費が藩の財政には負担であった。

さらに定敬が京都所司代になり、京での滞在が長くなると、その費用はいっそうかさみ、商人などからの借入も増え、孫八郎は家老と呼ばれていた頃も、惣宰となってからも、この点については変わらず、胃の腑が痛くなるほど頭を悩ませてきたのだ。

そのため、神籤が出た翌日、沢と孫八郎は家中に、「万之助さまの供をして江戸へ下る、このまま桑名に留まる、どちらを選ぶかは随意、勝手次第である」、「ただし、いずれを選ぶにせよ、費用は自弁である」と伝えざるを得なかった。なにがしかの支度金、始末金を本来なら配るべきなのだろうが、それは何度算盤《そろばん》をはじき、出納《すいとう》の書き付けをためつすがめつしても、無理な算段であった。

禄高がそれなりにあって蓄えのある者はいいが、そうでない者にいきなり、禄を離れ自活した上で義を通せと言っても――やはり限りがある。

「ご世嗣さまがいざ出立なさろうとして、それを押しとどめるような騒ぎが起きれば、桑名の名誉に関わりましょう」

相村の言うのは筋が通っている。

――かといって、どうすれば良い。

神籤で一度決してしまったことだ。

本統寺へすぐに出向くことも考えたが、それはそれで、孫八郎をつるし上げようと騒ぎになるのは明らかである。

考えに考えて、孫八郎は一通の書状を認め、相村に託すことにした。武家でない相村の方が、かような折は人目に立たぬだろう。

「相村どの。頼みましたぞ」

「確かに、承りました。推参した甲斐がございました」

相村が弟子に手を引かれて密かに立ち去るのを見送ると、孫八郎はため息を吐いた。

「殿さま。おみ足でもおもみいたしますか」

「いや、良い。それより、そなた、身体を大事にしてくれ」

りくは身ごもっている。

本当は使用人ももう少し増やして、いたわってやりたいのだが、藩財政に苦労する夫を傍《そば》で見ているせいか、りくは倹《つま》しい暮らしを改めようとしない。惣宰としての格を最低限守れればそれで良いと、何かと気遣ってくれているようだ。

「明日もお早いのでしょう。どうぞお休みを」

「すまぬな」


束の間の休息を経て、翌朝早く、再び登城した孫八郎の目に飛び込んできたのは、粛々と、しかし続々と登城する藩士たちの姿だった。

通常、藩士たちには役目ごとに登城すべき日が決まっていて、それ以外の日は、下命がない限りは勝手に登城してはならない。それをおして、ここまで大勢が押しかけてくるとは。

――やはり昨夜の談合で。

下士の者が多いが、それでも中に千石以上の家の者も交じっている。よほど多くの者が昨夜、集まっていたのだろう。

「惣宰さま。どうか我らの言い分を。非礼の責めは、そのあといくらでも受けます」

孫八郎はいつしか大勢の藩士に取り囲まれ、詰め寄られた。あとから登城してきた沢の周りにも、幾重《いくえ》にも人垣ができている。

「どうか、東下は中止していただきたい。昨夜、本統寺に集まって、一晩談合した総意です」

「朝敵とされたとあっては、もはやこの戦いに利はありませぬ。少しでも早く恭順して、家名の存続を」

思っていたとおりだ。

されど、あの神籤をどう覆《くつがえ》すか。

たやすく覆せば、今度は東下派、あるいは内心ではまだ桑名での徹底抗戦を望む者たちがどう暴発するか分からない。すでに江戸を目指して出立してしまった者もある。

――お願いです。どうか……。

もはやあの方に頼るしかか、ここを収めうる手はあるまい。

孫八郎は大勢に取り囲まれながら、城の奥向きへと通ずる廊下の方を何度も見やった。

相村の書状が無事届いて、孫八郎の願いが聞き届けられていれば。

「お出ましにございます」

「お出ましにございます。皆の者、控えよ」

突如、聞き慣れぬ女たちの声が響いた。

——通じたか。

集まっていた藩士たちが声のする方を見て、慌てて道を空け、平伏した。

「みな、早朝よりかように参集、大儀である」

大勢の奥女中を引き連れて姿を見せたのは、先代藩主の正室、珠光院である。

「さて、ここはひとつ、妾《わらわ》の申すことに耳を傾けて欲しい」

尼姿の珠光院が話し始めると、それまで騒然としていた座が静まりかえった。

「世の流れに逆らっては多くの命を失ってしまう。神籤の託宣《たくせん》については、鎮国公にも守国公にも、妾が命を懸《か》けて、その違背《いはい》を幾重にもお詫びいたしましょう。ですから沢も酒井も、どうかこの桑名の存続だけを考えておくれ。速やかに恭順が認められるよう」

珠光院の言葉を、居並ぶ者は皆涙を流して聞いている。孫八郎は意を決した。

「では、急ぎ、恭順のための手はずを整える。皆沙汰があるまで、おのおのの住まいで自重して過ごすように」

集まった者たちを下がらせておいて、孫八郎は珠光院に近づき、頭を下げた。

「珠光院さま。かたじけのう存じます」

「いいえ。正直、妾もひと晩、迷っていました」

珠光院はぼそりと呟いた。

「気の毒だけれど、こうなっては、定敬どのに当主を退いていただくしかありませんね。そなたの申すとおり、万之助どのを恭順の使者に立てなければ」

「珠光院さま……」

定猷が二十六歳の若さで急死した折、藩内では跡継ぎについて二つの道があった。

一つは遺児万之助を立てる。もう一つは、やはり遺児である初姫《はつひめ》に婿養子を迎える。

後者に決したのは、もちろん万之助がまだ三歳と幼かったこともあるが、初姫が正室の珠光院を母に持つのに対し、万之助が側室腹であったことが大きかった。

「良い方が養子に来てくれて良かった」――いつだったか珠光院が何かの折にそう漏らしていたのを、孫八郎は聞いたことがある。

定敬の実家、美濃高須松平家は三万石と小藩だが、もともと尾張徳川家のご連枝《れんし》で、長兄の慶勝《よしかつ》は本家である尾張徳川家、次兄の茂栄《もちはる》は一橋徳川家、三兄の容保は会津松平家へ、それぞれ養子に入って継いでいるなど、有力な家々と関わりが深い。

　定敬本人も、前《さき》の将軍の家茂からの信任が篤く、何かと引き立てられており、珠光院にとっては自慢の婿であったはずだ。

「ただただ、お役目大事に尽くしてこられただけなのに。かような世になるとは」

　これまで気丈に振る舞っていた珠光院の目尻に光るものを見て、孫八郎は思わず目を逸《そ》らした。

　確かに恭順のためには、定敬の存在が大きな障《さわ》りとなるだろう。ただそれを珠光院がこうして納得してくれたことに、孫八郎は大きな感銘を受けた。

「ともかく、万之助どのが当主として認められるよう、頼みましたよ」

　奥へ去って行く珠光院を見送って、孫八郎はすぐに、恭順のための方策を練り始めた。

　官軍――といっても、実態はこれまで桑名や会津と敵対してきた薩摩や長州なのだ。何の手も講じずに見ているだけではきっと、御家は取り潰し、領地は没収とされてしまうだろう。

　四年前の第一次長州征討では――あの頃は長州が「朝敵」だったのだ――長州藩は責めを負う形で家中から十四名の処刑者を出したという。

　――桑名も会津も、あれよりもっと酷《ひど》い目に遭うのだろうか。

ならば自分に待っているのは斬首か、切腹か。

孫八郎は思わず己の首筋を手で触った。

いざとなれば潔く散るばかりだ――そう己の覚悟を確かめて、ふと身重のりくの顔が浮かんでしまう。

――生まれてくる子の顔は、見られぬかもしれぬ。

あの当時は、それでもまだ長州への処分が「手緩《てぬる》い」と、容保も定敬も憤懣《ふんまん》やるかたない様子で、征討の総督だった元尾張藩主徳川慶勝――二人にとっては父を同じうする兄である――をなじったと聞いている。

王城のある京で一番先に弓を引き、砲弾を放ったのは長州である。

定敬が京都所司代として長州や薩摩と対立していたというだけで、桑名には何の非もないはずだ。容保や定敬の言っていたとおり、あの時、もっと徹底して長州を叩いておけば――と思ってみても、それは詮ない繰り言でしかない。

とにかく、今はどうすれば桑名藩が存続するかを考えるだけだ。

孫八郎と沢に加え、計七名の重役は、寝る間も惜しみ、近隣の諸藩の動向や「官軍」の動きについての情報を集め、策を練った。

「東海道筋の諸藩は、みな官軍の通行を粛々と認めるのだろうな」

鳥羽伏見の惨敗については、もうどの藩にも知らせが入っているだろう。抵抗しようと考える藩があるだろうか。

もしさような藩が多くあれば、連合して食い止めれば良い——抗戦派からはかような意見も出されていたが、向こうが「官軍」を正式に名乗る以上、おそらくその見込みは薄いと、孫八郎も沢も考えていた。

「ともかく、こちらに抵抗の意思のないことを、なんとか向こうに伝えなければいけませんが」

「どこに仲介してもらうのが一番早いでしょう。引き受けてもらえれば良いが」

額をつきあわせていると、「申し上げます」との声がした。

「小森と山本が自刃いたしました。その後およそ三十名ほどが、無届けで城下を出た模様です」

——しまった。

奉行職にあった二人は、得心しない東下派の標的になっていた。

自ら恭順の意思を示したのみならず、下士らが寺に集まって勝手に談合するのを容認したというので、東下派から「弱腰の不忠者、一番の裏切り者」とひどくつるし上げられていたのだ。屋敷に投石などもされて、妻子らも辛い思いをしていたらしい。

——早まるなと言ったのに。

なじった方はむろん、二人を切腹に追い込んだことでさらに血気にはやり、こちらの指図など無視して江戸へ向かったにちがいない。

おそらく、孫八郎の指示に従わず、勝手に暴発する東下派はこれからも出てくるだろう。それを「官軍」への桑名藩の「抵抗」と受け取られたら、桑名藩にはより厳しい処分が下ることになる。

——早く手を打たねば。

「やはり、尾張を頼るのが一番早道でしょう。すぐに嘆願書を作ります」

七名の重役が署名した嘆願書を携えた使者が、十二日の夜、尾張へと出立していった。

尾張からの返答を待つ間も、孫八郎たちは情報の収集や、藩士たちの行動の監視、街道の警護などに追われていた。

——それにしても、殿はどうしておいでなのか。

将軍や老中を乗せているという軍艦開陽丸の消息は、なかなか入ってこなかった。

定敬が無事江戸に着き、十二日の朝、将軍とともに登城したという知らせが早飛《はやび》脚《きやく》によってもたらされたのは、十六日のことだった。

「殿は、どうなさるおつもりだろうか」

「それは将軍さま次第だろう」

慶喜や容保とともに江戸で抗戦するつもりかもしれぬ。定敬の意思を無視して、国許で早々と恭順を決めてしまったことは僭越《せんえつ》だと思うが、その責めは後日、いかようにも負おうと孫八郎は改めて心を決めた。

「殿に、こちらの状況をお伝えしなければ」

大坂城から直接江戸へ向かった者も多いらしい。国許でいかに恭順を訴えても、定敬のもとに抗戦を志す者が集まって動き出してしまえば、やはり桑名は朝敵扱いだろう。

できれば自分で行って直接定敬と対面したいが、今、孫八郎が桑名を離れることは到底できぬ相談である。

「沢どの、急ぎ、江戸へ行ってくださらぬか」

「承った。酒井どの。くれぐれも、国許を頼む」

なんとしても、江戸の藩論を恭順に統一する——十八日の朝、使命を帯びた沢が桑名城をあとにすると、入れ替わりに尾張からの返答を携えた使者が戻ってきた。

「断られただと……」

「はい。どうも、尾張もただならぬ様子で……。京においでの御前のご一行が、近々急ぎご帰国なさる予定だというのです。とても他藩の周旋ができるような状況にはないと言われてしまいました」

慶勝は京で議定職《ぎじょう》――朝廷で新体制を話し合う職だと孫八郎は聞いている――に就いているはずだ。それが自ら急いで帰国とは。

――尾張で何か起きているのだろうか。

気がかりだが、今はそれを詮索している余裕はない。

――亀山藩を頼るか。

津藩と亀山藩に書状を出したところ、亀山藩からは返答があり、相談に応じてくれそうである。

橋本実梁率いる「東海道鎮撫」の「官軍」が近づいているなら、亀山藩にはもう何らかの沙汰が届いているだろう。

――急がなければ。

城内では、まだ恭順に得心していない者もいる。孫八郎らの目を盗んで、「恭順しても認められないなら同じことだ。それならやはり誇りを持って抵抗すべきだ」と説いて回っている者もいるようで、油断ができない。

十九日の夜、密かに城を出た孫八郎は、亀山へと馬を走らせた。懐《ふところ》には、亀山藩の重役、名川力輔《ながわりきすけ》あてに認めた嘆願書が入っている。

四日市《よっかいち》、石薬師《いしやくし》を経て、庄野《しょうの》を過ぎる頃にはちらちらと雪が降り出した。闇の中、馬の呼吸も己の呼吸も、白く後ろへ流れていく。

――もう少しだ。

手綱《たづな》を握る手が千切れるほどに痛い。

八ツ（午前二時）を過ぎた頃、目指す亀山宿が見えてきた。

まずは本陣の樋口太郎兵衛《たろべえ》を頼っていくことにして、孫八郎は肩に積もった雪を払いながら声をかけた。

「もし、すまぬ。どなたか開けてくださらぬか」

目をこすりながら出て来た女中に、「今すぐ、ご亭主にお目にかかりたい。桑名の酒井が来たと言ってくれ」と告げてしばらく待つと、樋口は驚いて迎え入れてくれた。

「こんな刻限にすまぬ。ご重役の名川どのにお取り次ぎ願いたい。頼む」

「承知しました。ただ、さすがに今すぐというわけにはいきませんから、まずは朝まで少しご休息ください」

ただごとでない気配が伝わったのだろう、樋口は嫌な顔もせずそう言うと、行火《あんか》を用意してくれた。

冷え固まっていた身体が少しずつほぐれていくが、頭の芯は冴え冴えとして、とても眠れるものではない。

長い夜が明けると、「今、遣いを出しましたから」と言われた。

待つのは長い。

――まだか。

日はとうに高く昇り、昨夜の雪はすべて解けて、庭のそこここに水たまりができていた。

「遣いが戻ってきました。中富田村《なかとみたむら》の組頭の屋敷までおいでくださいとのことです」

――会ってくれるか。

指図どおりに待っていると、昼過ぎ頃になって、名川の名代だと言って、軍事方頭取補《とうどりほ》の柴田俊助《しゅんすけ》が姿を見せた。嘆願書を託しつつ、亀山藩の状況にも探りを入れてみる。

「新政府軍は今、坂下宿にいます。明日には亀山に入る見込みです」

柴田の口ぶりでは、亀山藩は官軍の指図に従うと決したばかりのようだった。新政府軍、という呼び名に新たな衝撃を受けつつ、柴田に軍の重役の顔ぶれを尋ねた。

東海道鎮撫《ちんぶ》軍参謀として薩摩の海江田信義《かいえだのぶよし》がいると聞いて、孫八郎は一つ望みがつながった思いだった。海江田とは京で何度か会ったことがある。話の通じない人物ではないはずだ。

「なんとか海江田どのに会う機会を作っていただけないだろうか」

向こうの参謀と直接会えるなら、何よりの早道だ。孫八郎は身を乗りだすように頼み込んだ。

柴田はしばし考え込んでいたが、やがて「なんとかしてみましょう」との返答を残して、慌ただしく亀山城へ戻っていった。

その日は一日、そこで待たされることになった。夕刻になって、柴田の遣いと名乗る者が二人現れた。

「庄野までお戻りくださいとのことです。我らが警護いたします」

「こちらの願いの儀は……」

「それは、我らにはお答えしかねます」

それっきり、二人は何を聞いても答えてくれない。庄野までの道中は、警護されているというより、厳重に監視され、護送されていると言った方がふさわしいようだった。

──体よく追い返されるのではあるまいな。

幕府方につくのか、それとも新政府に従うのか。どこも自藩のことで精一杯の中で、他藩、しかも「朝敵」と目された桑名のために動いてくれと頼む方が無理なのかもしれぬ。

不安に駆られたまま、庄野の百姓家で一泊した翌朝、監視の二人から「これからすぐ四日市へ向かう」と告げられた。

来た道をさらに戻ることになる。十九日の夜、桑名を出てからすでに丸一日以上、時を無駄に過ごしただけになってしまったのだろうか。

――城内はどうなっているだろう。

自分も沢もいない間に、抗戦や東下を主張する者が騒ぎ出さないという保証はどこにもない。

「どうぞ。こちらへ」

案内されたのは、四日市宿の脇本陣の座敷だった。

「海江田どの……」

どうやら、無駄足ではなかったらしい。

「お久しぶりですな。まさか、このような形で再びお目にかかることになるとは」

「かたじけない」

あの頃は味方と思っていた薩摩。いつしか敵となり、かつ今は、その情けに縋《すが》らねばならない。

「さて、酒井どの。互いに時を無駄にはできぬ。要件から参りましょう。ご家中は今どうなっておられるか」

孫八郎は、当主の定敬は行方不明であること、国許としては定敬を隠居と決したこと、また世嗣である万之助が藩の総意として恭順を表明し、寛大な処分を願いたい意向であることなどを手短に話した。

定敬の行方を国許では知らぬと敢《あ》えて言ったのは、熟慮の上であった。知っていると言えば、何をどう追及されるか分からないと考えたからだ。

海江田の目がじっとこちらに注がれている。文久二年（一八六二）八月に起きた生麦事件の折には、島津久光《ひさみつ》の行列の前を横切ったイギリス人にとどめを刺したとの武勇伝の持ち主でもある。

「恭順の意思で藩論はまとまっていると言われるか。では、城、武器、弾薬をすべてこちらに引き渡していただきたいが、酒井どのの手でそれができると」

城の引き渡し。まさかかような役目をつとめることになるとは。三年前に家老職に就いた時には想像だにしていなかったが、今はそれがわが最大の使命であるようだ。

「はい。お約束いたします」

「ご家中の者については、皆しかるべき寺院にて謹慎を申しつけることになるが、ご承引か」

諾《だく》と言わずして、なんと言えば良いのだろう。

「はい。ただ」

「ただ？」

「士分の者につきましては、問題なく従いましょう。ですが、それ以外の者がどう動くかまでは、こちらも予期できませぬ」

考えに考えた答えであった。裏を返せば、「勝手に城下を抜けて暴発する者があっても、それはもはや桑名藩の家中の者ではない」と、明言したことになる。

「なるほど」

海江田は口元に微かな笑みを浮かべた。こちらの意図は分かっているとでも言いたげである。

「では酒井どの。明日には総督さまがここへお着きになるゆえ、某《それがし》が今聴き取ったことを言上しよう。すぐに桑名へ戻り、ご下命があり次第直《ただ》ちに出頭できるよう支度《したく》を調《ととの》えて、沙汰を待たれるが良い」

海江田はそれだけ言うと席を立った。風がひやりと頬を撫でる。

——これで良かったのだろうか。

迷いや疑念を振り払うように、ひたすら馬を走らせる。ようやく桑名へ戻る頃には、日もとっぷりと暮れていた。

「酒井さま。よくぞご無事で」

出迎えた重役の一人、松平帯刀《たてわき》の手には、亀山藩の名川からの書状が握られていた。「嘆願書は確かに受け取った、子細があって酒井どのをこちらに留め置いているが、すぐに戻るはずだから案ずることなく待つように」との内容だった。この書状が届いていたおかげで、自分が不在の間も大きな混乱が起きずに済んだらしい。

――名川どの。かたじけない。

ちらとでも疑ったことを心の中で詫びつつ、少しだけ安堵の息を吐く。

ひとまず屋敷へ戻ると、孫八郎は泥のように眠った。

〝東海道府〟の名で、出頭命令が届いたのは、翌日の夕刻のことだった。

「二十三日、夜五ツ……」

明日の夜の五ツ（午後八時）までに、万之助と重役が揃って、その〝東海道府〟の本営が置かれているという四日市の信光寺《しんこうじ》まで来るように、また孫八郎は先んじて出頭し、開城に向けての諸指示を承るようにとの文面である。

二十三日の正午、麻裃《あさがみしも》を身につけて装束を整えた孫八郎は、一昨日、馬で戻ってきた道を、また一人、四日市を目指して進み始めた。こたびは徒歩《かち》である。

万之助は松平帯刀、三輪権右衛門《みわごんえもん》、吉村又右衛門《またえもん》の重役三名に付き添われて、後から来ることになっている。

桑名城から四日市までおよそ四里。左手からひたすら海風が吹き寄せる。ここをあとから、十二歳の若君が徒歩で来るかと思うと、凪《なぎ》を願わずにはいられない。宿場に入ると、表通りには「官軍」の軍勢がずらりと列を作っていた。

「桑名藩惣宰酒井孫八郎、ただ今まかり越しました」

法泉寺《ほうせんじ》にいったん入り、しかるべく指図を受け、いくつかの書状に署名をし、夜五ツを待って万之助一行と合流することになった。

桑名の若君が出頭するらしいという噂はすでに広がっているようで、物見高い町衆たちが役人たちに幾度も押しのけられている様子があちこちで見られた。

――おいでになったか。

すでにあたりは暗い。万之助一行の姿が見えると、見物衆の中には、哀れを誘われて涙を流す女たちの姿などもあった。

「お刀をお預かりします」

東海道府の本営のある信光寺まで、一行を先導してくれたのは亀山藩の名川であった。主従一同、大小を取り上げられて中へ入ると、玄関前の庭で待つようにと言われた。

重役四人は万之助を白洲《しらす》へと歩ませると、自分たちはその後ろに控え、膝をついて座った。

——裁きを受けよという図だな。

覚悟はしていたものの、露骨な罪人扱いに、改めて孫八郎の胸にこみあげるものがあった。

周りを固めている「官軍」の役人たちは、てんでんばらばらの装束で、諸藩寄せ集めの様子がよく分かる。

「朝敵松平万之助。座せよ！」

役人の頭取らしき一人から、万之助を目がけて怒声が飛んできた。

——いかん。

まだ十二歳、元服前の、大名家の若君である。

かような裁きを受ける際の作法を知るはずもなく、立ったままでいたのを、ここぞとばかりに居丈高に咎《とが》めようとの肚《はら》らしい。

——成り上がりの田舎者め。

おそらくどこかの下士なのだろう。

かような折につけこんで、一藩の世嗣たる若者に罵声《ばせい》を浴びせてみたいとの、下等な劣情がほの見えて、孫八郎は怒りに震えた。

拳《こぶし》を握りしめて己の感情を抑えつつ、つとめて冷静な声を出す。

「失礼いたしました。某が介添えさせていただきまする」

雪駄《せった》を脱ぎ、万之助の履き物も脱がせて、一緒に式台へ上がり、平伏の形を取る。板敷きの上にきちんと揃えられた若君の華奢《きやしや》な白い指が哀れである。

奥の襖が開いて、総督らしき人物の姿が見えた。脇に居並ぶ者の中には、海江田の姿もあった。

——あれが橋本実梁か。

やがて橋本は口を開いた。

「松平越中守の反逆は明らかである。極めて非道であることは、今更申すまでもない」

定敬のどこが反逆で、非道なのか——孫八郎は大声で叫びたくなるのを懸命に堪《こら》えて、橋本の言葉を聞き続けた。

「よって征討に出向いたところ、嘆願の申し出ありとのこと。書面のとおり、これを承引する」

脇に控えていた者の一人が橋本に書状を差し出した。橋本はそれを取り、万之助に受け取るよう促した。

「恐れながら」

孫八郎は万之助の代わりに立ち、それをおしいただいてふたたび平伏した。

「お白洲」は、それで仕舞いだった。

その後、重役のうち三輪と吉村は、万之助とともに法泉寺に軟禁されることになった。

一方、帯刀と孫八郎は、藩士をすべて城周辺の寺院に退去させ、城を「官軍」に引き渡すべく、桑名に戻ることになった。もちろん、護衛という名の監視付きである。

二十四日朝、登城した孫八郎は、住まいをすぐに取り片付けて退去し、指図に従い、八つの寺院へそれぞれ入って謹慎するよう、家中全員に触れを出した。妻子らには一年分の切米《きりまい》や切符金などを全額支給する代わり、親戚なり知人なりを頼って、やはり残らず立ち退《の》くようにとも伝えた。

「珠光院さま」

「覚悟しておりました。酒井、どうか頼みましたよ」

珠光院は、娘で定敬の正室の初姫とともに照源寺《しょうげんじ》へと入った。正室といっても初姫はまだ十二歳、定敬とはまだ真に夫婦とならぬままの別れで、二人の行く末を思うと孫八郎は胸が締め付けられるようである。

——本当にこれで良かったのだろうか。

さりとて、迷っている暇はない。

こたびの出頭で、「朝敵」と名指しされる人物及び藩の詳細がおおよそ知れた。

それによると徳川慶喜が「第一等」、容保と定敬が「第二等」、さらに「第三等」にはいずれも老中の松平定昭、板倉勝静《かつきよ》、酒井忠惇《ただとし》が挙げられているという。

――第二等の「朝敵」……。

万之助の恭順の姿勢はまず認められたものの、家名存続が許されるかどうかは、これからの自分の働き、そして定敬の動向次第ということになるのだろう。

各役所に保管されている書類を「官軍」に提出すべきものとそうでないものとに仕分け、かつ不要分の焼却処分、城内の武器弾薬の数と保管場所の確認、牢屋にいる囚人の解き放ち、――孫八郎が差配すべきことは山積みだった。

士分ではない領民に向けての「慎み」の指図、及び「官軍」が城下へ入って来た時の作法の徹底に至るまで――すべては家名存続のためである。

――沢どのは、殿や周りの者を説得できるだろうか。

ふと手が止まる。

考え始めるときりがない。今はともかく自分にできることをしなくては。

孫八郎はふたたび手を動かした。

同一月二十六日夕刻　桑名

暮れ六ツ（午後六時）に自邸に引き上げた孫八郎を、旅支度を整えたりくが迎えた。

「殿さま……」

「泣くでない。腹の子に障る。必ず、必ずまた会える」

言葉を重ねれば、こちらも涙があふれてしまいそうだ。

「無事に身二つになって、こちらからの知らせを待っていてくれ。直之進《なおのしん》どのによろしくな」

身重のりくは、実家に身を寄せることになっていた。

りくの兄直之進は三河《みかわ》吉田藩の藩士である。吉田藩も幕府方につくか「官軍」に従うかで家中が割れていると手紙にあったが、幸い直之進は孫八郎の決断に理解を示し、りくの里帰りも快く認めてくれた。

中間《ちゅうげん》と女中に付き添われてりくが出ていくと、家の中には孫八郎ただ一人になった。

——しばしの別れだ。

最小限の身の回りのものは、今晩からの住まいとなる、本統寺にすでに運び出してある。

孫八郎はもう一度、桑名城へと入った。ほぼ時を同じくして、帯刀も姿を見せた。

「では、最後の検分をいたそうか」

二人で黙ったまま、城の隅々まで見て歩く。

「鍵を」

「はい」

錠をすべて確かめ、鍵を一つ一つ、束に収めていく。

やがてずっしりと重くなった鍵束を抱え、二人は城を出た。

暗闇に浮かぶ城郭の影を仰ぎ見て、二人は本統寺へと入った。


橋本実粱が「官軍」を率いて桑名城に入ったのは、その翌々日の二十八日のことであった。

「官軍」は、接収完了の合図として、本丸南東の三重櫓《やぐら》を焼き払い、空砲を放った。

「祝砲のつもりか……」

「なんの抵抗もせずに明け渡したものを、櫓を焼くとは……」

本統寺では、怨嗟《えんさ》の声と忍び泣きが渦《うず》を巻いていたが、孫八郎は一人、ただただ黙ったまま、櫓を焼く煙が見えなくなるまで、城の方を振り仰いでいた。

――必ず、戻る。

本当の戦いは、これからだ。

多くの者たちを、浪々の身にしないために。

やがて降り出した雨の音を聞きながら、孫八郎は眠りに落ちていった。

二　最後の江戸

慶応四年（一八六八）一月十一日午後　品川沖

──なぜ早く上陸しないのか。

定敬は苛立っていた。

開陽丸に乗り込んだのが七日。それから四日間、途中暴風に煽《あお》られて足止めを食らったり、あらぬ方向に異様な早さで押し流されたりと、さんざんな目に遭いながら、それでもなんとかまず昨夜、浦賀《うらが》にたどり着いた。

フランスの公使と横浜で密かに談合する──外国総奉行の山口がそう言って浦賀で下船したあと、ふたたび出航して、品川沖まで来たのは今日の明け方のことだ。

やっと陸《おか》へ上がれる──そう思ったのに、慶喜はいっこうに下船の支度を始めない。

「兄上。上さまはいったいどうなさるおつもりなのでしょう」

定敬の言葉に、容保が苦笑いを浮かべた。

「さあて、な」

兄の返事を聞いて、頭のどこかに妙な感覚を覚えた。

そう言えば二人は、この一年ほどの間に、まったく同じやりとりを何度もしているのだ。それに思いあたって、定敬はため息を吐いた。

――船酔いであんなに大騒ぎしていたくせに。

気分が悪いと言ってさんざん当たり散らされた奥づとめの者たちは、例のお手つきの町娘――町火消しの頭《かしら》の娘らしい――に慶喜の世話を任せきりにし、艦長室へはほとんど近づかないという有様だった。

「上さまはおそらく……」

いつもは苦笑いするだけで、それ以上は滅多《めった》にうかつなことを言わぬ容保が、珍しく言葉を続けた。

「江戸城へ行かれるのが、急に恐ろしくなられたのではないかな」

「恐ろしく？」

「何しろ、将軍職に就かれてから、一度も登城されていないのだ。それでためらっておいでなのかもしれぬ」

定敬は兄の言わんとすることがようやく分かった。

大政奉還、王政復古の大号令。そして、薩長との衝突。そして、大坂脱出。

ほんのひと月の間に京、大坂で起きたことは、いったい江戸にどのように伝わっているのか。江戸城にいる幕臣たちが、いったい慶喜をどのように出迎えるか。

ただこれについては、容保にも定敬にもいくらか似たようなことが言えた。

――今後、家中の者に会ったら、どう言えばいいのか。

正直に経緯を告げて、心から詫びて、そうして、もう一度共に戦ってくれるよう、皆の者に誠を尽くして、話さなければ。

開陽丸の大砲が空砲を発し、その音に鼓舞《こぶ》されるように、連絡用の小舟が海軍所を目指して出て行ったのは、その日の夕刻のことだった。

「上陸は、明日の朝です」

副艦長の澤が二人に告げてきた。

――もう一晩、海の上か。

じたばたしても見苦しい。もう少しの辛抱《しんぼう》だ。

波の向こうに夕日が沈む。もはや美しいとも思えなくなった景色を見ながら、定敬は船室の床にごろりと横になった。

翌朝、夜明けとともに、慶喜一行は小舟で浜御殿を目指した。風は冷たいが、幸い天候は悪くなかった。

船着場からようやく陸地を踏みしめる。早咲きの梅の香《か》に、我知らず目頭《めがしら》が熱くなるのを、「人心地つく」とはまさにこういう時に使う言葉であろうかとついしみじみとしたが、感慨に浸る暇はなかった。

「こちらへ」

案内された座敷では、軍艦奉行の木村喜毅《よしたけ》らが待ち構えていた。

――おや。あれは安房守《あわのかみ》じゃないか。

勝麟《かつりん》太郎《たろう》の姿があるのを見て、定敬はいくらか意外に思った。慶喜や板倉と意見が合わず、みずから御役御免を願い出てしまった者である。

「なぜ大坂城での籠城をお考えにならなかったのですか」

その勝が、他の誰よりも先に口を開いた。

「かような見苦しきお姿でお帰りになるとは」

勝も木村も、まず慶喜から、それから容保や定敬、板倉からも、何らかの返答を引き出そうと何度もこちらに視線を送ってきたが、みな黙ったままだった。

「大坂城なら、十万の兵に攻められても持ちこたえるでしょう。なぜですか」

――それはこちらの方が聞きたい。

定敬はよほどそう言ってやりたかった。慶喜がなんと答えるのか、じっと耳を傾けていると、ぼそりと「腹が減ったな」という声が聞こえた。

「細かいことはあとで板倉に聞いてくれ。それより、人目に付かずに江戸城へ行く方法を考えてもらいたい」

「何をおっしゃいます」

定敬は、自分が言おうとしていたのとまったく同じ言葉が他から発せられたので、いくらか気圧《けお》されて声のする方を見た。

声の主は、これまで黙っていた木村だった。

「堂々とお戻りになるべきです。馬も供回りも、然《しか》るべく用意させましょう」

板倉も容保もうなずいている。

「何か秘すべき子細がおありですか。もしあるというなら、ぜひお聞かせいただきたい」

今度は容保がそう言った。言いながら、まなざしがちらりと定敬の方にも向けられた。

――浦賀で降りた山口が、何か策を持っているというなら。

自分たちの到着を秘しておけば、フランスの援軍が京の薩長を急襲して蹴散《けち》らしてくれるとでもいうのなら、話は別だ。定敬はいくらかそんな期待もしたのだったが。

「いや……。そうか。では、余は駕籠で」

この期《ご》に及んで、顔を晒《さら》したくないとでも言うのだろうか。それとも、どこから撃たれると恐れてでもいるのか。

「馬で参るべきです。上さまの威信に関わります。今後の情勢にも響きますぞ」

勝が断言すると、慶喜はため息を吐きながらようやく「仕方ない」と折れた。

「じゃあ支度してくれ」

慶喜はそう言うなり、ついっと立っていってしまった。

――どういうつもりだ。

問うてもきっと答えは返ってこぬ。

そう分かっていても、どうしても問いたくなる。

「では、支度を調《ととの》えて参ります。みなさま、それまでしばしお待ちを」

通された座敷で思わず定敬は畳の上にごろりとひっくり返った。

船中とは違い、一部屋を一人で占領できるのはありがたい。信頼する兄とは言っても、やはり二六時中顔をつきあわせていては互いに気詰まりだ。

――揺れない部屋はいい。

大坂城の喧噪《けんそう》、開陽丸の波風の音。定敬の身はもう何日も、ずっと揺れ動いていた。

――しかし、江戸城はひっくり返るだろうな。

江戸城だけではない、桑名藩邸も、会津藩邸も。

これから自分はどうするのか。自分だけでは決められないが、それでもさらなる戦いが待っていることは間違いなかった。

ふいにどこからか、香ばしい匂いが漂ってきて、定敬はひどく空腹を覚えた。

開陽丸に乗ってはじめの二日は、ひどい船酔いでまともに食べることができず、そのあとも粥《かゆ》くらいしか喉《のど》を通らなかったが、今こうして揺れない静かな畳の上にいると、改めて尋常でない腹の減り具合を感じる。

「中将さま。上さまより、膳部を差し上げるよう、仰せがございました」

襖が開き、奥づとめの者が現れて、恭《うやうや》しく膳を置いて行く。

「大黒屋《だいこくや》のウナギでございます。どうぞ」

蒲焼きに白飯、香《こう》の物。

なぜここにこんなものがと考えている余裕はなく、定敬は膳に箸《はし》を付けた。

――美味《うま》い。

食べれば食べるほど、忘れていた食欲が戻ってくるのが分かる。

瞬く間に平らげてしばらくすると、また襖が開いた。

「こちらは、上さまお手ずからの品でございます。どうぞ」

——お手ずから？

膳の上には、蓋付きの椀があった。開ける前から、ネギのなんとも言えぬ香気が鼻をくすぐる。開けて見ると、かなり大きめの魚のアラらしいものが、ネギとともに汁に浸っていて、表面に浮く脂《あぶら》がなんとも食欲をそそる。

——これは確か。

マグロだ。通常、大名や将軍の食膳には並ぶはずのない魚である。

そういえば慶喜は京でもよく自分で料理をして振る舞ってくれた。なぜかようなことを覚えたのかと尋ねたら「いつ毒殺されるか分からぬ身だからな。こういうことを覚えておいた方が良いと思ったのだ。それに、料理ができれば、誰かにあれこれ言われずに、自分の好きなものを食べられる」と言っていた。

大名家に生まれた者には、その手の話はつきものだ。

慶喜のように長らく将軍候補と言われてきた者なら、いっそう現実味のあることだったのだろう。

定敬も、生まれ育った江戸の高須藩邸や養子に入った桑名藩邸、あるいは桑名城では、誰かが毒味をしたものでないと口にせぬのが習いだったが、京、大坂で慌ただしい暮らしをするうち、いつしかさような習慣もお座なりになっていった。

──それにしても。

慶喜は脂の強い食材が好みらしい。

京にいたとき、一度豚の肉を焼いた料理を勧められて驚いたことがある。定敬は遠慮無く舌鼓《したつづみ》を打ったが、容保は顔を顰《しか》め、ほんの少ししか箸を付けなかった。

「いただきます」

汁を一口すすると、見た目ほど味はしつこくない。箸でアラと格闘しつつじっくりと味わい、汁をほぼ飲み干して、椀に蓋をした。

「お着替えが届きました」

廊下から襖越しに声がかかった。

用意されたのは袴《はかま》や麻 裃《あさがみしも》などではなく、戎服《じゆうふく》である。フランス式だというこの戦闘用の装束は、身体が動かしやすく、また誰かに手を借りずともたやすく着替えができるので、定敬はお気に入りだった。今日は馬に乗っての入城だから、なおさらこの方が良い。

着替えて立ち上がったとき、ふいに舌に蘇《よみがえ》ってきた味の記憶があった。空腹が満たされて、かえって食べ物への欲求が呼び起こされたらしい。

──蛤《はまぐり》……。

あれは美味かったな。焼き物も、汁椀も。

はじめて桑名に国入りしたときに、膳に出て来たものである。東海道を桑名まで、江戸生まれの定敬にとって、はじめての長旅でもあった。

——いつ、また食べられるだろう。

次に桑名の地を踏むまでに、いかなる運命が待ち受けているのか——このときの定敬には、知る由《よし》もなかった。

同一月二十一日　江戸城

「上さまにお目にかかりたい」

定敬は通りかかった茶坊主の袖をつかみ、強引に呼び止めた。もう何度も見慣れた顔だが、向こうは会うたびに知らぬ顔をして行き過ぎようとする。

「もうしばらくお待ちください。他の方々とご対面中です」

「こちらは既に一時半《いっときはん》（約三時間）ほど待っておる。どういうことなのか」

「そう仰せられましても。ともかく、お待ちを」

そそくさとすり抜けていく茶坊主を見送って、定敬は溜《たまり》の間《ま》で座り続けた。

——しかし、ひどい有様だ。

大広間、溜の間、雁《かり》の間、柳の間……。

本来なら大名や旗本がそれぞれの格に従って整然と控えるはずの伺候席《しこうせき》だが、もはやかつての秩序は見る影もない。

――これでは、誰が入り込んできても分からぬだろう。

ばらばらの装束の者たちが勝手に集まってはごろごろと胡坐《あぐら》をかき、てんでに車座になって口角《こうかく》泡を飛ばしながら、「これからの戦い方」をあちこちで論じる様子は、血気盛んと言えば言えぬこともなかろうが、これを放置して良いとは到底思えない。

――早く、ご決断を。

時が経てば経つほど、敵の準備は整ってしまうだろう。こちらが動き出さなければ、「錦の御旗」を信じてしまう者たちも増えるにちがいない。

　どう攻め返すのか。慶喜が決めてさえくれれば、かような無秩序はすぐに正されるだろうに。

「上さまには、まだお目にかかれぬのか」

容保が姿を見せた。

定敬は今、和田倉御門《わだくらごもん》内にある会津藩邸に身を寄せている。

会津、桑名ともに、大坂城を出た藩士たちがぼつぼつ江戸に舞い戻っている気配があるので、藩邸の様子も気がかりではあるのだが、今後への見通しが立たないままでは家中の者たちに合わせる顔がない。慶喜からの号令を受け取ったらすぐさま戻るつもりで、兄の好意に甘えることにしたのだった。

十二日に江戸城へ来着して以来、ほぼ毎日、慶喜に書状を提出し、また対面も求めているが、なんのかのと理由を付けられ、待たされたまま一日が過ぎることも少なくない。他の者たちとはずいぶん対面しているように見受けられたので、いささか不愉快でもあった。

「御座へお通りを」

ようやく、対面が許されるらしい。

「上さま。どうか、何度も書面で申し上げておりますが、なにとぞ、薩長の軍を迎え撃つ陣立てを」

定敬は単刀直入に切り出した。悠長に型どおりの挨拶《あいさつ》などしている場合ではない。

「うるさいな、何度も」

脇息《きょうそく》に頬杖《ほおづえ》をついた慶喜は、明らかに機嫌が悪そうだった。

「せめて、薩摩藩邸を没収するご命令だけでもすぐに」

容保が言うと、慶喜はぷいと横を向いてしまった。

「やかましい。もうそなたら二人の顔は見たくない。だいたい、こうなったのは、そもそもそなたらのせいであろう。余は武力を以て戦う気など一度もなかった」

定敬は耳を疑った。

こうなったのは、誰のせいか。

「今日、対面を許したのは他でもない、もう二度と姿を見せるなと伝えるためだ」

「上さま……」

かまいたちを喰らう覚悟で言いつのった定敬に、慶喜は頬杖をついていない方の手を、ひらひらと振りながら、深々とわざとらしくため息を吐いてみせた。

「早《はよ》う下がれ。余は忙しい。今は話をせねばならぬ者が他に大勢おるゆえ、そなたらの相手をする暇はない」

いま一言、と食い下がろうとした定敬を、容保が首を横に振って制した。

十五日には、定敬と同じく抗戦を強く主張していた小栗忠順《おぐりただまさ》が、慶喜から口頭で直接、陸軍奉行並と勘定奉行の罷免《ひめん》を言い渡されている。

容保と定敬にはもう辞めさせられる役職はないものの、「姿を見せるな」とは、小栗の罷免と等しい響きがあった。

——なんということだ。

さらに、会津藩邸へ引き上げながら、容保が話して聞かせてくれたことは、定敬の気持ちを決める上で大きなものになった。

「昨日、上さまが、芝の屋敷へ突然、見舞いと称しておいでくださったらしいのだ」

芝には会津の中屋敷がある。今は大坂から戻ってきた負傷兵たちの療養所になっていると聞いている。

「そのときに、わが家中の一人が、上さまを罵《ののし》ったらしい。〝正真正銘の腰抜け〟、〝さっさと水戸へ帰れ〟と」

「腰抜け……」

よくぞ言ったたと、思ってしまう自分がいる。

されど、下士の者が将軍に向かってそれを直接口にしたというのは、よほどのことだ。お手討ちになっても構わぬと覚悟してのことだろう。

「上さまは、お怒りにならなかったのですか」

「薄笑いを浮かべて、そのままお立ち去りになったそうだ」

ありそうなことだ——そう思うと同時に、定敬は自分の身がまた揺れ始めるような感覚に襲われた。

「それを聞いて、私は覚悟を決めようと思った。もう、上さまをあてにはできぬ。どの道を選ぶにせよ、家中の者たちと命運を共にしようと。そなたはどうする」

会津の家中の者たちが、日々、「抗戦か恭順か」で激論を戦わせていることは、定敬も知っている。桑名藩邸はどうなっているのか、改めて気にかかっていた。

確かにさっきの様子では、もはや慶喜の命令を待っていても仕方ないようだ。

十二日には、幕臣あての書状において「深い見込み」「追って申し聞かせる儀あり」とも述べていたので、ついそれを待つ気になっていたのだが、会津藩の様子を見れば、今は慶喜の真意を測るより、己の家中のことを考えるべきかもしれない。

「では、私も藩邸に戻ってみようと思います」

八丁堀《はっちょうぼり》にある桑名藩上屋敷は、町人が多く住むあたりと近すぎて、何かと差し障りがありそうだというので、今家中の者のほとんどは水運の便の良い中屋敷に集まっているはずである。大坂から戻る者たちの便宜《べんぎ》も考えての措置だった。

「ああ、その方が良いだろう。まさか、こんなことになるとは思わなかったが」

互いの家中の動向をできるかぎり知らせ合うことを約束して、定敬は翌朝、深川にある中屋敷へと密かに移った。

「せーりー、なばなー、ふきのとうー」

江戸城周辺と異なり、中屋敷のある大川《おおかわ》の東側では、町民たちの往来もさほど変わった様子はなく、天秤《てんびん》を担いで春の菜を売り歩く穏やかな売り声なども聞こえて、これまでの緊張と喧噪が嘘のようである。

しかしやはり家中では、恭順と抗戦との間で議論が巻き起こっていた。ただ、定敬の意向を憚《はばか》ってか、恭順の考えを持つらしい者は、あまり表だって意思を表明していない。

「ご苦労であった。すまなかった」

大坂から帰着した者には、定敬は身分にかかわらず直接対面し、声をかけた。怪《け》我人《がにん》や病人については、手厚く世話をするよう、命令も出した。

「殿。この屈辱は、必ず」

幸い、慶喜が会津の者から受けたような罵りが、定敬に向かって投げつけられるようなことはなく、むしろ大坂から戻った者たちの方が、江戸詰めだった者よりも、抗戦の思いを強くしている様子であった。

――どうするかな。

どこまでも戦うと言ってくれる者は、どれくらいいるだろう。

大坂城退去の責めを負って、自分は隠居し、家督を世嗣に譲ることにした――そう綴《つづ》られた書状が容保から届いたのは、その夜のうちのことだった。家中の不穏を取り除くために決めたとも書かれていた。

――自分もそうすべきだろうか。

そうした方が家臣たちの支持を得られ、抗戦への意思統一のためになるのなら、決して当主の座に恋々《れんれん》とするものではないが、ただ会津と違って世嗣がまだ幼い上、国許にいるという事情は考慮しなければなるまい。

思いあぐねて数日、「国許より使者が参りました」との知らせがあった。

「沢か。ご苦労であった」

「殿。よくご無事で」

「それで、桑名はどうなっている」

「はい。……それが」

惣宰《そうさい》の沢が言いにくそうに、視線をしきりに床へ落とす。

「どうした。何か悪い知らせか。まさか、もう薩長に攻め落とされたというのではあるまい。申してみよ」

定敬が促すと、沢は一度額を畳にこすりつけてから、「申し上げます」と声を振り絞った。

「国許では、恭順の意思を官軍に表明することにいたしました。ついては、殿にはご隠居をいただき、万之助さまを名代として、城ならびに支配地を粛々と……」

「なんだと！」

つい、大声で怒鳴ってしまい、側にいた小姓がびくりと肩を震わせた。沢は一度咳払いしたが、臆せず言葉を続けた。

「すでに酒井が交渉に入っております。尾張に周旋を頼むと申しておりました」

「尾張……」

御三家筆頭でありながら、真っ先に幕府を見限り、薩長と連携した尾張徳川家。目下、藩主の父として家中の舵を取る慶勝は美濃高須松平家出身の養子で、定敬と容保には父を同じうする兄だ。

かつては朝廷と幕府との仲介役として、頼りに思ったこともある慶勝だが、今では完全に袂《たもと》を分かっている。そういえば京の二条城や大坂城に、「朝廷方の使者」として現れたのも慶勝だった。

――私は、家中に見捨てられたということか。

同じ隠居でも、容保のように自分の判断で、かつ、これからのために決断するならともかく、己の与《あずか》り知らぬところで、しかも恭順のための証《あか》しとして当主の座を追われてしまうとは。

……養子の責は重いぞ。

何かあれば、家臣たちはすぐそっぽを向いて、他の者とすげ替えようとする――亡き父から言われた言葉が、耳のうちに蘇る。

――もう、用なしだというのだな。

世嗣の万之助は先代の遺児だ。定敬が婿養子に決まるに当たって「妾腹《しようふく》ではあってもご実子がおいでなのに」と、あまりよく思わぬ家臣もあったと聞いている。

全身から気力が抜け落ちていくようだ。

その日はそれで、沢との対面は終わったものの、沢およびその供をして来た家臣数名が、精力的に国許の判断を伝えて説得の活動を始めたため、藩邸内の空気は雪崩《なだれ》を打つように恭順の方向へ変わっていった。

「殿。上さまも隠居、恭順の方策を固めておいでのようです。ここはぜひ」

沢らは家中に命じて、江戸城内や他藩の動向を探らせていた。中でも、二十四日に改められたという新しい幕府重役の顔ぶれを知ると、沢は勢いづいた。どう見ても、戦うというよりは、恭順のための交渉に重きを置いたとしか思えぬ人選になっていたからだ。

また定敬は、自分がすでに朝廷から従四位下《じゅしいのげ》の位も、左近衛権中将《さこんえごんのちゅうじょう》と越中守の官職名も剥奪《はくだつ》されていること、さらに、容保とともに第二等の「朝敵」と名指しされていることも、改めて知らされた。

――なぜだ。

どう考えてみても、納得のいく答えは得られない。

定敬の名で、隠居、恭順の意を示し、朝廷の裁きを受ける旨の上申書を幕府に出してほしい――沢が改めてそう迫ってきたのは、二十八日のことだった。

「一晩だけ、考えさせてくれ」

そう答え、定敬は一人、寝所に引きこもった。

――隠居、恭順、裁き。

行く末に待っているのは、蟄居《ちっきょ》謹慎か。いや、それで済むかどうか。

以前長州が朝敵とされた折、藩主である毛利敬親《もうりたかちか》と世嗣広封《ひろあつ》は、命を助けられている。代わりに首を落とされたのは家老たちだった。

あのとき、容保も定敬も、その処分に「手緩《てぬる》すぎる」と反対した。毛利家を取り潰し、敬親と広封の首を刎《は》ねよと主張したのだ。

こたび、薩摩や長州の者たちは自分たちをどう扱うだろう。あのときの慶勝のように、穏便に収めようとする者はいるだろうか。

――いやいや、潔く死を覚悟すべきだ。

敵の温情を期待するなど、いやしくも武士の頭領たるものに、あってはならぬことである。

どうせ死を覚悟なら、恭順の果てより、最後まで戦っての最期を得たいが、もはや家中の誰も、自分と共に戦ってくれるつもりはなさそうだ。

……養子の責は重いぞ。

これで終わりか。これも宿命か。

一睡もできなかった翌朝、結局定敬は、沢の進言どおりの上申書をしたためた。

「これを江戸城へ」

手が微かに震えているのを誰にも悟られたくなくて、定敬はすぐに、独り、座敷に引きこもった。

――少し眠るか。

しかし、眠気は感じるのに、気が高ぶったままなのか、昼を過ぎても頭がぼんやりするばかりで、いっこうに身体も頭も休まらない。

「殿。雁山《がんざん》どのがお目通りを願っておりますが」

小姓が遠慮がちに声を掛けてきた。

「なに、雁山が。すぐに通せ」

大男の姿形《なり》を「六尺豊かな」とはよく言われる文句だが、まさにその形容がぴったりな、筋骨たくましい、精悍《せいかん》な顔の坊主が姿を見せた。

「殿。お久しうございます」

雁山は高須以来の側近だった。昨年の暮れ、二条城から大坂城へ移るよう命令が出た折に「そなたは武士ではないから」と暇を出したのだ。

「お方さまより、これを」

差し出されたのは、丁寧に包まれた結び文と、小さな藁苞《わらづと》だった。

「おひさは、亀吉《かめきち》は息災か」

「はい。殿の御身をひたすら案じておいでになりました」

「そうか……」

婿養子に来たといっても、定敬はまだ、初姫とは婚儀をあげていない。何しろ相手は今年ようやく十二歳の少女だ。

正室との間に子ができる前に、他へ子を作らぬように気をつけよ――父の義建にはそう忠告されていたが、定敬は京にいる間にその戒《いまし》めを破り、ある商家の娘と密かに情けを交わすようになっていた。それがおひさである。

慶応元年の暮れに男子を産んだおひさは、その後京を離れ、信州にいる。おひさとの仲をよく知る雁山に、定敬は文の遣いを頼んだのだった。

「干し柿……」

藁苞を開けると、白く粉《こ》を吹いた実がいくつも入っていた。

「お手ずからだそうにございます」

口に入れると、なんとも言えぬ甘味が広がった。

――懐かしい。

あの頃はまだ良かった。

「雁山。ほんの少し、弾《ひ》かぬか」

「ありがたき仰せ」

定敬は、長らく手を触れていなかった私室の一隅から、箏《そう》と胡弓《こきゅう》を取り出した。

「絃《いと》が弱っておらねば良いが」

「これは、調弦が厄介ですぞ」

そう言いながらも、箏柱《ことじ》を立てていく雁山は嬉しそうである。

雁山は本来、時宗《じしゅう》の僧侶だが、縁あって幼い頃から定敬の「楽《がく》のお供」をしてきた者である。

漢籍、和歌、書画、陶芸……父義建は多趣味で、息子たちにも諸芸万端嗜《たしな》むよう教えたが、定敬は中でも楽を好んだ。とりわけ、得意としてきたのは胡弓である。

そうして、おひさとの縁を結んだのも、胡弓だった。

殺伐《さつばつ》とした所司代のつとめの合間を縫って、束の間、おひさと合奏するのが、京で唯一、心安らぐ時であった。

「お方さまの代わりは到底できませせぬが、ではほんの少し」

〽**塩の山　差出《さしで》の磯に住む千鳥……**

〈千鳥の曲〉。定敬の得意でもあり、おひさとの思い出の曲でもある。

胸中の激しい高波が、ほんの少し、静まっていく。

しばらくまた、側で仕えよ――雁山にそう命じてようやく、定敬は眠りに就くことができた。

同二月四日　江戸　桑名藩中屋敷

江戸城からは何の音沙汰《おとさた》もないまま、日数ばかりが過ぎた。

時折胡弓を手にする他は何もする気になれぬまま、はや謹慎の暮らしが始まったかのような定敬の浅い眠りを、小姓の息せき切った声が断ち切った。

「申し上げます」

「昨夜、立見鑑三郎《たつみかんざぶろう》、町田老之丞《おいのじょう》ら、十七名の者が屋敷に到着いたしました。すぐのお目通りを願っておりましたが、殿が御寝《ぎょしん》あそばされたのちのことでございましたので、今朝まで待つようにと申し伝えました」

立見、町田。いずれも家中で一、二を争う剛の者だ。とりわけ立見は西洋式の兵法にも長《た》けた知恵者である。

「なぜ昨夜起こさなかったのだ。すぐに会おう」

やがて十七名の者が姿を見せた。

「殿……」

「そなたたち、よくぞここまで。さ、もっと近う。顔を見せよ」

本来なら御目見得《おめみえ》以下の者も交じっており、ためらいがちに後ずさりする者もいたので、こちらからにじり寄って声を掛けた。大坂からここまで駆けつけてくれたのだ。家格や身分などに頓着《とんちゃく》する気にはなれなかった。

「どうやってここまで参ったのだ」

自分が開陽丸に乗ってしまったのが一月七日。そろそろひと月近くになる。

「紀州へ出て漁師から舟を買い上げ、海路で桑名に着いたのですが、すでに開城との噂が頻《しき》りでございましたので、城下へは入れませんでした」

「悔しさを堪えつつ、そのまま舟で三州《さんしゅう》吉田まで行き、そこからは陸路で」

東海道は西から次々と警護が固められつつあり、桑名や宮《みや》はもちろん、とても伊勢湾では上陸できそうになく、三河湾まで回ったのだという。

――親や妻子にも会えぬまま、駆けつけてくれたのか。

せっかく桑名まで行きながら。定敬は心から申し訳なく思った。

「大坂城では本当に済まなかった。いくら上さまの命とは言え、皆に何も告げぬままに退去するなど。今思えば、あのような馬鹿げた所行はない」

やはりあれが一番の間違いだった、あそこで戦うべきだったのだ――定敬はつくづく慶喜を恨めしく思いながら、十七名に向かって丁寧に頭を下げた。

「殿。どうぞおやめください。頭をお上げください、もったいない」

「そうです。それより、こちらでもすでに恭順で固まってしまったというのは、本当ですか」

定敬がうなずいて、上申書を提出してしまった件を話すと、立見も町田も憤然として「諦めてはなりませぬ」と声を揃えた。

「我らの外にも、もう一度殿の元に参集して戦うつもりの者は、まだまだ大勢いるはずです。国許は京にも近いので、こうなるともう頼ることはできませんが、でもまだ」

立見は策士らしく、何か考えているようだった。

「必ず、途《みち》はあります。ですが今、家中で、表だって恭順か抗戦かの議論を蒸し返すのは得策ではありますまい」

「何か、手があるだろうか」

「見つけます。ですから、殿はしばらく、様子をご覧になっていてください」

「分かった」

しかし、立見からも町田からも何の報告もないまま、むしろ耳に入れたくないような話ばかりが聞こえてきた。

二月の十日には、「江戸城への登城を禁ずる」旨、正式に慶喜の署名が入った書状が差し回されてきた。容保にも同じ沙汰が下されたという。

「昨日、上さまが上野寛永寺《かんえいじ》にお入りになりました」

沢がそう告げてきたのは、十三日のことだった。

「殿も、しかるべくお移りになった方が良いのではないでしょうか」

さらにそう進言してきたのは、もう一人の惣宰、吉村権左衛門《ごんざえもん》だった。定敬のいない江戸で家中を取り仕切ってきた吉村は、そろそろ五十路《いそじ》に届こうという長老で、すでに二十年以上も、重役をつとめている。

これまで、その落ち着いた判断と物言いを何かと頼りに思うことも多かったのだが、こたび、とりわけ沢が江戸へ着いてからは、すっかり意見を同じくし、恭順を勧める動きを強めるばかりなので、正直定敬には疎《うと》ましかった。

――服部半蔵はどうなのだろう。まだ姿を見せぬが。

沢、酒井、吉村。四人の惣宰のうち、三人までが恭順の意思で固まっている。

――まだ姿を見せぬのは、国許へ行って酒井と密かに合流したからだろうか。

酒井と服部が兄弟なのは知っている。

腹違いというと、俗に仲の悪いものと取り沙汰されることが多いようだが、酒井と服部はむしろ、共に桑名を支えるという自負で結びつき、意は通じ合っているように見えた。定敬はどこかで二人を、自分と容保との関係に並べてみるようなこともある。

ただ、その容保からも、「和田倉の藩邸を去って、会津へ行くことになった」との知らせがあった。江戸を退去するよう命じられたからということだったが、では会津が恭順するのかというと、どうもそうでもないらしい。

上野寛永寺の貫主《かんじゅ》である輪王寺宮《りんのうじのみや》――天皇家に血筋の近い、伏見宮家出身の親王である――を通じて、容保は朝廷あてに、こたびの東下《とうげ》の経緯をしたためた書状を出したのだが、受け取りを拒絶されたという。

こちらの言い分をまったく聞く気もなく、「官軍」と称して江戸まで進軍して、あくまで攻め立てようという腹づもりらしいから、一度国許へ引き上げることにしたというのが、会津の方の事情であるようだ。

時期を同じくして、老中を罷免された板倉も隠居、逼塞《ひっそく》を命じられたと分かると、やはり定敬も、そのまま藩邸に留まるわけにはいかなくなってきた。かといって、容保と違ってもはや国許へ帰ることもできない。

「まずは霊巌寺《れいがんじ》へおいでください」

沢や吉村に促されて、定敬は中屋敷からほど近い、桑名藩の菩提寺である深川霊巌寺へ移ることになった。

境内には種類の違う梅が何本か植えられていた。そろそろ花時分《どき》は終わりのようだが、どこかで鶯の声がする。

〽鶯《うぐいす》の谷より出づる声なくば

思わず口ずさまれる。

――家中の者たちは、私が藩邸にいない方が良かったのだろうな。

国許の方針が伝わり、また定敬が幕府に上申書を出してしまったこともあって、藩邸ではすっかり恭順が主流になっているが、それでも、大坂から駆けつける者があるごとに「命を惜しむのか」「卑怯者」といった怒声が飛び交い、議論がまた堂々巡りしていた。恭順に納得できず、密かに桑名を抜け出して来る者もあって、どうやら三百名近い藩士たちが行く末を江戸で模索しているらしい。

中には、岡本雅次《まさじ》のように父や兄に説得されて恭順に賛同する意思を示したものの、大坂から帰ってきた同輩や友人たちから「臆病者」「裏切り者」とひどく罵られたせいで、切腹して果ててしまった者も出ていた。

沢や吉村にしてみれば、定敬が寺に入ってくれた方が、議論を沈静化しやすいにちがいない。
岡本がまだ二十歳《はたち》前だったと聞き、定敬は霊巌寺で独り、苦い涙を流した。
——早まったことを。
もっと別の途を、当主である自分が早く示せていれば。
——立見や町田は何をしている。
自ら動くことができないのが、もどかしい。
待ちに待った知らせが来たのは、二月も末のことであった。
「殿。書状が届いております」
小姓が持参したのは、惣宰に次ぐ重役の一人で、江戸に来ている山脇十左衛門《じゅうざえもん》からの書状だった。開いてみると、「自分たちはこれから脱藩する。ただ、志はあくまで殿とともにあるので、どうか信じて、この書状にあるとおりにしてほしい」との懇願の手紙とともに、もう一枚、長い巻紙の誓紙が同封されていた。
……山脇十左衛門
立見鑑三郎
町田老之丞
森弥一左衛門《もりやいちざえもん》
相沢安兵衛《やすべえ》

…………


二十七名の署名の下に、すべて赤黒い印がついている。

――血判状。

日付は二月二十七日、場所は松本楼《まつもとろう》とあり、誓紙には富岡八幡宮《とみおかはちまんぐう》の印が押されていた。

定敬はその書状をおしいただくと、富岡八幡のある南の方角に向かって深々と拝礼した。

――悟られてはならぬ。

吉村や沢に対面するときは慎重にせねばと、定敬が思いを新たにして、二日後のことであった。

今度は、先日幕府の若年寄になったばかりの大久保一翁《いちおう》から、やはり書状が届いた。

――なるほど。山脇の知らせてきたとおりだ。

山脇の書状には、「近々、幕府から越後柏崎《かしわざき》へ退《ひ》くよう沙汰があるはずなので、受諾してほしい」とあった。

――柏崎。

桑名藩は表高は十一万石だが、実高はおよそ十四万石。そのうち桑名の本領地は八万余で、残りの六万近くは越後にある刈羽《かりわ》や魚沼《うおぬま》、蒲原《かんばら》などの飛び地である。柏崎にはそれらを統治するための陣屋があり、そこへ行けというのである。

ただ、大久保の文面はあくまで〝恭順、謹慎するために江戸を出て、しかるべき所へ行け〟というのが大意で、その行く先として暗に飛び地の柏崎がほのめかしてある程度のものだった。

わが領地といえど、まったく見知らぬ土地、しかも恭順の名目。不審の念がないでもなかったが、ともかく今は、山脇を信じるしかない。

大久保あてに「謹んで従う」旨の返信を出して数日すると、吉村が訪れてきた。

――何用だろうか。

警戒しながら対面すると、落ち着いた様子で「朗報でございます」と言う。

「長岡《ながおか》藩より、柏崎へ行かれるなら、殿と随従の者百名、乗船を引き受けても良いとの申し出がございました」

「長岡藩から？」

「はい。重役の河井《かわい》どのが、スネルという西洋人から借り受けた商船だそうです。江戸にいる長岡藩士らを乗せて帰国するが、定員にゆとりがあるのでよろしければと」

ずいぶん手回しの良いことだ。長岡藩の河井継之助《つぐのすけ》と言えば、京では藩主の名代をつとめていたほどの人物である。

しかし、どこも自藩のことだけで精一杯のこの時期に、他藩で、しかも、「朝敵」扱いされて隠居を強いられている定敬に手を差し伸べようとは、いったい河井はどういう魂胆《こんたん》なのだろう。

「分かった。それでその百名の人選は」

思案してみてもどうにもならない。定敬は潔くその提案に乗ることにした。

「それについては、今こちらで調整中でございます」

吉村は「こちらで」にことさら力を入れた。人選には口を出すなと言いたげだった。

山脇にせよ立見にせよ、例の二十七名の者のうちからどれほど入るのか本当は知りたかったが、定敬はぐっと堪《こら》えた。

余計な動きはしない方が良いだろう。ともかく目的地が柏崎であることは一致しているのだから。

三月七日、定敬は深川霊巌寺を出て、築地《つきじ》にある下屋敷へ移ることになった。

築地の屋敷には水門があり、そこから舟で品川沖へ出て、長岡藩の用意した船に乗るのだ。

「雁山。済まぬが」

「御意。信州でございますね」

「行ってくれるか。遠方を済まぬ」

　せめて、自分の居場所をおひさに伝えておきたい。定敬は結び文を雁山に託すことにした。

「某《それがし》が弁慶なら、どこまでも殿に従って矢面《やおもて》に立つのですが、残念ながらそれはできませぬので、せめて文遣いくらいは役に立ちませんと、この名が泣きます」

　和漢の詩歌では、雁は足に文を結んで飛ぶと歌われることがよくある。雁山はそんなふうに言った。

　――弁慶と義経か。

　小柄な定敬と巨漢の雁山との二人連れを、おひさがそんなふうに見立ててよく笑っていたのを思い出す。

「雁の使いでいてくれ。私が義経のように越路《こしじ》から奥州へ流転して、そなたが弁慶の仁王《におう》立ちになるようでは困るからな」

「さようです。仰せのとおり。旅立ちに縁起でもない、余計なことを申しました」

「いやいや。ともかく、頼むぞ。くれぐれも、息災で」

「殿も、どうか、御身《おんみ》お大切に」

雁山との二度目の別れを惜しんだあと、定敬は歴代藩主の墓に参り、それから本堂でも祈りを捧げた。

居室に戻ると、身のまわりの品を小姓が行李《こうり》に詰めていた。

——胡弓を持っていきたいが。

小姓は当然のように置いて行くものだと思っているのか、楽器は眼中にないようだ。

——遊興のものは、やはりやめておこう。

一度目の長州征討の折、総督だった尾張藩主、定敬の長兄である徳川慶勝は、愛好している写真鏡の道具を現地に持ち込んでいた。あとでそれを知って容保と二人、〝不謹慎だ〟と憤《いきどお》ったことがあったのを思い出した。

小姓に「こちらはいかがいたしましょうか」と声を掛けられた。近頃使っている硯《すずり》箱《ばこ》である。

「ああ、それは手を付けなくて良い」

「御意」

小姓が下がっていったのを見届けて、硯箱を開けて、守り袋を一つ取り出す。おひさのいる信州の、伊《い》奈《な》神社という社《やしろ》のものだ。

——これだけは、持っていかねば。

藩邸から持って来た硯箱は、これからの旅にはきっと無用だろうから、置いて行くつもりだったが、中に入れてあったこの守り袋だけは別だ。大坂城から抜け出るときも、懐に入れていた。

守り袋の中には、亀吉の手形を朱で押した紙が入っている。紅葉《もみじ》のようなその形は、定敬にとって何よりの護符である。

――許せよ。なかなか会えぬ父を。

そうして、晴れて対面できる日まで、どうか待っていて欲しい。

霊巌寺から下屋敷までの移動も、人目を避けて舟を使うことになった。夕刻、ごく数人の者に伴われて仙台堀《せんだいぼり》までそっと微行し、苫舟《とまぶね》に乗る。

やがて堀を抜けて大川へ出る。永代橋《えいたいばし》の下をくぐって進み、左手に見えていた陸地が消え、薄闇に広がる波を見ながらしばらくすると、右手に下屋敷が見えてくる。

「では、今宵《こよい》はこちらで。夜明けとともに船を出します」

翌朝、定敬一行を乗せた船は、品川沖へとこぎ出していった。

途中、安政《あんせい》の頃に会津藩が苦労させられたという砲台のあたりなどが見えると、悔しさがこみ上げてくる。異国船の脅威に備えるための砲台作りを命じられた会津は、安政の大地震の折、その屯所《とんしょ》に詰めていた藩士二十六名を焼死させるという、痛ましい目に遭っている。

――もう一度、生きて兄上とお目にかかれる日が来るだろうか。

水面《みなも》が輝いてきた。ふと気持ちが暗い方へと引きずり込まれていくのを、昇る朝日に助けられる。

こたび、乗船するのは、コスタリア号という名で、プロシアの船らしい。

幸い、事前の連絡がきちんと交わされていたようで、開陽丸に乗ったときのようにどれが乗るべき船か分からぬなどという混乱はなく、ほどなく定敬はコスタリア号に迎え入れられた。

「よくおいでなさいました。殿にお目通りを願いたいと、河井さま以下、お待ち申し上げております」

姿を見せたのは、久徳隼人《きゅうとくはやと》と山脇十左衛門である。いずれも重役だが、久徳はむしろ吉村の腹心で、恭順の旗振り役のはずである。

――ここにいるということは、山脇は脱藩したわけではないのだな。

ちらりとこちらを見た山脇のまなざし。今は信じるしかない。

案内された船室にしばらくいると、見覚えのある顔が現れた。

「中将さま。お懐かしうございます」

こう呼ばれるのは久しぶりだ。

「梶原《かじわら》ではないか」

京で容保の側近をつとめていた会津藩家老、梶原平馬《へいま》であった。

「河井どののおかげで、こうしてここにおります。わが家中の者も百名ほど、同行します」

傍《かたわ》らに座った、一見柔和《にゅうわ》な顔をした壮年の男が改めて挨拶をした。

「河井でございます。ここに桑名公をお迎えできますこと、光栄に存じます」

桑名公——国許ではすでに当主の座は追われているが、そう呼んでくれるのはありがたかった。

官位の剝奪も隠居、謹慎も、心底では得心できていないことだ。

「これから横浜へ寄港したのち、新潟を目指します。どうぞごゆるりと」

定敬はうなずいたが、そのあと、河井が付け加えたことにはいくらか不審を覚えた。

「横浜ではしばらく碇泊しますが、上陸はどなたにもご遠慮いただきます。桑名公におかれましても、どうか」

何か子細があるようだ。知りたく思ったが、顔つきは柔和に見えても、眼底の光は厳しく、一切の問いを拒絶しているようで、言い出しかねた。

「分かった。よろしく頼む」

横浜での碇泊の間、家中の者百名の顔ぶれがおおよそ知れた。

――呉越同舟《ごえつどうしゅう》とはこのことだ。

立見も町田も、森もいない。

一方で、吉村も沢もいないのは、江戸へ残って「官軍」と交渉するためだろうか。

ただ、血判状に名のあった、山脇とごく数人を除けば、恭順派が圧倒的に多数なのは明らかだ。

――会津はどうなっているのだろう。

かなりの数の者が、二十日前に陸路で出立した容保に随行したと聞いている。

ということは、ここに乗っている百名は、その時には江戸にいなかった――そのあと、大坂からたどり着いた者、あるいはその時は同行せず、江戸に残った者だろうか。

桑名の家中に照らせば、大坂から戻った者は、抗戦を主張する側に立ってくれることが多いはずだ。それになにより、京で容保の側近として仕えていた梶原の人柄を定敬は知っている。その梶原の率いる者たちが恭順に回るとは到底思えなかった。

しかし、真意は分からない。それは会津も桑名も同じだ。そもそも当主の自分が、表向きは恭順を表明しつつ、抗戦に転じる隙をじっと窺《うかが》いながら、こうしてまわりを見ているのだから。

――考えるときりがない。

自分たちの態勢が整うまで、表向きは恭順の姿勢でいてほしい――山脇が血判状とともによこした書状を、信じるしかない。

その山脇は、定敬が乗船した折に挨拶に訪れたきり、その後はまったく近づいてこようとしない。一方、久徳をはじめとする恭順派がひたすらご機嫌伺いに来るのを、定敬は内心「まるで監視だ」と思いながら見ていた。

横浜では、小舟がひっきりなしに港とコスタリア号とを行き来していた。何か大きな荷を何度も運び込んでいるように見える。

――ずいぶん厳重だな。

河井は長岡藩の者たちを指揮して、運び込んだものを船倉に収めているが、その荷への警戒ぶりが尋常ではない。

――この船の持ち主は、スネルだと言っていたが。

確か兄弟で日本にいると聞くが、その素性はもう一つよく分からない。オランダ人だとも、スイス人だとも、プロシア人だとも言われ、また兄弟だが実は国が違うという話もある。

――ともかく、江戸で押し込められているよりは、きっとましだ。

何か途が見つかるに違いない。

長岡藩、会津藩、そして桑名藩。

様々な人と、荷と、そして思惑を乗せて、定敬の乗ったコスタリア号は、三月十六日、横浜沖を離れ、大海原へと乗り出していった。

三　越後の朧月《ろうげつ》

慶応四年(一八六八)三月十八日　鹿島灘

定敬の乗ったコスタリア号は、海原をひたすら北へと向かっていた。

大坂から乗った開陽丸の時とはちがい、常に左舷に、遠く稜線が見えている。風は冷たいが、不安になるというほどではない。

——河井は横浜で何を積んだのか。

おそらく西洋式の武器にちがいない。そう思うと、どうしてもそれらについて知りたくなった。

見せてくれと言っても、もし本当に武器なら、河井はきっと知らぬ顔をするだろう。

あれだけの荷がすべて武器だとすれば、長岡藩——少なくとも重役である河井は、徹底抗戦の覚悟を固めていることになる。表向き恭順を表明してしまっている定敬に、そんなものを見せてくれるはずがなかった。

——銃か、大砲か。

京にいた頃、桑名藩では、軍備を充実させようと画策していた時期があった。

——あれは、無念だった。

昨年の夏、桑名藩は思い切って軍艦を一隻、買おうとしていた。

——ドラゴン。龍という意味だと聞いたが。

ドラゴンがもし手に入っていたら。今、この状況はちがっていただろうか。

交渉を始めたのは、中古でなく、新造の鉄製蒸気船で、値段は八万両。藩の一年分の歳入よりも高いこの買い物を、なんとかうまくやる方法はないかと、アメリカの商人と交渉したのだったが——。

先方の姿勢はこちらが思っていたより手厳しかった。手付けに五千両を払ったとき、「残りの七万五千両のうち、二万両を三十日以内に支払うこと」という条件が付けられた。

しばらくは待ってくれるだろう——日本の商人と大名との取引なら通じる、そうした猶予の気脈は微塵《みじん》もなかった。三十日が過ぎると、こちらの度重《たびかさ》なる「もう少しだけ待ってもらえないか」という申し入れを、先方は容赦なく拒絶し、契約を破棄して五千両を没収したのだ。

こんなことになるなら、あの五千両で銃でも買った方が良かった——あとになって定敬も重役たちも悔いたが、どうしようもない。残ったのは、西洋の商人との取引には、一切の猶予も許されないと覚悟せよという苦い教訓だけだった。

「高木。そなた、こっそり船倉の様子を窺うことはできぬか」

小姓の高木貞作《ていさく》は、例の血判状に名のあった一人で、身のこなしも軽い。

「なんとか、やってみます」

「慎重にな。河井をあまり刺激せぬように」

数日、高木は、船倉を警護する長岡藩の者たちと親しく口を利くなどして、様子を探っていたが、やはり詳細を知るのは難しいようだった。

「人の出入りのみならず、火の気や水気にずいぶん気を遣っているようです。やはり殿のお見込みどおりなのではないかと思われますが」

どういう武器をどうやって手に入れているのだろう。

今後のためにもぜひ知りたいと思ったが、それ以上高木を深入りさせるのはためらわれた。長岡藩とは、できれば先々、連携もしていきたい。

風の冷たさが増してきた頃、それまで北上を続けていた船が針路を変えた。進行方向の両側に陸地が見え、三月ももう二十日過ぎだというのに、時折雪が舞い、白く波頭が立つ。

波の穏やかな折を見計らい、高木を供に甲板《かんぱん》に出て景色を見ていると、河井の方からお辞儀をして近づいてきた。

「右手の陸地が蝦夷地《えぞち》です。箱館《はこだて》奉行所があるところです」

開港をめぐる議論では何度も名を聞いた地名だが、見るのははじめてである。

「ところで、殿はどうやら、船倉にあるものにご興味がおありのようですね」

河井がちらりと高木を見やった。

――知られていたか。

どう答えれば良いだろう。

迷っていると河井は目だけ動かしてまわりを確かめた。

「殿のご本心をうかがいたい。本当にこのまま恭順するおつもりですか」

低い声と鋭い目。切れ味の鋭い言葉の一太刀《ひとたち》。到底、ごまかせそうもない。

「……余は、得心しておらぬ」

河井は黙ったまま深くうなずいた。

「ならば、どうぞ。ご案内いたしましょう」

導かれるまま、細い階段を降りていくと、警護している長岡藩士たちが一様にぎょっとしているのが分かったが、河井はそれを目で制しながら進んだ。

「ここからは、お供の方はご遠慮ください」

分厚《ぶあつ》い扉の手前に高木を残し、河井の持つ小さなカンテラの灯《あか》りを頼りに、さらに奥深くへ入っていく。

――これはすごい。

滑らかな黒い金属の大筒が、重厚な台に据え付けられている。

「アームストロング砲です」

話には聞いているが、間近で見るのは初めてだ。

多くの弾丸《だんがん》を仕込んだ大きな砲弾を遠くへ飛ばし、標的に近づいたところで破裂させることができるという。以前、幕府で三十五門買い付ける計画があったが、頓《とん》挫《ざ》してしまったと聞いたことがある。

「これは」

荷車の台に、長い銃身をいくつも束ねて筒状にしたものが据え付けてある。

「こちらはガトリング砲。間を置かず、連続して銃撃することができます」

他にも、エンフィールド銃、スナイドル銃、シャープス銃など、西洋式の銃が数多く積まれていた。

――よくここまで。

これで薩摩や長州に反撃できたらどんなに良いだろう。心躍るようである。

「これはすべて長岡藩のものか」

「いえ、会津の梶原どのからお預かりしているものもございます。ただ、いずれの家中も、ここにこれだけのものがあることは、限られた者しか知りません」

やはり梶原は恭順するつもりはないらしい。

「これだけ揃えているということは、長岡藩も徹底抗戦の構えだな」

定敬がそう言うと、河井はゆっくりと首を振った。

「いえ。できることなら使わずに済ませたいと思っております」

カンテラの向こうで河井の目が瞬《またた》いた。

「今、官軍と称している者たちに、真に義があるのなら、私は恭順しても良いと思っています。ですが、殿もご存じのように、上さまは政権もお返しし、新たに話し合いの席に着こうとされていたはずです。それを無理矢理、卑怯《ひきょう》なやり方で武力での争いに持ち込んだのは、薩摩でしょう」

定敬は、己の胸の内を代弁されているようで、目頭が熱くなった。

「幕府は確かに、政《まつりごと》の方向を間違ったのかも知れません。しかし、まだやれることはいくらもあった。今なぜ討幕なのか。そこに義はあるのか。薩摩や長州の私闘ではないのか。私も殿と同じく、得心できません。義のない相手に、恭順はできません」

「では、抗戦を……」

「いえ」

河井は定敬の言葉を遮った。

「私としては、長岡藩は中立であるべきだと思っています。それを死守するための武器のつもりです。どちらにも加担したくない」

「中立……」

そんな途を取ろうとしている指導者が、今どの藩にいるだろうか。

「はい。そうして、諸藩と幕府がもう一度、話し合いの席に着くよう、説得したいと考えています。ですからぜひ、桑名は、早まらないでいただきたい」

河井の声の調子は決して強くはなく、むしろ穏やかだった。高僧の説教でも聞いているようだ。

「とはいえ、これだけの武器を持っていると分かれば、すぐにでも手向かうつもりだと、敵にも味方にも誤解を受けるでしょう。この船には、様々な考え方の者が乗っていますから。まずはなんとか無事に新潟へ着けるよう、どうか殿もお力をお貸しください」

深くうなずいて、定敬は船倉を出た。

「殿、中には何が」

待ちかねていた高木が興味深そうにしている。

「食糧が山ほどあった。荒波に流されて航海が長引いても、あれならずいぶん持ちこたえられる。見事な兵糧だ」

河井の深慮を思えば、うかつなことは漏らせない。

「食糧、ですか」

高木はいささか拍子抜けした顔を見せたが、それ以上は何も言わなかった。兵糧という言葉に、なんとなく納得したらしい。

そんなことがあって翌日、船はさらに針路を南に変えた。

新潟に着いたのは、三月二十三日のことだった。休息と準備のため、三日間逗留した後、ここからは陸路、柏崎へ向かう。

「桑名公さま、どうかご無事で。わが殿が、お目にかかれなくて残念だと申しておりました」

出立の前の晩、河井が改めて挨拶にきた。

前日には会津藩士たちが、国を目指して一足先に出立していった。「必ずまたお目にかかりましょう」——兄容保にそう伝えてくれるよう、梶原に告げて、一行を見送った。

今日はいよいよ、見送られる番である。

河井の仕える長岡藩も、恭順か抗戦かで家中が混乱しており、藩主の牧野忠訓《ただくに》と定敬との対面など、とても叶う状況ではないようだ。

「お立ーちー」

長岡藩の好意で馬一頭を借り受け、定敬は騎馬、他の者はみな徒歩《かち》で従う。

北陸道を南へ、寺泊《てらどまり》、出雲崎《いずもざき》での宿りを経て、柏崎へ着いたのは三月三十日であった。

——八重桜か。

道中にあったいくつかの社《やしろ》の森には、まだ薄紅のこんもりした花房を見ることができた。江戸より花時《どき》分が遅いようである。

「いよいよ、領内でございます」

領内に魚沼など、米どころとして知られる地があるせいか、定敬が思い描いていたより多くの商家が建ち並んでいたが、どこも戸を閉めてひっそりとしている。

——お国入りという風情ではないな。

恭順の意を示すもと藩主の行列では仕方あるまいと、改めて己の置かれた立場を振り返る。

目指す陣屋は、街道を抜け橋を渡り、川を隔《へだ》てて西側の大久保と呼ばれる高台にあった。

東西百間《けん》、南北五十間。豪華ではないが、重厚な造りの建物に沿って、出迎えの藩士たちが大勢、列を作っている。この陣屋につとめる藩士は六十名ほどと定敬は聞いていたが、どうやらそれより多くの者がいる。

「殿、お待ちしておりました」

門のところで出迎えてくれたのは、見覚えのない顔ぶれだった。

「柏崎詰め郷《ごう》手代、渡部平太夫《わたなべへいだゆう》にございます」

挨拶をした渡部は、父の代に柏崎詰めとなり、この地で生まれた者だという。定敬より五、六歳ほど年長らしい渡部は、この陣屋の実務を一手に握る働き者らしく、こたび、大勢の藩士の受け入れのために奔走してくれていた。

「膳の支度をしております。どうぞ」

出された食膳は、江戸の藩邸で出るものと比べなんの遜色もない。それどころか、米も菜もむしろ上等だった。鰯《いわし》のぬた、干しかぶの煮物、鯛《たい》の潮汁《うしおじる》など、いずれもあまりに美味いので、つい何度も「代わりを持て」と言いつけてしまったほどである。

――豊かな土地のようだな。

しばらくはここで落ち着ける。

そして、必ず……。

八日に江戸の下屋敷を出てから、海路陸路合わせて二十日余。長い旅の疲れを癒やすには良い場所だと、定敬ははじめて足を踏み入れた「飛び地」をありがたく思った。

それから四日後の四月四日、陣屋にふたたび多くの桑名藩士が到着した。

「惣宰《そうさい》の吉村どの、沢どの、それに服部どの、到着でございます」

「なに、服部も一緒か」

吉村と沢が陸路で向かっていることは知っていたが、服部が合流していたことは知らなかった。

聞けば、大坂を出たあと、桑名を諦めて江戸へ向かい、途中で柏崎行きのことを知って、吉村たちと連絡を取り合ったらしい。

――服部は、どう考えているのだろう。

恭順か、それとも、抗戦か。

吉村や沢と同道してきたなら、すでに説得されてしまっているかもしれない。

定敬はすぐにでも服部の真意を知りたく思ったが、いきなり問うこともできぬ。

揃うべき者がおおよそ揃ったというので、改めて型どおりの対面儀式が行われることになった。

柏崎詰めの藩士の者たちの中には、藩主を身近に迎えるのははじめてという者も多い。御目見得《おめみえ》以上の者がそれぞれの格式に従って大広間に並び、対面が終わると、服部が進み出てきた。

「殿。今後の御宿所でございますが」

ここ数日は、陣屋の奥座敷で過ごしていた。それで良いものと思っていたのだが、服部が告げたのはそうではなかった。

「寺を用意させております。すぐ近くでございますれば」

「寺……」

ここでも、寺なのか。

「やはり、謹慎の体をお取りくださいませんと、みなでここまで来た甲斐がありません」

服部は小姓たちに命じて、定敬が徒歩でそこまで行けるよう、支度をさせている。

「五町ばかり西でございます」

連れて行かれたのは、勝願寺《しょうがんじ》という真宗の寺だった。

――隠居、謹慎……。

江戸の深川霊巌寺にいた時と同じく、ごく数名の小姓が交代で身の周りの世話をしてくれる他は、僧侶ばかりと過ごすことになるらしい。

表向きは恭順のために来たのだから当たり前なのだが、改めて突きつけられた現実に、胸中に突然墨汁《ぼくじゅう》を流された思いがした。

「惣宰のうちの誰かが、日々参上いたします。何かあればお申し付けを」

服部はそう言い残して下がっていった。

寝所として用意された部屋は南に面していて、庭へ出ることもできる。小高いところにあるので、眺めも悪くないが、定敬にはなんともしれぬ違和感があった。

その違和感がなにゆえなのか、思い至るまもなく、その晩はぐっすりと眠ってしまった。やはり疲れていたのだろう。

「お手水《ちょうず》をこちらに」

翌朝、小姓が朝の身支度のために差し出した洗面用の水に手を入れて、定敬は驚いた。

「ずいぶん冷たいな」

もう四月、季節で言えば夏に向かおうというのに、この水の冷たさはどうだろう。

「申し訳ございませぬ」

「いや、そなたを叱っているのではない。驚いているだけだ。そなた、そうは思わなかったか」

今日の小姓は山脇隼太郎《しゅんたろう》、あの山脇十左衛門の息子である。

「はい。私も驚きました。雪解け水が井戸に入るからだろうと、お坊さまの一人から教わりました」

謹慎の身、小姓といえども、余計な口を利いてはいけないことになっている。誰が監視しているわけではないものの、隼太郎ははっと口を押さえ、急いでお辞儀をして去って行った。

——雪解け水か。

船が北を大きく回って蝦夷地との間の海峡を通っていた頃、三月でも雪が降るのだと驚いた。新潟に近づくにつれて気候が穏やかになってきてほっとしていたのだが、やはり冬ともなれば雪深いところなのだろう。

——ここに、いつまで。

それは今、考えても詮ないことである。

謹慎の身は、正直なところ手持ち無沙汰だ。朝夕の読経《どきょう》の他には、身体が鈍《なま》らぬよう竹刀《しない》を振ってみたり、ともすれば波立ちがちな心を静めようと、住職から借りた漢籍を眺めたりして、一日が暮れる。

——やはり、胡弓を持参すれば良かった。

得意が笛ならば、荷に忍ばせることはたやすかったかもしれぬなどと、考えても詮ないことばかり、つい頭に浮かんできてしまう。

「なぜ胡弓だったのですか」

京でおひさに問われた時のことを思い出した。

「お武家の若さまなら、笛か鼓《つづみ》をなさるものとばかり思っておりました」

「兄たちがしないものをやりたかったのだ。なんでも比べられてしまうから」

「まあ。負けず嫌いでいらっしゃったのですね」

おひさには何でも話せた。とりわけ、兄の容保への尊敬の念と、その裏に密かに潜む引け目を、おひさは正面から受け止めてくれた。

定敬の顔には、子どもの頃患《わずら》った痘瘡《とうそう》の痕《あと》がくっきりと残っている。

幼い頃、高須の奥女中たちがこそこそ、「惜しいこと。あの痕さえなければ、容保さまと並んでも見劣りしないでしょうに」と噂していたのを聞いて以来、つい人中へ立ち交じるのが苦痛になっていたのを、堂々と姿勢よく前を向けるようになったのも、おひさのおかげだった。

お好みが胡弓で良かった、そうでなければかような縁はなかったのですもの――京の検校《けんぎょう》の屋敷で、いつだったかおひさが、桜の枝を花器に生けながらそう呟いていたことがあった。愛《いと》おしくなってつい強く抱きしめて、枝を揺らしてしまい、花びらがいくつも床に落ちた。それを丁寧に一枚一枚拾い上げるおひさの白い手がなんとも優美だったのが、今でも深く心に残っている。

――おひさ。どうしているか。

再び見《まみ》える日が、来るのだろうか。

考えると胸が締め付けられてくる。

せめてもの心遣《こころや》りにと漢籍を手に取り、心を惹かれた詩句などを手慰みに書写してみることにした。

……狼藉落花《ろうぜきらっか》春不管《はるかかわらず》、竹雞啼処雨声多《ちくけいていしょうせいおおし》……。

書きあぐねてふと庭に目を遣り、ここへ来て以来消えぬままの違和感が何に由来するものか、ようやく思い当たった。

――海が北にあるからだ。

南を見上げれば山。空と海が接するのは北。

建物が南向きに建っていると、海が「裏」になる。

江戸の藩邸も、国許の城も海辺に近かったから、無意識のうちに海のある方角を身体が探り当てるらしい。京に海はないのでことさら考えたことはなかったが、気持ちのどこかで、海は常に南側にあるものとなっていた。

――それにしても、暗いな。

思えば、勝願寺で過ごすようになってから、青い空が長続きするのを見た覚えがない。

明るく日が差してきたかなと思うと、すぐに翳《かげ》って、瞬く間に空が鉛色になる。「暮春」の題に惹かれて写し始めた詩だが、空模様はおよそ、定敬の思う暮春の風情ではない。

「劉過《りゅうか》の詩、南宋の詩集ですな。さすが、お見事でいらっしゃいます。時節ですな」

庭にいた住職が近づいてきて声をかけた。肩越しに、手入れの行き届いた低木の躑躅《つつじ》が、朱色のつぼみをいくつも付けているのが見える。

勝願寺の本堂には、定敬の手蹟《て》になる「大藤山」の文字が扁額として掲《かか》げられている。奉納のために書いたのは昨年で、実際に掛けられているのは、こちらへ来てはじめて見ることになった。

「そうなのだが、しかし、時節というにはずいぶん天気が悪いようだ。青い空がなかなか見られぬ」

「ああ、それは」

住職の顔に微苦笑が浮かんだ。

「このあたりではおおよそこれくらいが通常でございます。それでもまだ、この季節はようございます」

「と言うと」

「秋から冬にかけましては、青い空を見ることはもっとずっと難しうなりましてございます」

「そうなのか」

「はい。桑名からはじめておいでになるご家中の方はみな口を揃えておっしゃいます。冬になると気が滅入ってやりきれぬ、寒いのは覚悟してきたが、これほど毎日、空が暗いとはと」

わが領地なのに、さようなことも知らずにいたのを、定敬はいささか恥じ入る気持ちになった。

「京、大坂での変事が伝わりました頃は、中でも一番、本当に日の光を拝めることの少ない時期でございましたので、いっそうみなさまお心を痛めていらっしゃいました。二月の四日になって、お国許ではいくさをすることなく無事に開城なされたとの知らせが入りまして、心からほっとなさっていたようです」

住職は、定敬の胸の内を知らない。

よってこの物言いはやむを得ぬことなのだが、やはり言い知れぬ寂寥感《せきりょうかん》が押し寄せた。

――山脇はどうしているだろう。

交代で顔を見せるのは、すっかり恭順で志を同じくしてしまった惣宰三人だけで、山脇と話をする機会はまったくない。息子の隼太郎を通じて何か伝えようにも、小姓は常に二人一組で側《そば》にいるので、難しかった。

高木と隼太郎とが同じ組になってくれればと思うのだが、今のところその機会は訪れていない。

——どうなるのだろうか。

身動きならぬ己の宿命に鬱々《うつうつ》とする日々に、さらなる変化が起きたのは四月も半ば、十五日のことだった。

「殿。国許から遣いが参りました」

吉村と沢が姿を見せた。

——国許から？

「酒井どのの書状を持参しております。こちらへ参上させたいと思いますが、よろしいでしょうか」

やがて服部に案内されて、岩尾忠治《ただはる》と鈴木右衛門七《えもしち》が姿を見せた。

「……ご世嗣さまはただ今、四日市に陣を布《し》く東海道府の監視の下、法泉寺《ほうせんじ》にご逗留なさっています」

「それは要するに、人質として幽閉ということだな」

岩尾が婉曲な言い方をするのを、定敬は己の理解のために、意味を問い返した。

「は、はい。さようです」

「家中の者は、惣宰どのから足軽に至るまですべて、領内の寺院にて過ごしております」

「それは、家中こぞっての謹慎ということか。監視もついているのか。みなの妻子や親はどうしておる」

定敬の矢継ぎ早な問いに、岩尾がたじろぎながら答えた。

「はい。城や領内の支配は尾張藩が、謹慎の寺院の監視には、尾張藩と津藩がついております。妻子や親はそれぞれ、縁故を頼って諸方に立ち退《の》きました」

それまで岩尾と定敬とのやりとりをじっと聞いていた吉村が、重々しく口を開いた。

「殿。この二人がここへこうして来るのすら、本来なら新政府に知れればおそらく罪に問われるはずです。酒井がその危険を冒してまで、殿に言上したいのは、ともかく」

吉村はわざとらしく咳払いした。

――国許へ戻って東海道府とやらへ出頭して、新政府の裁きを受けよと。

東海道府、新政府。不愉快極まりない響きだ。

「いかがでしょう、殿。今柏崎にいる全員、揃って戻り、謹慎することに決しては」

「尾張さまも越前さまもおいでになります。寛大な処分を願い出ることもじゅうぶんできましょう」

徳川慶勝、松平春嶽《しゅんがく》。二人の情けに縋《すが》れというのか。

「今のうちに戻れば、最悪の事態は免《まぬか》れるのではないでしょうか」

最悪の事態——藩が取り潰され、家中の者は路頭に迷い、そして。

そして自分は、切腹か。

——なぜだ。なぜ、私の何が、さような罪に当たるのだ。

岩尾が桑名から柏崎までの道中で見聞きしたところによれば、ほとんどの藩がすでに新政府に従う意思を示しているらしい。

「尾張藩が諸藩や有力寺社に使者を出して、新政府に従うよう説得の活動を行ったそうです。よって、官軍の進軍を妨げるところは、おおかたの予想よりずっと少ないとか」

容保のいる会津や、河井の長岡藩はどうなっているのだろう。さようにあっさりと、みな新政府とやらを受け入れているのだろうか。

混乱する定敬に、吉村が言い募った。

「すぐにとは申しませぬ。しばし、お考えくだされ。さりとて、あまり猶予はございませぬが」

「分かった。考えておく」

それだけ言うので、精一杯だった。

同四月下旬　越後柏崎

考えてくれと言いながら、すでに国許への帰国は決まったことのように、吉村も沢も、柏崎を引き払う準備を進めているようだった。寺からは見えないものの、人馬や荷車の往来が激しくなった気配は明らかに伝わってくる。

……養子の責めは。

家中の者を路頭に迷わせぬのが、今求められている一番のつとめなのだと、自分を納得させようとは思っても、どうしても思い切れぬ悔しさがある。

――どうせ死ぬのならば。

せめてその前に戦う道はないだろうか。立見や町田は今どうしているのだろう。あの者たちまで、抗戦の志を捨ててしまっているのだろうか。

四月二十三日、朝。

定敬が望みを掛けていた機会が到来した。隼太郎と高木の二人が組になって、側《そば》仕《づか》えに来たのだ。

「山脇。これを急ぎ、そなたの父に」

小さく畳んだ書状を渡すと、隼太郎の目が輝いた。高木もどうやらこちらの意図に気付いたらしい。隼太郎がそっと寺を出て行くのを、素知らぬふりで見逃してくれた。

――今晩が、分かれ目だ。

明日の朝になれば、小姓は交代してしまう。さすれば、二度と機会はないかもしれぬ。ほどなくして、隼太郎が戻ってきた。

「ご書状を父に渡すことができました」

「ご苦労だった」

山脇まで抗戦の志を捨てていたら。

そうなればもう、定敬に為《な》す術《すべ》はない。

夜が更けるのを辛抱強く待つ。他の者に見とがめられることなく、ここへ忍んで来てくれるだろうか。

閉め切った雨戸に、こつんと何かがぶつけられる音がした。小姓二人が目配《めくば》せをし、そっと雨戸を開けた。

「殿、お召しにより参上いたしました」

隼太郎が庭伝いに父がたどり着ける道筋を用意していたらしい。

「おお、来たか」

行燈《あんどん》の灯りに浮かび上がる顔に、定敬は期待を持った。

「よもや、このまま吉村たちの申すとおりにはなさるまいと、信じてお待ちしておりました」

まだ、道は閉ざされていない。まだ、できることはある。

「立見や町田は、どうしているのか。そなたの方で分かっていることはあるか」

「はい。密かに書状が届きます。一番新しい便りでは、新撰組《しんせんぐみ》とともに宇都宮で戦っていると」

やはり、かの者たちは戦っているのだ。自分が恭順することはできない。

「こちらへ呼び寄せることはできぬか。このままでは」

「御意。なんとかこちらから意を伝えてみましょう。ですが、殿」

山脇の目にゆらゆらと灯りが揺れた。

「このままでは、立見たちがここへ着く前に、陣屋を引き払う支度が整えられてしまいます。早急に手を打ちませんと」

「手を打つ……のだな」

定敬は山脇の目の中で揺れる炎をじっと見つめた。

「非常の折です。どうか、ご決断を。手はずは某《それがし》がつけます」

目を閉じる。閉じた目の中で、炎は消えることなく揺れ続けた。胸の内を嵐が吹き荒れる。

「そなたに任せる。問う者あらば、主命と答えよ」

山脇は低く「御意」と呟いて、そっと抜け出ていった。


表向きは穏やかなまま、四月が過ぎた。今年は閏年《うるうどし》で、余りの月は四月に置かれていた。花開いたあまたの躑躅の朱色が、目に染みるような初夏である。

その閏四月一日、服部が言上してきた諸事の中に「山脇が会津へ行った」との件《くだり》があった。

「会津へ、何用か」

「はい。〝町田や立見らが会津にいることが分かったので、これ以上戦いに加わるのは止めるよう、説得に行きたい〟と申し出がありまして、許しました。合流して国許に帰れれば何よりと存じます」

「さようか」

何食わぬ顔で、それ以上は深く問わない。服部は人の気持ちの機微に聡《さと》いところがある。疑念を持たれては、山脇のせっかくの志を無にすることになる。

山脇が柏崎を発った翌日、側をつとめる小姓のうちの一人が、隼太郎だった。

「殿」

硯《すずり》で墨を磨《す》りながら、隼太郎が唇を震わせながら、低い声でささやきかけた。

「高木と自分は、しばし殿のお側を去ります。どうか、ご武運を」

定敬はすべてを察した。山脇との打ち合わせどおり、事は進んでいるらしい。

「辛い使命を負わせた。許せよ。この報《むく》いは、必ず」

「もったいのう存じます」

翌朝、通常どおりの小姓の交代で退出していった後ろ姿に、定敬は心の内でもう一度「許せよ」と告げた。

閏四月四日——。

いつもなら朝餉《あさげ》が終わる頃には来る惣宰が、その日は昼過ぎまで誰も来なかった。

——成就したか。

言上に来るのは、沢か、服部か。できれば沢の方が良いと思いながら居室でじっと漢籍を眺めていると、「服部でございます」と声がした。

「殿、参上が遅くなり、申し訳ございませぬ。変事がございましたゆえ」

「変事、とな」

「はい。実は……吉村どのが」

服部が言いよどんだ。

――どうしたというのだ。早く言え。

うかつな応対をしてはならぬ。己に言い聞かせる。

「亡くなりました」

「死んだ？」

余計なことを言ってはならぬ。

「先ほど、亡骸《なきがら》が見つかりまして。誰かに斬られたようです。従っていた中間《ちゅうげん》ともども、すでに事切れておりまして」

服部の顔が、こちらを探る目つきに見えるのは、思い過ごしだろうか。

「昨夕、殿の御前に参上すると言って陣屋を出たと、まわりの者が申しておりました。戻らなかったので、こちらで宿直《とのい》をしたものかと思っておったのですが」

「帰国の段取りについて、説明を求めておった。ついあれこれと尋ねて、すっかり日も暮れてしまったが……。五ツ（午後八時）過ぎには下がっていったぞ」

慎重に言葉を選ぶ。

「それでは、やはり帰路に誰かに、ということになりますが……」

誰かとは。

五十路《いそじ》に近いとはいえ、吉村は家中でも知られた新陰流《しんかげりゅう》の遣い手である。それを斬ったとあれば。

おそらく、服部の頭の中ではいくつかの筋書きが見えているのだろう。

――非道な主君と、余を責めるか。

主命である。大義である。

心の内で必死に何度もそう繰り返しながら、定敬もまた、服部の顔色を探った。

「まずは陣屋へ戻り、みなが動揺せぬようにつとめるが良かろう」

「御意」

短く返答した服部は、右の眉をほんの少し震わせただけで、あとは黙って下がっていった。

夜盗の仕業《しわざ》であろう、これ以上の詮索は無用、故人のためにも帰国の支度を急ぐべし――服部と沢はその日のうちにこう沙汰を出し、吉村の亡骸は柏崎の妙行寺《みょうぎょうじ》に葬られた。

定敬の耳や目には直接届かぬものの、この日以来、家中の空気が変わったのは間違いないようだった。

――みな、もう一度考え直してくれ。

吉村殺害の件を、服部と沢が早々に「吟味差し止め」と決めてしまったこと、吉村の殺害前夜から、隼太郎と高木、主君お気に入りの二人の小姓の姿が消えてしまったこと、さらに、会津へ行った山脇がそのまま戻らぬことなど、結びつければ、主君の真意を穿《うが》った上で、己の意思を翻《ひるがえ》す者も、当然多くなる。

定敬はその変化をさらに決定づける者たちの到着を、今か今かと待っていた。

――みながみな、心の底から恭順を願っていたわけではないはずだ。

弁舌巧みで長老然としていた吉村に、遠慮していただけなのではないか。

本音を聞かせてくれ。

閏四月九日夜。ついに、待ちかねていた者たちが現れた。

「殿。先ほど、松浦秀八《ひではち》、立見鑑三郎、町田老之丞、大平九左衛門《くざえもん》、河合徳三郎《とくさぶろう》、馬場三九郎《さんくろう》、以上六名の者が陣屋へ到着いたしました」

言上に現れた沢に、定敬は「すぐに全員をここへ」と命じた。

「しかし、もう夜も更けておりますが」

「構わぬ。余はかの者たちと話がしたい」

沢は渋い顔をしていたが、定敬は構わず、六名をすぐに参集させることを強要した。

やがて沢と服部に伴われて、全員が姿を現した。どうやら二人は、彼らが何を話すのか、横で聞き取るつもりらしい。

——ええい、うるさいことだ。

いかなる日々を過ごしてきたのか、思う存分、ここに至るまでの話を聞きたい。六人とも顔や手足は傷だらけなのに、目はぎらぎらして、この柏崎にはこれまでついぞなかった生気と覇気《はき》を漲《みなぎ》らせている。

「そなたら重役二人にさように見張られていては、一同、気が休まるまい。しばらく別室に控えておれ」

惣宰二人は顔を見合わせたが、しぶしぶその場から離れていった。

「殿。お懐かしう……」

「町田、立見……」

思わず感情が激しそうになったが、中では年長の松浦が声を潜めて、「山脇さまにお目にかかりました」と告げたことで、我に返ることができた。

——次の間で、きっと聞き耳が立てられているにちがいない。

この六名がどういうつもりで柏崎へ来たのか、沢や服部は一刻も早く知りたいだろう。

「みな、あのあとどうしていた。どうやってここまで来たのだ」

問いかけると、互いに顔を見合わせて譲り合っている。どの顔も、話したいことは山ほどあると言いたげだった。

「しばらくは江戸におりました」

「変名を使い、浪人として届け出たのちに、大久保主膳正《しゅぜんのかみ》さまの屋敷に預けられ、市中取り締まりを仰せつかっておりました」

大久保忠恕《ただひろ》は昨年まで京都奉行をつとめ、その後陸軍奉行並に転じていたが、二月には朝廷から官位を停められたと聞いている。

「江戸市中には、やはりその、官軍を名乗る者たちが大勢入ってきておるのか」

「はい。残念ながら」

「ですが、我らがいた間は、大きな顔はさせませんでした。働きが目立ったせいでしょう、新撰組の近藤勇《いさみ》からはずいぶん入隊を誘われました」

新撰組。彼らもまた、次なる道を探しているのだろうか。

「しかし、大久保さまも近藤が捕まってからはすっかり態度が変わりまして。我らを疎《うと》んじるようになりましたので」

近藤は四月はじめに下総《しもうさ》の流山《ながれやま》で捕まり、二十五日には斬首となったという。

「むしろ我らの方から大久保さまを見限り、武器だけ借り受けて場所を移したのです」

借り受けた武器は英国製ミニエー銃五十挺《ちょう》と大砲一門だったと聞き、定敬はいったい大久保はそれらをどうやって手に入れたのかが気になった。

幕府のものだとすれば、大久保はそれを横流ししたことになりはしないか。そんなことができるくらい、もう幕府の陸軍は秩序がなくなっているのだろうか。

——まあ良い。

官軍とやらに接収されるよりはよほどましだ。

わが家中がそれを生かしてこられたなら、もはやそれも良しとすべきである。

都合の良い考えかもしれぬが、目の前の六人を見ているとそう思える。

それから、六人は代わる代わる、江戸城が無抵抗で官軍に渡り、自分たちはやむなく江戸を出たこと、幕臣や他の桑名藩士らとともに下総市川で軍議し、日光東照宮を拠点とするべく進軍したこと、東照宮へ至る途中で下妻城《しもづまじょう》、下館城《しもだてじょう》を降伏させ、軍資金や兵糧を得たことなどを定敬に語った。

「錦の御旗で苦い思いをしましたので、みなで大権現さまのご神旗を掲げて進んでおりました」

「我らはそれに加えて、鎮国守国大明神さまの〝鎮〟の字をいただき、桑名兵の旗印といたしました」

宇都宮城を攻略し、領内の寺で謹慎させられていた板倉勝静《かつきよ》を救出するなど、武功を上げる一方で、岩崎弥五郎《やごろう》や笹田銀次郎《ぎんじろう》など、有能な若い藩士たち七名が命を落としたことを聞いた頃には、定敬は心に吹き荒れる風をどうしようもなくなっていた。

吉村をどうにかせよ、命を奪っても構わぬ——そう山脇に密命を出して以来、身のうちからいつ吹き上がろうかと、出口を探して吹き迷っていた風であった。

「誰かある」

手を叩くと、小姓が姿を見せた。

「酒肴《しゆこう》を持て」

「酒肴……。酒と肴でございますか」

小姓が慌てふためいている。

「何でも良い。かわらけに味噌を載せてくるだけでも構わぬから、ともかく、酒の用意をせよ」

用意された不揃いな盃をめいめいに取らせ、そのすべてに定敬が自ら酒を注いでやる。

「殿からかような」

「ここまで来た甲斐がございました」

主君から直々《じきじき》に盃を賜った感激と酒とに酔って、六人は次第に饒舌《じょうぜつ》に声高になっていったが、定敬はもう、聞き耳を立てているであろう沢や服部のことはどうでも良くなっていた。

「宇都宮の郭内《くるわない》へ突入したときは、向こうからも一斉に銃撃がありまして、さすがになかなか進むことができませんでした。しかも、味方の兵が一人、怖じ気づいたのか、何かわめきながら退却しようとしたのです。すると、某とともに指揮にあたっていた土方歳三《ひじかたとしぞう》が」

立見はそう言って、自分でごくりと固唾《かたず》を呑んだ。六人の中でも、話しぶりがとりわけ真に迫っている。

「土方が刀を抜くと、その兵を背中から斬り捨てて、大音声《だいおんじょう》を上げたのです。〝見よ。退却する者を待つのはただ死のみ〟と」

退却する者を待つのはただ死のみ。

思わず口に出してみる。

退却する者を待つのはただ死のみ。

目が、頭が冴えてくる。飲んでも飲んでも、酔わぬ気がした。

やがて小姓が、どこでどう都合したものか、笹ずしを桶《おけ》に並べて現れた。笹の葉の上に酢飯を載せ、その上にクルミやひじき、干した桜エビ、大根の味噌漬けなどを載せた地元の料理だ。乱世の頃、進軍途中の上杉謙信《けんしん》のために、農家の者たちが用意した品だと聞いている。

「皆、良いものが来たぞ。遠慮無く手を出すが良い」

歓声が上がる。

「殿！」

酒がいっそう進んで酔いが回ったのか、町田がいくらか回らなくなった口で「お詫びせねばならぬことがあります」という。

「なんだ。申してみよ」

「はい。実は、殿をお見送りした日、お屋敷の鯉《こい》を、網で捕ってみなで食べてしまいました。申し訳ありません」

「鯉？」

そういえば、築地の藩邸には、鯉のいる池があった。

「それで、士気が上がったか」

「はい！」

町田は勢いよくそう返答すると、そのままごろりと横になってしまった。

「おい」

あわてて立見が起こそうとするのを、定敬は「構わぬ」と手で制した。

――よくぞ、ここまで来てくれた。

定敬も自ら、勢いよく盃を干す。と、時を同じくして、襖の向こうで声がした。

「失礼いたします」

用人の岡本だった。

「殿。こちらの六名に、議事に加わっていただきたいと、服部どのが申しておりますが」

――議事？

「沢どの、服部どの以下、みなさまお待ちです」

何も今でなくとも良かろうと思ったが、家中を預かる二人にすれば、六人の来たことにより、吉村の死後から広がる動揺にこれ以上拍車がかかるのを避けたいのだろう。

――この者たちに恭順を説くつもりか。

無駄なことだ。

この者たちを説き伏せられるはずがない。

そう思うのは、楽観的に過ぎるだろうか。

眠り込んでいた町田を、立見が起こした。松浦がゆっくりと座り直し、定敬に向かって深々と頭を下げた。

「殿。今宵の賜杯《しはい》は、我ら、末代まで語り継ぐ、名誉でございます」

他の者も松浦に倣《なら》って頭を下げると、やがて定敬の前から去って行った。立見が去り際、「殿。どうぞ、お任せを」と低く呟いた声は、廊下にいた岡本に聞こえていたのか、どうか。

磨き込まれた廊下を遠ざかっていく足音に耳を傾ける。どうやら別の座敷で、みな待ち構えていたようだ。

服部の明朗な声が聞こえるが、何を言っているかまでは聞き取れない。

間髪を容《い》れず、「さような些少《さしょう》なことを」と大声で叫び返したのは、町田らしい。

しかしそのあとは、様々な声が入り乱れるだけで、議論の内容まではやはり聞こえてこない。

――主君というのは。

最も上の立場にあるはずなのに、かような折には必ず、蚊帳《かや》の外に置かれる。言上されるのは、その結果だけであることが多い。

……己の考えを述べるのは、一番最後にせよ。大名たる者、我慢が肝心だ。

十四歳で養子が決まった折、父義建が定敬に言い聞かせてくれたことの一つだ。

主君である者が先に発言してしまうと、家臣たちは遠慮して意見を言わなくなってしまう。だから己の考えを述べるのは、一番最後――確かに父の教えは正しいと思うが、今の定敬にはもどかしくてならない。

父も母も、もうこの世の人ではない。息子たちの今を、彼岸から、いったいどう見ているだろう。

その晩、議論は夜通し続いたようだったが、翌朝、言上に来た沢は、「議論が伯《はく》仲《ちゅう》しております」と渋い顔で言っただけで、それ以上は伝えてくれなかった。

「六人はどうしておる」と尋ねると、「陣に宿所を用意しました」との返答だった。議論の場もあちらに移ったらしい。

十日はそれっきり、何の知らせもなく過ぎた。

十一日の朝、言上に現れた服部は、言葉も表情も、前日の沢と全く同じだった。

十二日の朝、沢も服部も、ついに姿を見せなかった。

「どうなっているのだ」

小姓に尋ねたが、二人とも困惑げに首を傾《かし》げるだけで、何も答えない。

今すぐここを出て、陣屋まで走っていきたいが、様子も分からぬのにさような暴挙に出て、立見や町田の骨折りを無にするわけにはいかない。

――すでに七名が戦死したと言ったな。

岩崎と笹田の他にも、高見民蔵《たみぞう》、岡鉦三郎《しょうざぶろう》、小林権六郎《ごんろくろう》、不破弾蔵《ふわだんぞう》、神山金次《かみやまきんじ》郎《ろう》の五名の死を、町田たちは見届けてきたという。

　中でも、足に銃撃を受けた神山は、大平に背負われて逃げるうち、背中にさらに銃弾を受けたらしい。「神山を背負っていなかったら、きっと自分が撃たれていたことでしょう」と、大平は男泣きしていた。

　それ以上足手まといになりたくないと自ら切腹して果てた神山の首は、大平が介《かい》錯《しゃく》して落とした後、敵に拾われぬよう、日光街道沿いの杉の木の根元に埋めたと言っていた。

「いつか、いつかちゃんとした墓を建ててやりとうございます」

　大平の言っていた「いつか」。それは、恭順ののちではないはずだ。亡くなった者たちの志を無にするなど、決してあってはならない。

　夕刻、日もすっかり暮れた頃、服部が姿を見せた。昨日の朝のような、渋い表情ではなくなっている。

「申し上げます。これまで町田や立見らと行動を共にしてきた者たちが数十名、先に到着している六名に続く意思を以て、ただ今こちらへ向かっているとのことにございます。会津へ行っておりました山脇十左衛門も同道の由」

　来たか。さらに。

「殿。我らは、やはり抗戦に転じようとの意見で一致を見ております。殿のご裁可がいただけますでしょうか」

——今なんと言った？

定敬は服部の顔を改めてじっと見た。

「京での日々を改めて思いまするに」

京での日々。

由緒ありげな振る舞いの裏に、実は並々ならぬ卑屈さと下心とを漲らせていた公家。表は篤実そうに見せかけながら、実は裏の闇の深すぎる薩摩。そして、はじめから徳川への忠誠心など微塵も持ち合わせぬ、策謀好きの長州。三つの奔流に翻弄された挙げ句に、徳川宗家の主たる将軍にまで突き放されて——。

「今、新政府とか、官軍とか名乗っているのは、もともと、卑怯な手で朝廷に取り入ってきた者たちが、互いに我田引水を企んで作りあげているものとしか思えません。さようなものの相手に馬鹿正直に恭順を表明しても、正しい裁きなど、到底受けられぬでしょう。ならば」

服部の口から次々と、定敬が述べたかった言葉が飛び出してくる。

「義のために身を捧《ささ》ぐとはいかなることか。己の利のために動くのではなく、大義を貫くのがわが桑名のやり方だと、見せつけてやりとう存じます。殿、どうぞ、ご裁可を」

熱くなった目頭からあふれそうになる滴《しずく》を堪え、声を振り絞る。

「……あい分かった。さようせい」

服部が下がっていったあと、一人になった定敬は、久しぶりに庭から空を眺めてみた。

曇りがちな柏崎の空。月はもうすぐ満ちる頃だが、今夜もその姿は雲の向こう、朧《おぼろ》に見えているだけだ。

――大義を貫くのが、わが桑名のやり方。

明日になったら、この寺を出て、自分も陣へ入る。戦いが始まる。

定敬はその夜いつまでも、朧な月を眺めていた。

四　鶴ヶ城、雨の別れ

慶応四年（一八六八）閏四月十三日　越後柏崎

……南無阿弥陀仏、南無阿弥陀仏……。

勝願寺に念仏の声が響き渡る。

岩崎卓爾《たくじ》、新居《あらい》良次郎《りようじろう》、山内金次郎《やまうちきんじろう》、富士田忠五郎《ちゆうごろう》、富士田領左衛門《りようざえもん》、岡鉦《しよう》左衛門《ざえもん》、西川修輔《しゆうすけ》、渡部多総右衛門《わたなべたそえもん》、西野常蔵《つねぞう》、笹田銀次郎、岩崎弥五郎、不破弾蔵、高見民蔵、岡鉦三郎、小林権六郎、神山金次郎。

定敬は住職に命じて、鳥羽伏見からこれまでの戦死者のために、法要を行った。

——皆の志、無駄にはせぬ。

法会《ほうえ》の場は、そのまま、決起の場でもある。

「余はもう、空疎な謹慎の体は取らぬ」

明白な宣言とともに、定敬は勝願寺をあとにした。陣屋から寺へ移ったときとは異なる、前後に藩士の供揃えを従えての堂々たる帰還ののち、軍制の刷新を行うことにした。

――実力主義だ。

今となっては憎いだけの薩長だが、それでもかの者たちから学ぶことはあった。伝来の家格や身分にかかわらず、有能な者には下士であっても重要な任務を任せる。薩摩の西郷吉之助《さいごうきちのすけ》や大久保一蔵《いちぞう》など、敵方において面倒で手強い人材には、下士から抜擢《ばってき》された者が多い。

幕府方が劣勢に立ったのは、古くからの慣習や格式にとらわれて、物事を決めるのに時がかかりすぎていたせいだという気がする。

――ようやく決まったことさえ土壇場《どたんば》でひっくり返されてしまうのだから。

開陽丸での逃亡。容保と自分とを強引に従わせた果てに「もう二度と姿を見せるな」と切り捨てた、慶喜の顔が脳裏に浮かんできた。今も耳の底に朗々と響くその声を、胸中の刀でばっさり返り討ちにして、定敬は目の前の思案に改めて集中した。

どうすれば真に優れた人材を選び出すことができるだろうか。

……己の目や耳を過信してはならぬ。

多くの目、耳を借りよ。

父義建はよくそう言っていた。当主一人の目から見えるもの、聞けることには限りがあると。

定敬に桑名藩主、久松《ひさまつ》松平家へ婿養子にという話がもたらされたのは安政六年（一八五九）のことだったが、その前年には父の胸をひどく痛める一件が起きていた。長兄である徳川慶勝が幕府から隠居を命じられ、尾張藩の下屋敷で謹慎の身となったのだ。

将軍後継問題などで当時の大老、井伊直弼《なおすけ》と対立し、水戸斉昭《なりあき》らとともに江戸城へ押しかけて直談判に及んだのを「不敬」と咎《とが》められての処分だったと聞いている。

当時、三兄の容保はすでに会津松平家の当主の座に就いており、また、隠居させられた慶勝に代わって次兄の茂栄《もちはる》がいっとき、尾張徳川家を継いだこともあって、義建と同じ高須《たかす》藩江戸屋敷内で暮らしていた男子は定敬一人だった。

そうした事情もあったせいか、父はそれまで、帝王学や処世訓らしきものをあえて息子たちに説いたりはしない人であったのに、婿養子の件が内定すると、定敬に向かっていくつかの「心得」を授けてくれた。

京にいた頃、容保に「父からかようなことを言われた」などとたまに話したことがあるが、容保はそれを意外そうに聞き、「私はさようなことを父上から言ってもらった覚えはないな」と、いくらか羨《うらや》ましげな面持《おもも》ちで言っていた。

――兄上。いかがお過ごしか。

会津の状況によっては、この先、合流して戦うこともできるかもしれぬ。そのためには、今、自分に従う意思を持っている家臣たちをより良い形で掌握せねばならない。

抜擢や登用に、できるだけ不満の少ないやり方とは、どういうものだろう。多くの目と耳とを借りるやり方とは。

法要を終えた夜、定敬は山脇と服部、加えて沢を側へ呼び出した。

沢はもともと、国許から恭順のための使者として江戸へ来た者だったが、吉村の横死以後は、それをおくびにも出すことなく、定敬に従っている。

「今後の軍制についてだが……」

予《かね》ての考えを伝えると、三人とも驚いた顔をしたが、「それは良いお考えかと存じます」と即答があった。

――この者たちは、それなりに自負や自信があるのだろうな。

三人の賛同を得て、翌々日、家中三百六十名による「入れ札」が行われた。家格やこれまでの肩書きに関係なく、職掌ごとに、統率者、指揮者としてふさわしいと思う者の名を三名ずつ紙に書き、箱に入れさせる。もちろん無記名である。

結果、軍事惣宰《そうさい》には服部が就くことになり、その下の奉行に山脇と小寺新吾左衛《こでらしんござえ》門《もん》の二名、さらに三つの大隊の隊長には立見、松浦、町田が選出された。他に、大砲隊の長として梶川弥左衛門《かじかわやざえもん》が、主君護衛の責任者として沢が選ばれたのもほぼ予想どおりで、定敬は今更ながら、柏崎に集結している家臣たちへの信頼を新たにした。

「銃器や弾薬は、行き渡るか」

定敬が服部に尋ねると、「現在領内にある洋銃をすべて供出させております」との返答があった。

「立見たちの持参したミニエー銃と、山脇どのが会津から借用してきたヤーゲル銃がそれぞれ五十挺《ちょう》、他に、新たに買い求めた和筒《わづつ》（火縄銃《ひなわじゅう》）がありますが、やはり数が足りませんので」

服部は銃のみならず、人材も広く領内から集めようとしており、結果、町人から三十名の従軍志願者があった。

こうした新体制の準備が決してまだじゅうぶんとは言えぬ閏四月十四日、賊軍――「官軍」なぞとは絶対に認めぬ、敵への呼称である――の東山道軍が、越後高田に集結しつつあるらしいとの報が得られた。

「殿。一隊を鯨波《くじらなみ》へ先発させるべく、ご裁可を」

「あい分かった」

「加えて、もう一点、お願いがございます。これは奉行、隊長らで諮《はか》った末の案でございますが」

服部と沢が言上してきたのは、柏崎からの移動だった。

「もし、賊軍の援軍が南の三国峠《みくにとうげ》から入ってくるようなことがあると、柏崎は孤立する恐れがあります。今のうちに、加茂《かも》へお移りいただくのが良策かと存じます」

加茂までは柏崎から東北へ十六里余。厳密に言えば桑名藩の領地ではないが、幕府直轄の地を「預かる」形で管理しているので、移動先としては適当だろう。

軍制を改めたことで、家臣の進言を信頼して聞き入れられる胸中に至っている。定敬は迷いなく、加茂へ移る支度を命じた。

閏四月十六日早朝、先発の一大隊は海を右に見て鯨波へ、定敬と供回り一行は海を左に見て加茂へと出立していった。残りの隊は戦況に応じて鯨波方面へ向かうことになっている。

——ようやく、晴れての進軍だ。

久々に被る、梅鉢の金紋の入った塗りの陣笠。思わず背筋が伸びる。

見送りに出て来た商人たちの礼に馬上から応えながら、定敬はこれもまた久しぶりに乗る、馬の確かな足取りに意気揚々と身を任せ、柏崎をあとにした。

同閏四月下旬　越後加茂

——今日も雨か。

十六日に加茂へ着いてしばらくは、折悪《おりあ》しく、梅雨の最中となった。日々思いだしたように降り続く雨の隙間をついて、定敬は思いもかけぬ陣中見舞いを得た。

「雁山《がんざん》ではないか。よくここまで」

「信州から、なんとか抜けて参りました」

信州へ行ったらてっきり江戸へ戻るものとばかり思っていた。

「大久保の陣屋へ参りましたら、こちらへ移られたと伺いましたので」

雁山が懐から文《ふみ》の包みを出した。つい目の奥が熱くなる。

「お方さまも、はじめは某を気遣って遠慮なさったのですが、あえて文を書いていただきました」

幾重にも　糸のよるべを訪ねまし　君に列《つら》なる雁に結びて

「雁ならもう、本当はとうに北へ帰っているものだけど、雁山どのはそうしないでいてくれるのですねと、過分なるお言葉を賜りました」

雁は秋に来て、春になると北へ帰って行く。

「若さまは、長ずるにつれて殿の面《おも》ざしに似通うて来られます。母君の弾く箏《そう》の音《ね》を、何より好まれるそうです」

楽器はないが、雁山となら、いくさとは何のかかわりもない話、おひさや亀吉の話を、思う存分語ることができる。

「お方さまのお住まいは山間《やまあい》にありますが、月がきれいに見えます。灯火《とうか》のもとで、若さまにせがまれて箏を弾じておいでのお姿は、京においでの時よりも優美にならられたと感じ入りました」

「そうか……」

おひさの存在は、家中の者はほとんど知らないはずである。

「軒を照らす処処は　華灯《かとう》に混ず……」

雁山が漢詩《からうた》の一節をふと口にした。

〈清夜月光多〉か……。

作者は確か、一条天皇だったか。月の光で景色が一面、白銀になるという詩である。

「山川一色　天涯の雪　郷国幾《きょうこくいくばく》の程ぞ　地面の氷……」

「さすが、よく覚えておいでですな」

「この詩は、好きだった。検校《けんぎょう》どのに、曲をつけてみてはいかがかと言ったこともある」

吉沢検校はおひさの箏曲《そうきょく》の師だ。

「漢字の字音が、和歌とは違ってなかなか音に乗せにくいと仰せであった」

心はすぐに来《こ》し方へと飛んでいく。

――おひさ。なぜかようなことになったのであろう。


穏やかに過ごせたのはほんのひとときであった。

ほどなく、出撃《しゅつげき》している桑名隊二百名に、会津から来た隊三百名が加わり、北陸街道の各所に陣を布《し》き、賊軍の侵攻を待ち構えているとの報告が、定敬のもとに届いた。

「雁山。ご苦労だがこれを持ってまた信州へ行ってくれるか」

時ならぬ　雁の使ひに託してむ　結びこめたる糸を忘るな

言い送りたいことは山ほどあるが、今はとてもゆっくり筆を運んでもいられず、歌一首のみを託すことにした。

「承りました。しかし、殿はこれからいずこへ」

「もはや、どうなるか分からぬ。ただ、いずれは会津を目指したいと思っている」

柏崎へ来た時とは違い、陸路を転戦していくのだから、この先はどこで何があるか分からない。ここで別れれば、もう次はいつどこで会えるとも知れぬだろう。

それ以上は互いに何も言わず、定敬は雁山を見送った。

「本日早朝、いよいよ衝突したとのことです」

さらなる知らせにいっそうの緊張が走ったのは、雁山が去った翌日、閏四月二十七日のことだった。

この日は、朝からたたきつけるような激しい雨となった。

――みな、無事でいてくれ。

旧式の銃や大砲は雨に弱い。おそらく賊軍の方がより新式の軍備を揃えているだろうと思うと、いかに立見や町田が西洋式兵法に長けているといっても、気がかりだった。

かといって、定敬自身は報告をじっと待つ以外に、何ができるというわけでもない。

いくさの陣で、当主たる者はどうすれば良いのか。

父の教えの中に、それはなかった。息子たちが戦場へ出るなどとは、謹慎を命じられるよりもはるかに、予想だにしないことであったろう。

翌々日の朝になると、桑名隊は柏崎をいったん捨て、三里ほど北東の妙法寺村《みょうほうじむら》へと退いたとの知らせがあった。鯨波ではじゅうぶんに賊軍を押し返したものの、内陸で戦っていた会津隊が小千谷《おぢや》を敵に奪われたことを重く見ての判断だという。

「殿。ここはやはり、早めに会津の領内へ入った方がよろしいのではないでしょうか」

——それは、退くということか。

定敬の供回りは十九名。沢を筆頭に、どちらかというと年配の者が多い。

慎重と言えば聞こえは良いが、判断がいささか弱気に過ぎるのではないか。当主として、それで良いのか。

こちらのためらいが伝わったのか、家臣たちは言葉を重ねた。

「加茂を棄てるわけではありません。各隊との連絡が取れる人員は残してまいります」

「殿に万が一のことがあっては、全員の士気に関わります。御身あればこその桑名です。ここはぜひ」

御身あればこそ。本当にそれで良いのだろうか。

「会津へ行けば、あちらの殿にもお目にかかれましょう。いずれ、みなの拠点になるはずです」

容保と合流する――その一点において、ようやく定敬の心に光が見えた。

大坂から退いたときとは違う。今退くのは、みなのためだ。

いや、退くのではない。

会津へ。会津へ行くのだ。

繰り返し、己に言い聞かせる。

「分かった。支度をせよ」

五月一日に加茂を発った定敬らは、こののち、賊軍の影を避けながら、新津《にいつ》、新発田《しばた》と北上し、越後街道へ入って南下、一路、会津若松を目指した。

途次、定敬のもとに届く桑名隊の戦況は、決して楽観できるものではなかった。

折々の戦い、その局面では勝利を収めるのに、その地を維持することはできず、じりじりと後退する――そんなことを繰り返す、もどかしい動きの遠因は、五月に入って抗戦に踏み切った長岡藩、予《かね》て連絡を取り合うはずの会津藩、そして桑名隊の三者が、密な連携を取り得ていないことにあるようだった。

加えて、旧陣の柏崎で隊に加わったはずの者たち――柏崎詰めだった藩士、新たに志願した町人たちである――が、ほぼみな早々に離脱し、柏崎に残って賊軍に恭順する意向を固めてしまったとの知らせは、定敬をひどく落胆させた。

中でも、柏崎詰めの藩士のうちでもとりわけ有能で、何かと甲斐甲斐しく尽くしてくれた渡部平太夫が、そのまま柏崎に留まって恭順する意思を示したことは、定敬のみならず、服部や沢ら、重役たちをも大きく失望させた。

「されど殿。一喜一憂はなりませぬ」

「みな、殿とふたたびお目にかかるべく、奮戦しておるのです。どうか、お気を強く」

「ともかく、会津へ行きましょう」

――そうだ。諦めてはならぬ。

これぐらいのことで諦めるくらいなら、あのとき吉村を殺させたりはしなかったのだから。

重臣の命を奪ってでも貫きたかった志。

各所でみなが戦っているのは、そのためなのだ。

梅雨が明け、厳しい日差しに照らされながら少しずつ会津へ近づく頃、定敬ら一行が木陰で休息していると、近くで子どもたちが田んぼの草を抜きながら、唄を口ずさんでいるのが聞こえた。

〽都みたくばここまでござれ　今に会津が江戸になる……


「聞いたか」

「はい。今、確かに」

子どもの唄声に励まされて津川《つがわ》宿にたどり着くと、陸奥《むつ》、出羽《でわ》、越後にある三十一の藩が、「新政府」に従わず、「朝廷にある薩賊」を除くべく同盟を結んだとの情報を得ることができた。盟主は輪王寺宮《りんのうじのみや》——先の帝、孝明天皇の義弟にあたる方である——で、宮は今、会津におわしますという。

同盟の拠点はひとまず仙台藩の白石城《しろいしじょう》に置かれているものの、「新政府」に反旗を翻《ひるがえ》す本丸はやはり会津と目されて、他国から志を同じうする多くの者が若松城下を目指しているらしい。

——なるほど、だからこそのあの唄か。

七月、定敬一行が会津城下に着くと、確かに町の至るところに、それらしき人々の動きが感じられた。

「若松城へ遣いを出します。ご書状を」

促されるまでもなく、容保あてに書状をしたためる。

ほどなく、〝すぐに来られたし〟との口上を携えた使者が戻り、定敬ははじめて、若松城へと足を踏み入れた。

――これが若松城か。

古《いにしえ》、蒲生氏郷《がもううじさと》や加藤嘉明《よしあきら》といった武将の手により築城されたという城は、その美しい白い姿から鶴ヶ城《つるがじょう》とも呼ばれる。噂には聞いていたが、五層の天守をはじめ、壮麗な構えに思わず心が躍った。

「兄上」

「……よくぞ、無事で」

互いに、それ以上は言葉にならない。

二月に江戸で別れて以来、六ヶ月ぶりの対面である。

容保の顎は相変わらずほっそりと上品だが、柳の眉の下にきりりと輝く目はむしろ江戸にいた頃より力があった。

――やはり、国許は居心地がよくておいでなのか。

道のりの上でも心の内でも、遙か遠くの地になってしまった桑名を思うと、兄が羨ましくも思える。

「このまま城内でゆっくり逗留せぬか」

干した貝柱や小さく丸い麩《ふ》などが入った温かい汁物や、こっくりと味の染みた鯉の甘煮など、心づくしの品々でもてなしてくれた後、兄はにこやかに勧めてくれた。

「さようできれば良いのですが」

有り難く、後ろ髪を引かれつつも、辞退する。

「かたじけのう存じますが、ご城下で、わが家中の者との連絡のつきやすいところを、どこかお手配いただければ」

服部も、山脇も、立見も町田も、きっと来る。その時に自分が若松城の中にいては、会うまでに時間がかかってしまうだろう。

「ならば、興徳寺《こうとくじ》を使うと良い。あそこなら陣を置くのにも都合が良かろう」

興徳寺は若松城から北へ十町ほどのところにあった。豊臣秀吉が陣取ったこともあるというこの寺を本陣として、家中の者の消息を待ちながら、定敬はほぼ毎日若松城へ登城する日々を送るようになった。

「惜しかったな。もう一ヶ月早ければ、宮さまにもお目にかかれたし、板倉どのもここにいたのだが」

容保によると、六月の中頃に賊軍の軍艦三隻が平潟《ひらかた》へ入ったという。

「敵の上陸を阻止《そし》できなかった。返す返すも無念だ」

平潟から入った賊軍が大挙して会津を目指してくることはほぼ間違いない。宮さまにはよそへお移りいただいた方が良いのではないか——そう判断して、断腸の思いでお見送りしたと、容保はうっすら涙を浮かべながら語った。

輪王寺宮が会津を離れたのと相前後して、板倉勝静《かつきよ》や、やはりもと老中で唐津《からつ》藩世嗣《せいし》の小笠原長行《おがさわらながみち》、長岡藩主の牧野忠訓《ただくに》らも会津から白石へと移っていったらしい。

——後《おく》れをとってしまったか。

落胆する兄の顔を見ると、申し訳ない思いでいっぱいになる。

「そなたが来てくれて良かった。もう一度、家中の士気を上げることができる」

容保は、定敬の胸中を知ってか知らずか、そんな言い方をして、しばしば、行動を共にした。

——早くみなが来てくれると良いが。

待ちかねた家臣たちとふたたび会うことができたのは、八月の十三日のことであった。

容保は、服部、山脇、町田、立見を若松城に招き入れると、定敬とともに出迎え、酒を振る舞い、手厚く歓待してくれた。

しかし、再会を喜んでいられたのはほんの数日だった。

「二本松城《にほんまつじょう》も落ちたらしい。もはや、時間の問題だ」

二本松は会津のすぐ隣、北東に境界を接する藩である。

定敬の家中の者に対しては、穏やかな笑みを浮かべて応対してくれていた容保だったが、二人だけになると、各所からの知らせを定敬にも隠さず伝えて、柳の眉を曇らせた。

当初、三十一の藩が加わっていた同盟も、落城と敗走、寝返りなどで次々と欠けていき、もはや敵を食い止める石垣には到底なり得ない。先細りになる一方である。

賊軍の影が、すでに会津城下を取り巻いている――八月の二十日を過ぎる頃には、そう認めざるを得ない情報が相次いでもたらされて、桑名の者たちも会津守衛の任に就くことになった。

「母成峠《ぼなりとうげ》で、敵方と衝突しました」

報告を受けて、容保も定敬も顔色を変えた。

「もうさような所まで……」

二十二日には二本松街道を守るべく、立見の率いる隊を大砲隊とともに大寺口へと向かわせた。

「十六橋《じゅうろくきょう》を突破されました」

橋を破却して敵が侵入できぬようにする手はずだったのだが、どうにも相手の動きの方がこちらの予想より早い。

容保が慌ただしく、自身の護衛についていた白虎隊《びゃっこたい》を、橋を越えてくる敵への応戦に向かわせた。

——こうなれば。

もはや籠城しかあるまい。

何も言わずとも、容保の考えは見て取れた。

二十三日早朝、たたきつける大雨の中、滝沢《たきざわ》本陣を出た二人は、城下北東の蚕養《こがい》口《ぐち》へと向かった。

「私は、これから城へ入る」

二頭の馬の首を接するほどに並べて、雨音から互いの声を守り合う。

「どこまでも、武運をともにいたします」

戦国乱世の世は遙かに遠い昔の話だと思っていた。徳川の世も二百六十余年になろうという今、江戸で生まれ育った自分と容保とが、この会津の地で籠城に臨むことになるなど、誰が想像し得ただろう。

　されど、今年のはじめのあの日、開陽丸にさえ乗らなければ、きっと大坂城でともに籠城することになったはずなのだ。そう思い返せば、あの折、踏み誤った道を今こそ正す時である——定敬はそう強く思った。

　しかし、兄の口から出たのは、思いも寄らぬ言葉だった。

「いや。その志だけ、いただこう。そなたは立ち退いてくれ」

　存外すぎて、返答ができない。

「そなたも承知のとおり、すでに敵は近くに迫っている。どうか、無事に落ち延びてほしい」

「何を仰せになりまする」

　今さら自分だけ退いて、いったいどうせよというのか。

　気色《けしき》ばんだ定敬に、ほんの一瞬、容保が口元に微かな笑みを浮かべて見せた。

「そなたにしか頼めぬことがあるのだ」

「私にしか、頼めぬこと？」

「うむ。こちらが籠城で時を稼いでいる間に、援軍を」

　疑問は氷解した。と同時に、兄の強い意志を改めて受け止めた。

　たやすく賊軍に屈してはならぬ。どこまでも。

「承った。すぐに参りましょう。……米沢《よねざわ》を目指すことにします」

定敬の頭に浮かんだのは、出羽米沢藩だった。

「上杉どのか。心強い。奥方にも、よしなに伝えてくれ」

当主である上杉茂憲《もちのり》の正室は、高須松平家出身の幸姫《よしひめ》だ。容保には異母妹、定敬には母も同じうする、すぐ上の姉にあたる。

どちらからともなく、互いの刀に手がかかった。

かちん。

鍔《つば》と鍔が触れ合った。小さな、しかし堅い約束の音は即座に、無情の大雨によってかき消された。

誓いの音は、互いの胸の内で、ずっと消えずにある。それでじゅうぶんだ。

南へ踏み出す容保。馬の向きを変え、北を目指す定敬。

雨の中、あえて振り返ることのない、兄弟の別れであった。

同八月下旬　出羽米沢

大塩峠《おおしおとうげ》、蘭峠《らんとうげ》、檜原峠《ひのはらとうげ》、綱木峠《つなぎとうげ》、船坂峠《ふなさかとうげ》。

米沢までの道は険しかった。

二十名足らずの供を従え、五つの峠を四日で越えて、泥と埃《ほこり》にまみれながら、ようやく米沢城下へ入る道が見えてきた。

綱木の関門で身分を明かし、当主への対面を願い出ておいたから、すぐにでも米沢城へ入れるとばかり思っていた定敬の前に、武装した数名の藩士を連れた重役らしき者が立ちはだかった。

「城下へお入りになるのは、君公ご自身と、随従三名のみ。馬はこちらにお預けいただき、皆さま徒歩《かち》でお願い申しあげたい」

家臣たちが一斉に不服のどよめきを漏らした。

――様子がおかしい。

不審感が募るのをこらえながら、定敬は自ら返答した。

「では、これら家中の者はどこへ逗留すればよろしいか。しかるべき宿所をご用意願いたい」

「この先、二里ばかり北、糠野目宿《ぬかのめじゆく》へ参られよ」

こちらを振り返り振り返り、北へ向かう家臣たちを、米沢藩士たちが前後を固めるように先導していったが、その目つきはおよそ案内するという風情ではなく、定敬は不安に思いながらその後ろ姿を見送った。

「ではどうぞ。こちらへ」

定敬以下四名が案内されたのは、米沢城ではなかった。

――この寺で待てと？

城はすぐそこに見えている。されど、入ることは許されぬまま、一行は寺の一室でしばし、待たされた。

「殿、これはいったい……」

随従してきた側役《そばやく》の諏訪《すわ》平左衛門《へいざえもん》が不安げにそう呟いた時、ようやく座敷の襖が開いた。

「お待たせいたしました」

姿を見せたのは、上杉茂憲ではなく、名代の使者であった。

「会津への援軍の件、伺いました。お気の毒なことと存じます」

言葉つきが明らかによそよそしい。

「あいにく、わが公は病で臥《ふ》せっておられまして。今さように重大な案件を決する状態にはとてもないゆえ、対面はご辞退申し上げたいと」

使者は畳に目を落とした。

――会えぬと申すか。

それはつまり――。

「では、せめて、ご正室の幸姫どのにご挨拶を申し上げたい。もう、ずいぶんお目にかかっておりませぬので。兄からも、ぜひご機嫌を伺ってくるよう、申しつかっておる」

定敬がそう言うと、使者は顔を上げ、露骨に眉を顰《ひそ》めて見せた。

「あいにくでございますが、ご正室さまは、このところご不例続きと承っております」

ご不例。悪いのは体調か、それとも。

――上杉が裏切るとは。

信じられぬ、信じたくないことだが、他にどう考えようがあろう。

使者はまた畳に目を落とし、おし黙ったままだ。これ以上、言うことはないというのだろう。

――かようなところに、長居は無用だ。

肩が震えるのを堪えながら、定敬はその場を辞するべく、挨拶をした。いや、どう言葉を継いだのかさえ分からぬまま、ともかく寺を出て、糠野目へ向かった。

上杉がすでに賊軍に通じているなら、一刻も早くここから離れなければならない。

「殿……」

糠野目で待っていた家臣たちは、無言のままの定敬を見て、すぐに事態を悟ったようだった。

「ともあれ、今日はお休みください。明日朝、仙台へ発ちましょう」

そう言ったのは誰だったのか——それさえも判然とせぬまま、定敬は用意された床《とこ》に倒れ込んだ。


次に目指した仙台、白石城へ着いたのは九月一日のことであった。

——また追い払われるのではないか。

米沢で上杉に対面を断られたことは、日が経てば経つほど、定敬の気持ちを暗く、重くしていた。

「どうぞ、こちらへ」

幸い、白石城、伊達《だて》藩重臣の片倉の家中は、定敬一行を拒絶せず、城内へ迎え入れてくれた。

「いかがでしょう、会津への援軍、お願いできるだろうか」

「その件でございますが」

片倉邦憲《くにのり》は、定敬がまだつかんでいなかった味方の動きを教えてくれた。

「実は今、福島城に壱岐守《いきのかみ》さまがおいでになります」

壱岐守——老中をつとめていた、唐津藩の世嗣、小笠原長行のことだ。国許の唐津からの帰国命令を無視して、江戸から脱出してきたという。

「壱岐守さまを頭領に仰ぎ、若松城を助けるべく、軍議が行われているはずでございます。中将さまが合流なされば、こんな心強いことはありますまい。ぜひそちらへ」

　翌日、定敬は片倉の言に従って、福島へ向かうことにした。

　途中、桑折《こおり》で一泊したあと、翌日の夕刻、福島城へ入ることができた。ただ、福島城の当主である板倉勝巳《かつみ》は、ひと月以上前に城を棄て、米沢藩に身を寄せているという。

　――ならば、ここに賊軍が押し寄せるのは時間の問題ではないか。

　不安に思う定敬を迎えてくれたのは、小笠原長行だった。

「中将さま、よくぞご無事で」

「壱岐守どの。ここでお目にかかろうとは」

　鳥羽伏見の折、長行は江戸にいた。その後大坂から逃げ帰り、早々と恭順を決めてしまった将軍慶喜に対し、徹底抗戦を強く主張したため、遠ざけられた挙げ句に老中を辞職してしまったのだ。

「お互い、遙かな道となりましたな」

「いかにも。もはや戻るところもありませぬ」

唐津藩の現当主、小笠原長国《ながくに》は実父ではなく、長行は養子である。聞けば、国許の唐津は早々に恭順の方針を決めてしまい、長行はすでに義絶され、廃嫡《はいちゃく》された身だという。

——似たような身の上か。

年齢では長行の方が二十以上も年長だが、国許から同じような仕打ちを受けていることが、江戸から遙かに隔たったこの地で、二人を共闘へと駆り立てた。

「丹後守《たんごのかみ》もここにおります。ぜひいっしょに、会津援軍のための方策を」

長行がそう言って引き合わせたのは、旗本の竹中重固《しげかた》、幕府の陸軍奉行をつとめていた者である。

「会津を支援するとなれば、どこかに拠点を作らねばなりません。ここでは距離がありすぎる」

「そうですな。やはり、二本松を取り戻さないと」

「いかがでしょう、中将どのが、二本松攻めの総督に就かれては」

「いや、それは……」

今、定敬のまわりにいるのは、自分の護衛のためにいる供回りだけで、立見も町田もいない。この顔ぶれだけで幕臣、諸藩寄せ集めの軍を動かすというのは、定敬には正直自信が持てなかった。

──服部や山脇らと連絡が取れれば。

会津で戦いを続けているはずの桑名本隊とどうすれば合流できるだろうか。

歯がゆい思いでいた定敬のもとに、「お目通りを願っている者がおります」との知らせが入った。

「殿。よくぞご無事で」

「参上が遅くなりまして、申し訳ございませぬ」

江戸で別れて以来の、森弥一左衛門《もりやいちざえもん》と成瀬杢右衛門《なるせもくえもん》だった。

「そなたたち、よくぞここが」

聞けば、五月に起きた江戸、上野での戦いのあと、各地を転々と潜伏したのち、ようやくプロシア船に乗り得て、塩竈《しおがま》へ来ることができたという。

「こちらに殿がおいでだと聞いたときは、まさに僥倖《ぎょうこう》と」

涙ながらに二人が語ったところでは、今なお、江戸およびその近隣で潜伏しながら、定敬のもとへ来る機会を窺っている藩士は、二人が知るだけでもまだ二十名以上いるらしい。

──やってみようか。

いくらか勇気づけられた定敬が、本気で二本松攻めを考え始めた頃、思わぬ動きがあった。

「よ、米沢の家中の者が」

「米沢がどうしたのだ」

嫌な予感がした。

「賊軍の使者として、こちらに。ただちに降伏せよと。後方には、大軍を引き連れている模様です」

恭順したばかりの者が、敵方の先鋒として矢面《やおもて》に立ちながらやってくる――まさにいくさの光景だった。

「やむを得ぬ。なんとか仙台へ逃れましょう」

ここで戦うより、まずは同盟の本拠地である仙台へ――長行と定敬は即座にそう判断して、それぞれ小人数の供を連れて福島城下を密かに抜け出した。九月八日、夜のことである。

福島から仙台までは、会津から米沢へと来た時に比べれば平坦ではあったが、その分、そこら中に賊軍の影があり、およそ気の休まることのない道中となった。

昼間はあえて脇道、どうかすると獣道《けものみち》としか思えぬ細道を分け入って、夜、わずかな月明かりを頼りに懸命に馬を駆る。目立たぬよう、供も二、三人ずつに分かれ、先に行く者、あとから続く者、互いの姿は見えず、つなぐのは気持ちの糸だけである。

――もうすぐ望月《もちづき》か。

「山川一色　天涯の雪　郷国幾《いくばく》の程ぞ……」

月が木々を照らす景色は美しい。

されど、耐えがたい空腹が一行を苦しめていた。

やがて月が沈み行く。暁《あかつき》に馬の歩みを止め、小川の清水で喉を潤《うるお》していると、近くに桃の大木があるのが目に留まった。

実の生《な》る時季はそろそろ終わりなのだろう。それでも、高くて誰も採らぬのか、梢《こずえ》近くにいくつか、熟《う》れた実がぶら下がっているのが見える。

定敬は迷わず、木に登った。

「殿。お危のうございます」

側にいた沢が止めたが、身の軽さには自信がある。

「投げるぞ。受け取れ」

手頃な枝で身体を支え、手の届く限りの実を採って、そっと下へ落とす。最後に残ったのを一つ、懐へ入れて木を降りる。

屋敷でなら、台所方でていねいに洗われ、皮をむかれ、切られて出されるのだろう。しかし今は、小川ですすぐのももどかしく、かぶりつく。

「甘露《かんろ》にございます」

沢が涙ぐんでいる。

「三千歳《みちとせ》の桃なら良いがな」

仙女である西王母《せいおうぼ》から不老長寿の桃をもらったのは、漢の武帝《ぶてい》だったか、それとも周の穆王《ぼくおう》だったか。

桃の滋味《じみ》に助けられて、十二日、ようやく仙台城へ入ると、出迎えてくれたのは板倉勝静だった。

「ご老中。お久しう」

「所司代どのも」

罷免《ひめん》された職名でつい互いを呼んでしまうのは、京、大坂でともに過ごした時の長さのせいだろうか。

「権現さまのお足元で朽ち果てるつもりでおりましたが……。まだ命数は尽きぬようです」

そういえば、宇都宮での戦いで幽閉から解放されたと、町田たちが話していた。

「国許では私を隠居させ、新たな当主を立てて、早々に恭順してしまったそうです」

勝静は穏やかな顔のままでそう言った。

――ああ、この人も。

自分と同じだ。

慶喜の命に従って開陽丸に乗りながら、江戸では遠ざけられ、国許からは義絶され……。

「ぜひここで一緒に戦いを……」

勢い込んで言いかけた定敬に、勝静は穏やかな顔を崩すことなく、首を横に振った。

「仙台藩は恭順するつもりのようです。いずれ、我々は居場所を失うことになるでしょう」

会津が籠城を続けている今、同盟の拠点は仙台だ。

それが恭順してしまえば……。

「では会津援軍は……」

勝静は何も答えなかった。

自分たちの拠点さえなくなろうとしているのだ。会津へ援軍を送ることなどもはや叶うはずもない。

「米沢藩の使者を名乗る者が、殿にお目通りを願っておりますが」

勝静のもとを辞し、仙台城近くの寺で束の間の休息を取っていると、供回りの頭をつとめる沢がそう告げた。

「米沢藩の使者？」

どうあっても降伏せよと、最後の脅しを突きつけに来たか。

「ともあれ、話は聞こう。通せ」

現れた男は、「米沢藩士の坂蘭声《ばんらんせい》」と名乗った。

——偽名だな。

根拠はない。ただの直感である。

「謹んで申し上げます。どうか、降伏していただきたい。恭順謝罪の書状をお作りくだされば、わが藩で官軍にお伝えする用意がございます」

米沢藩の実情を、あからさまに物語る申し出である。

「なぜにさような周旋を米沢藩がなさるのか」

「それは、やはり、奥方さまとのご縁もございますれば、少しでも桑名のおためになればと」

定敬は、蘭声の言葉の裏にあるものを素早く読み取った。むしろ、幸姫との縁のせいで、賊軍から内通でも疑われていて、桑名を差しだそうと躍起になっているのではあるまいか。

——賊軍に媚《こ》びを売ろうというのか。

私の首を、桑名の者たちの命を差し出して。

自分の家中だけ助かれば、それでいいと。

いったい、何のための同盟だったのか。

「そなたは、まことに上杉どのの使者か。ならば尋ねたい」

相手の目をじっと見る。耐えかねたのか、蘭声は目を下に落とした。

「今更かようなことを言うのなら、なぜ同盟に加わったのか。会津の苦境を知ってすぐ、戦いもせずに態度を翻《ひるがえ》すくらいならば、はじめから同盟など結ばねば良かったものを」

米沢など、はじめから頼らねば良かった。かような裏切りに遭うと知っていたら、あの時会津を出たりしなかったものを。

若松城にいる容保に、いったいどう伝えれば良いのか。いや、もう今となっては、伝える方法すらないのだ。

容保、勝静、長行……。自分たちはなぜ今、ここにこうしているのだろうか。

「謝罪と言われるか。我らになんの罪があるか。答えていただきたい」

声が震えてくるのが分かる。定敬は、膝の上の両の手を、固く拳《こぶし》に握った。

「余は、義を以てここに至る。死すとも謝すつもりはない。そうお伝えいただこう」

蘭声は定敬と目を合わせないように、そっと立ち上がった。

「待たれよ」

背中に鋭く声を浴びせた。

「せめて本名を明かしてから帰られよ。いやしくも大名であった者に対して、無礼であろう」

宇佐美《うさみ》勝作《しょうさく》と申します、失礼をいたしました——小さくそれだけ呟いて、蘭声は去って行った。

同九月十六日　仙台

定敬のいる寺には、五十余名ほどの桑名藩士が集まっていた。

すでに仙台藩の恭順は動かぬものとなっており、勢い、五十余名の者たちは、今後の去就を巡って激論を戦わせることになった。

「無念だが、これ以上戦うのは無理だ。あの長岡藩でさえ、恭順の方向だそうだ」

長岡城は七月の末に賊軍の手に落ちたと聞いている。

横浜から新潟まで船旅を共にした河井継之助は、落城の際に死んだとも、手負いの身で会津を頼って落ちていったとも言われており、消息は定かではなかった。

当主の牧野忠訓は長岡を逃れ、やはり仙台に身を寄せている。定敬は一度対面したいと思ったが、どうやら家中の者たちが許さないらしく、果たせずにいる。やはり長岡も恭順に傾いていると見るべきなのだろう。

沢らを中心に、定敬の周辺でも「恭順を」の声が上がっていた。一方、石井勇次《ゆうじ》郎《ろう》ら、あくまで戦いを続ける意思を見せ、会津や庄内といった、まだ戦いの続く地への転戦を具体的に進言してくる者もいた。

――そういえば、弥一左衛門の姿が見えぬようだが。

福島城で再会した森弥一左衛門は、石井とともに抗戦派の急先鋒だが、数日前から姿を見せない。森がいないせいか、抗戦を強く主張する石井の声が、恭順派の声に押されがちだった。

「国許がどうなっているか、一度確かめるべきではないか」

沢の声だ。沢はそもそも、国許の酒井の意を受けて、恭順工作のために江戸へ来たはずだったのだから、そう言うのも無理はない。

「どうやって確かめる。さような手段があるのか。それに、国許ははじめから恭順だ。その点では、我らは同盟の諸藩とは立場がちがうぞ」

すでに国許を棄ててきているのだ。今更何を言う――石井が言うと、みなの顔色がはっと変わる。

やがて議論は堂々巡りを始める。江戸でも柏崎でも同様なことがあったが、こたび、一番違うのは、どちらとも意思を決めかねて、黙ったまま両者の意見を聞くだけの者が、実は圧倒的に多いことだった。

――みな迷っているのだな。

定敬自身はまったく恭順する気はない。ただ、家中の者たちについては、それぞれの意思で行く末を決めてもらいたいと思って、ひたすら黙っていた。

――己の思うとおりにしてくれ。

戦いを続ければ続けるほど、犠牲者が出るのは避けられない。老齢の者は己の身が辛かろうし、妻子や両親を思って、すぐにでもここから離れたい者も、実は多いであろう。

――これ以上、命令で従わせることはしたくない。

全員が恭順というのならそれまで。あとは己一騎のみでも、会津へ馳《は》せ参じよう

――定敬はそう心を決めていた。

「申し上げます。某《それがし》、榎本武揚どのと極秘に対面して参りました」

息を切らせて入ってきたのは、森だった。

榎本率いる幕府の軍艦数隻が、この十日ほどの間で次々と松島湾に入港してきたとは、定敬も聞いていた。定敬が仙台に入る前には、榎本が同盟の軍議にも参加していたと、勝静から聞かされたが、もうその段階で仙台藩に戦う意思がなく、榎本

は引き上げたということだった。

「榎本どのは、六隻の軍艦を率いて蝦夷地《えぞち》へ渡り、彼の地で徳川勢力の結集を目指すそうでございます」

五十余名のどよめきが座敷を包んだ。

――蝦夷地で、徳川勢力の結集。

「内密で、わが家中の乗船が叶うかどうか、尋ねて参りましたところ」

森がごくりと喉を動かした。全員の目が森の口元を注視している。

「殿がご希望とあらば、速やかに承諾すると」

――会津でもなく、庄内でもなく、蝦夷。

半年余り前の三月、河井の船で陸奥の北の海峡を抜けた折、常に右舷に見えていた地。

新天地。まさか彼の地へ足を踏み入れることになるとは思わなかったが。

まさに、そうかもしれぬ。そこで態勢を立て直せば、会津を助けにいけるというのなら。

「よし。参ろう。すぐに支度をいたせ」

定敬がそう言うと、森が「ただし」と、榎本の言葉を付け足した。

「ただし、随従の者は三名に限る。多人数は乗りがたく、不義と言われてもこの義は曲げられぬ。また乗船中は、すべて榎本の指示に従うこと、時によっては身分を秘していただく場合もあることを、ご承知おきいただきたいと」

どよめいていた座敷が静まりかえった。

――三名。

艦隊の旗艦は開陽丸。今年のはじめ、艦長である榎本が留守の間に、慶喜が無理矢理乗り込んで、容保や定敬を江戸まで引き戻した、因縁の船だ。

――榎本の指示に従うこと。

慶喜のようなわがまま勝手は許さぬというのだろう。

「殿、申し訳ありませぬ。何度か交渉してみたのですが」

森が頭を畳にこすりつけている。

「殿、やはり庄内へ行った方が」

「もはや恭順以外にありますまい」

驚いて口々にふたたび持論を述べ始めた家臣たちを、定敬は手で制した。

「今仙台城下にいる全員を、今すぐこの座敷へ集めてくれ」

他の寺へ分宿していた者、所用で外出していた者などがようよう集まったところで、定敬は静かに切り出した。

「私は、どこまでも徳川氏の末として、薩長に屈せぬ道を選ぶことにする。よって、榎本の艦隊へ同乗することと決した。同道できる者は三名のみ。ここで、人選してもらいたい」

　そう言うと、定敬は己の手で小刀を取ると、髻《もとどり》をぷつりと切り、散切《ざんぎ》りにした。

　それから森に、自分の名を「一色三千太郎《いっしきみちたろう》」として榎本に届け出るよう、告げた。心密かに、月明かりと桃の実の故事に因《ちな》んで付けた偽名である。

「徳川」「松平」――名誉あるその名を守るために、しばし、それは秘さねばならぬ。あえて髪を切り、一兵士の姿を取ることで、榎本に覚悟を示すつもりだった。

　――平家の公達《きんだち》なら、出家か。

　戯《たわむ》れに、「流転三界《さんがい》中　恩愛不能断《おんないふのうだん》……」と、得度《とくど》の偈《げ》を口ずさんでみる。

　しかし、わが行く先は補陀落《ふだらく》でも、西方《さいほう》浄土でもない。北の新天地である。現《うつし》世《よ》を、兄がまだ戦っている会津を棄てるつもりは、毛頭ない。

「おのおの、私や同輩のことは気にせず、それぞれの意思で動いてくれ。縁があれば、また会える」

　九月十七日。

　定敬は、供と決まった三名とともに、塩竈の港を目指して、仙台城下を密かに離れた。

五　遙《はる》かなる箱館

慶応四年（一八六八）九月四日　桑名

「酒井さま。お洗い物、お預かりいたします」

本統寺で謹慎を続ける孫八郎のもとに、中間《ちゅうげん》がいつものように姿を見せたが、それはいつもの男ではなかった。

――弥次郎《やじろう》……。戻ったのか。

桑名城を新政府に引き渡した一月の二十八日以来、家中全員による寺社での謹慎は四月いっぱいまで続いた。

孫八郎が先頭に立って指図した藩士の厳重な慎みぶりと、世嗣万之助による早々の出頭が新政府に一応認められ、閏四月になると、一部の重役を除いて、自分の屋敷へ戻っての謹慎が認められた。行動は細かく制限されているものの、妻子らについても呼び戻すことが許された。

とはいえ、孫八郎ら重役は相変わらず本統寺での謹慎が続いており、外部との接触を尾張藩士によってすべて監視されている。

身のまわりの世話も、直《じか》に妻子や両親などに頼むことは許されず、食事については寺の僧たちから給仕を受け、着類《きるい》の交換などは二日に一度、対面を許される中間に託すよう、指示されていた。

——やはり。

思ったとおり、洗い整えられた下帯や肌小袖、晒《さら》し木綿《もめん》の包みの中に、折り畳まれた書状が入っている。孫八郎はさりげなくあたりを確かめ、そっと開いた。

良い知らせか、それとも。

期待と不安に乱れそうになる呼吸を整える。もうかようなことを何度繰り返していることだろう。

書かれていたのは、思い描く中でも、最も悪い方の知らせだった。

——西村が捕まっただと……。

まずいことになった。

表向き、孫八郎たちは城下で挙《こぞ》って謹慎し、恭順の意を表していることになっている。

しかし、ただ黙って寺に籠もっているだけで家名の存続が認められると思うほど、「新政府」を信用しているわけではなかった。

——どうせ薩長の成り上がりと貧乏公家の寄せ集めだろう。

本統寺へ入ってから、すでに八ヶ月。見張られている寺の中から、信用できぬ者を相手に恭順の交渉をする難しさは身に染みている。

それでも、誰でも良い、どんな手を使っても良い、ともかく、「新政府」で発言力を持つ者に渡りをつけて、なんとか桑名の家名存続を嘆願しなければ。

そう考えて、孫八郎たちは京へ人を派遣していた。もちろん、桑名家中の者が城下へ出ることは禁じられているので、ごく内密の潜入である。

西村勢介《せいすけ》は、さような隠密活動を担う者のうち、孫八郎がもっとも頼りにしていた一人だ。定敬が京都所司代の頃、京都詰めで物産掛《がかり》をつとめていて、京に知り合いが多い。色街にもよく出入りしており、当時は放蕩が過ぎると上役たちに眉を顰《ひそ》められることもあった。

ただ、こたび、西村の馴染みの芸妓《げいぎ》がいる祇園《ぎおん》の見世《みせ》の女将《おかみ》が、実は長州藩士河《こ》内山半吾《うちやまはんご》の妾であると分かった。そこから重役の一人、長松文輔《ぶんすけ》との知己を得るに至ったというので、俄然《がぜん》、西村への期待は膨らんでいたのだったが……。

——焦って、目立ちすぎたのか。

長松にたどり着くまでに、かなりの金を使ってしまい、それを「新政府」の役人に怪しまれて捕らえられたらしい。厳しい吟味を受けた末、素性から京に逗留する目的に至るまで、洗いざらい白状させられてしまったという。

——下手《へた》をすれば死罪だ。どうすればいい。

同行していた町人の弥次郎が辛《から》うじて難を逃れ、この知らせをもたらしてくれたのだけは幸いだったが、なんとか善後策を講じないと、西村の命ばかりでなく、せっかくこれまで積み上げてきた家中の恭順姿勢まで、無になりかねない。

孫八郎の頭には、尾張の名古屋城で今年の一月に起きたというある事件のことがあった。

——十四人もの刑死——。

目下、新政府の命により、桑名城下を管理しているのは尾張藩である。

一月に最初に恭順について仲介を頼んだ時、すげなく断られてしまったので、孫八郎は当初、尾張藩の桑名への態度に疑問を持っていたのだが、監視される側の責任者として尾張藩士らと対応するうち、驚くべき事実を知ったのだ。

——確かに、家中でさようなことが起きていたのなら。

桑名のために恭順の仲介などしている場合ではなかっただろう。

「……一月の二十日からのことでした」

尾張藩士で、桑名支配を任された奉行の土田惣太夫《そうだゆう》は、はじめはひどく無愛想《ぶあいそう》だったが、頻繁《ひんぱん》に顔を合わせるうち、次第に孫八郎に同情したのか、「他言無用に願う」と言いながらも、尾張の事情を打ち明けてくれた。

「四日で十四名ですよ。みな、生きた心地がしませんでした。御前はいったい何をお考えかと」

京にいたはずの御前——定敬の兄、慶勝のことだ——が急に帰国したかと思うと、入れ違いに現当主である義宜《よしのり》——慶勝の嫡子で、十一歳になったばかりの若君である——が禁裏《きんり》守護職を命じられて急ぎ京へ出立する、という慌ただしい動きの直後に、その事件は起きたという。

「ご重役の渡辺新左衛門《しんざえもん》さま、榊原勘解由《さかきばらかげゆ》さまを皮切りに、次々に首を。みな、もしや自分が名指しされたらと、少しでも身に覚えのある者は震え上がりました」

少しでも身に覚え。

十四名の者が斬首にされたというその罪名は、一応それ、ぞ、れ、に、そ、れ、ら、し、く、ついていたものの、実際には、旧幕府や将軍家とのつながりの深い者、慶勝の側近たち——勤王派と呼ばれる者が多いと聞く——と日ごろから対立しがちであった者たち——いわゆる佐幕派である——への「粛清」「見せしめ」としか受け取れぬ処刑であったという。

十四名の斬首、家名断絶をはじめとして、蟄居《ちっきょ》や隠居などを含めると、何らかの処分を受けた者の総数は三十余名にも上った。処分を受けなかった者は総登城を命じられ、一部始終を粛々と聞かされたらしい。

「なにゆえそのような」

孫八郎が問いかけると、土田は「あくまで推測ですが」と言いながら、声をいっそう潜《ひそ》めた。

「将軍さまが大坂城から密かに抜け出られたのが発覚すると、御前の朝廷でのお立場がたいそう悪くなられたようです。幕府と内通しているのではないか、真に新政府に与《くみ》するつもりがあるのかと、公家や薩長から詰め寄られた挙げ句、あるならばその証しを立てよとでも言われたのではないかと……。だいたい、尾張徳川家の内政に、〝勅命〟が振りかざされたのも妙な話ですし」

十四名への処刑には、朝廷からの命令であることが仄《ほの》めかされていたらしい。

孫八郎の目からは、尾張は早々に幕府を見限る立場を明らかにしたのだから、さぞ「新政府」内での発言力も強かろうとしか見えていなかったのだが、そこはやはり、もとは徳川御三家筆頭ゆえの難しさがあるのだろう。

「ですから、酒井どのが早々に国許の恭順を決められたことは、尾張にとってもありがたいことなのです。もしそうでなかったら……」

土田はそれ以上言葉にしなかったが、言わんとすることはよく分かった。

――尾張藩はきっと、桑名攻めの先鋒に立たされていたのだろうな。

一時は、戦いも覚悟していた孫八郎だが、今こうしていると、東海道の要衝にある桑名に尾張が攻め込んで戦火が広がるような事態を避けられて良かったのだと、改めて思える。

しかし、尾張家中にそこまでの犠牲を強《し》いる「新政府」とは。

「十四名というのは、長州が朝敵とされて討伐の対象となった折、処刑された者の数と同じです。何の意趣返しかと恨みに思っている者も多い」

意趣返し――「新政府」が、さような私情を交《まじ》える者たちにいいようにされる集団なら、桑名もまた、どのような目に遭わされるか分かるまい。

――いったんはこちらの謹慎を認め、城を手中にしながらも。

一会桑《いっかいそう》という言葉が一時、京ではよく口にされた。一橋家の当主であった慶喜と、会津藩主の容保、桑名藩主の定敬の三人を指す言葉だ。長州が京を追い出された折、先の帝のお側にあって、もっとも力を持っていたとされる三人のことである。

意趣返しを受ける本丸は、おそらくこの三者。だとすると、桑名藩が存続を求める道は、やはり険しいだろう。

世嗣万之助は、閏四月の末になってようやく四日市の法泉寺で東海道府の監視下にあった人質状態から解放され、桑名へ帰ることが許された。

とは言っても、城へ入ることは依然として許されず、孫八郎たちと同じこの本統寺での謹慎が言い渡されたので、今では書院が万之助の御座所となっている。肝心の家督相続については、何度願い出ても〝保留〟とされたままで、その都度《つど》、〝越中が戻らぬうちは〟と言われてしまう。

──殿。いったい今、どうなさっておいでか。

五月に越後の様子を探りに行った山岡佐八郎《さはちろう》によると、柏崎で謹慎していたはずの定敬は一転、態度を翻し、軍勢を仕立てて会津領へ向かったという。

同行していた惣宰《そうさい》の一人、吉村がかの地で横死しており、おそらくそれは他ならぬ定敬の命による暗殺に違いないと聞いた時、孫八郎は天を仰いでしまった。

──そこまでして抗戦なさろうとは。

定敬が抗戦し続ける限り、おそらくこちらの恭順は認められまい。

会津まで誰かを派遣して──なんなら孫八郎自ら出向いて──定敬を説得したいと、六月には尾張藩を通じて「新政府」に願い出たのだが、「領外へ出ることは許可できぬ」と、にべもなく退けられてしまった。

──西村の伝手《つて》が消えてしまったとなると。

いつ終わるとも知れぬ謹慎に耐えかねて、「結局、家名存続が認められないのなら、なんのための謹慎か」、「こんなことならいっそ、密かに抜け出て会津を目指そう」といった声も上がり始めている。「恭順を決めたのは早計だったのではないか」と、孫八郎を責める者も少なからずあった。

また監視を任されている尾張藩側も「人員、財政とも、これ以上桑名監視のために割《さ》くのは負担が大きすぎる」と、長引く状況に困惑気味で、桑名城下には今、なんとも言えぬ不穏な空気が漂っていた。

——何か手立てはないだろうか。

見渡せば、いずこももう、木目や染みまで覚えてしまうほど見慣れた同じ襖、同じ廊下、同じ天井《てんじょう》。

長い間同じ場所に閉じ込められ続けて、頭が鈍化してしまったようで、思案はまるでつかず、それどころか気持ちがつい、あらぬ方へ飛んでいく。

——りく。元気にしているだろうか。

閏四月二十四日に、無事男子誕生との知らせがあった。

桑名藩では従来、藩士に子が出生した折には休暇を賜《たまわ》ると定められている。孫八郎はだめでもともとと、その制度に則《のっと》り、暇と、りくのいる吉田への往来の許可をあえて尾張藩に申請してみたが、やはり退けられた。

一目会うことも許されぬわが子に、せめてもと書状で「千之介《せんのすけ》」という名を届けた。己の幼名が「百寿計《ももすけ》」だったので、父よりも秀でてほしいとの願いを込めたものだ。

ふいの時雨《しぐれ》に、寺内の木々の葉擦《はず》れの音が激しく鳴った。文机《ふづくえ》に置かれた弥次郎の書状の折り目を、隙間風が小さくあおっている。

——いかん。こんなことでは。

まずは、西村の件を尾張に打ち明け、助命を願わなければ。

孫八郎は硯を引き寄せ、墨を磨《す》り始めた。

明治元年（一八六八）九月十六日　桑名　本統寺

幸い、孫八郎の嘆願書を受け取った尾張藩の目付、松岡八蔵《はちぞう》は桑名に同情的で、尾張からの口添えとともに嘆願書が「新政府」に届くよう、できるだけのことはしようと言ってくれた。

「酒井どの。今後は書状などで日付を記すのに、〝慶応〟と書いてはなりませぬぞ」

九月の十六日、孫八郎のもとへやってきた松岡によると、今月の八日に改元が行われ、新しい元号は〝明治〟となったらしい。

――慶応は、もうおしまいなのか。

〝慶応〟を決める時、朝廷と幕府との間の使者をつとめたのは、他でもない、定敬だった。孫八郎はその頃国許にいたので目《ま》の当たりにしたわけではないが、孝明天皇と将軍家茂、双方から信頼の篤かった定敬の晴れ姿は、桑名にゆかりのある者には誇らしいものだった。

ただ、あとから聞けば、それまで元号の案は幕府が決めて朝廷に伝えるものだったのに、家茂は「天皇にお任せする」とだけ伝えて、選定に関わらない姿勢を見せたらしい。

晴れがましさに浮かれる家中をよそに、「もはや幕府は何も決められなくなっているということの表れではないか」と危惧していたのは、確か、先日柏崎で横死した吉村だったように記憶している。

孫八郎の思いをよそに、松岡が小さく、しかしわざとらしい咳払いをした。

「これから某《それがし》が申すことは独り言。聞くも聞かぬも、酒井どののご随意です」

松岡はそう言って、懐から白扇《はくせん》を出して広げ、口元に形ばかりかざすと、孫八郎に横顔を見せるように身体の向きを変えた。

――どういうことだ、独り言とは。

意図は分からぬが、ともかく耳を傾ける。

「元号ばかりでなく、江戸も東京と名を変えたというので、帝が行幸なさる。前代未聞のことだ。二十五日には桑名にお泊まりなので、領民には終日、住まいから出ず、慎み過ごしてもらわねばならぬ。人はおろか、犬の子一匹でも往来に出ていてはならぬ、窓から外を見てもならぬとは、監視役の尾張としてはなかなか気の抜けぬことだなあ。また、帝はそのあと、熱田《あつた》の宮をご参詣ののち、鳴海《なるみ》にお泊まりのご予定である。きっと大勢新政府の役人がついてくるのだろう。迎える尾張は気苦労が絶えぬことだ。御前も殿も揃って直々にお出迎えに行かれると決まったから、鳴海はきっとたいそうな人出になることだろう。そちらの警護もたいへんだ」

松岡は大げさに深々とため息をついて、閉じた白扇を腰に戻すと、「では御免」とそのまま孫八郎のもとを辞していった。

——これは。

かようにわざとらしいやり方で、かくも重大な知らせを、自分に告げていくとは。

松岡は自分に何を示唆しているのか——孫八郎は考えた。

帝が桑名にお泊まり——そう聞けば、嘆願の絶好の機会と考えてしまう。

しかし、人はおろか、犬の子一匹でもと、松岡は領民に厳しい慎みの触れが出ることを強調した。

――桑名ではことを起こすなということか。

行程の都合上、桑名にお泊まりにはなるものの、朝敵と名指しされたまま、許しもなく、処分も定まっていない城下での宿りは、厳戒態勢下となるのだろう。

――では、鳴海へ行けと？

桑名と違い、尾張では当主とその父が直々に帝を迎えるという。名古屋から鳴海宿までは確か三里ほどの道のりで、それを当主父子が出向くとなれば、それだけでも祭のような賑わいになるに違いない。

その賑わいに乗じて、随行の新政府役人の誰かに嘆願書を出せ――松岡の示唆は、そういうことだろうか。

しかし、そこまで強行して、もし自分が捕らえられ、肝心の嘆願書は受け取ってもらえなかったら――そう思うと、総身が震える。

ただ、尾張の領内で、しかも近くに慶勝がいる時であれば、何らか、救いの手が伸びるのを期待できるかもしれぬ。

考えれば考えるほど、確かにこれを逃せば、もう二度とこちらの意を伝える機会はなさそうだ。

その日から、孫八郎は嘆願書の文案を練り始めた。

当主不在の国許で恭順を決めるまでの覚悟、まだ元服前の万之助を「人質」として差し出した不安、先行きの見えぬ中で乱れ始めた家中の人心掌握の難しさ……。

これまでの「寛大なご処置へ感謝」と低姿勢で書きだしつつも、「家中の気運の乱れ量り難く」などと、暗に暴発の可能性を仄めかしたり、幼い万之助の母からの言葉を交えて情に訴えたり、「陪臣《ばいしん》たる身の拙《つたな》さ」と己の惣宰としての手腕を卑下《ひげ》してみせたりと、孫八郎はあらゆる情と智を尽くして、嘆願書を書き上げた。末尾に、「書面では意を尽くせないのでぜひ口頭で趣意を述べる機会を賜りたい」と書き添えるのも忘れなかった。

二十四日、いよいよ明日、帝が桑名へご入来という日の朝、手はず通り、中間として弥次郎が姿を見せた。

「どうだ」

帝の一行が宿泊する大塚の本陣になんとか弥次郎が潜《もぐ》り込めぬか、探らせていたのだ。

「はい。どうにかなりそうです。やはり、人手は欲しいようで」

もとは西村が京で懇意にしていた幇間《ほうかん》（花街の太鼓持）だという弥次郎を、孫八郎ははじめ、正直あまり信用していなかったのだが、どうやら西村に対しては何か恩を感じているところがあるらしく、危ない役目も厭《いと》わず引き受けてくれる。言葉に桑名訛《なま》りがなく、時と場合によって上方言葉と江戸言葉を使い分け、器用になんにでも化けられるのが重宝だった。

「そうか。頼むぞ」

帝の随従に誰がいるのか。誰か一人でも、孫八郎と面識のある者がいれば、そこが突破口になる。弥次郎にはともかく一人でも多く、「新政府」側の人間として京から来る者の名を書き留めてきてもらうつもりだ。

二十五日。

寺の中にいても、城下中が静まりかえっているのが伝わってくる。

「帝が江戸へお出ましとは」

居合わせた生駒伝之丞《いこまでんのじょう》がため息交じりに呟いた。伝之丞も西村同様、京に知己が多いので先日まで密かに京に滞在していたが、西村の一件もあって、いったん桑名に戻り、近頃は常に孫八郎の側に控えている。

「もう江戸とは言わんそうだが」

世の中が本当に変わるのだ——一番痛切な思いは言葉にせぬまま、孫八郎はじっと、弥次郎の報告を待ちわびていた。

二十六日の昼過ぎ、弥次郎は黙って孫八郎の着類を取り替えていった。

——どうだろう……。

書状には細かい字でびっしり、人の名が書き連ねてある。音だけ聞いて急いで書いたからだろう、かな書きばかりで読みにくいところもあるが、それでも分かる者については、官職名や位も入れてあるなど、行き届いている。

名は知っていても、対面したことはない者ばかりで、孫八郎が途方に暮れそうになった時、「ぎょうぶかん　五位　なかじまえいきち」とあるのを見つけて、「ほう」と思わず嘆息が漏れた。

――かような者が、刑部官《ぎょうぶかん》とは。

中嶌永吉《なかじまえいきち》。徳島藩士である。

五年前の文久三年（一八六三）二月、孫八郎は、当主である定敬の警護役として京へ行くことになった。定敬はまだ所司代になる前、孫八郎もまだ二十歳前で、家老職ではなく、番頭だった時のことだ。

定敬一行が着いた二十四日、ある事件が京の市中を騒然とさせていた。ちょうど二日前に、等持院《とうじいん》にあった足利将軍の初代から三代までの木像の首が切り取られ、位牌とともに賀茂川《かもがわ》の河原に晒されるという奇っ怪な事件が起きていたのだ。

徳川将軍の首もこうしてやるぞ――明らかにそうした悪意に満ちあふれた、いや、憎悪を見せつける所行は、京都守護職、松平容保の逆鱗《げきりん》に触れた。

それまでは、幕府に批判的な者たちともできるだけ話し合いを通じ、穏やかに京の治安を守ろうとしていた容保だったが、この件を機に態度を一変、関わった者は有無を言わさず、すべて捕縛せよと厳命した。

決して生来頑強とは言えぬ兄の激務、そして激怒を目の当たりにした定敬は、内々で孫八郎ら、自分の随従者を何人か、会津の手助けに行かせた。京の内情を早く知りたいという思いもあったのだろう。

——あの時、逃した者だ。

悔しさがこみ上げる。孫八郎は会津藩士らとともに何度か中嶌を取り調べたのだが、捕縛に至る決め手はなかった。のちに証言者を得て、ようやく関与が明らかになった時は、すでに徳島へ逃げてしまったあとだった。

あの中嶌を頼ることになるとは——。

他に誰か知り合いはないかと、何度も何度も弥次郎の書いた文字を繰り返し辿《たど》ったが、やはり中嶌永吉が、話を通すための手がかりとして、もっともふさわしい相手であるようだ。

九月二十七日朝七ツ（午前四時）——。

日の出前、孫八郎は本統寺の裏手からこっそりと抜け出した。

いつもなら尾張藩士が何人も、出入り口をすべて固めているのに、なぜか容易に抜け出すことができた。

——これはもしや……。松岡どのの計らいだろうか。

胸の内で手を合わせながら、川口にある初音屋《はつねや》という船宿まで、足を急がせる。もの六町ほどだ。そこで弥次郎と落ち合い、宮の宿まで七里の渡しを、舟で向かう手はずになっていた。

「酒井さま。こちらです」

乗船を促されたのは、宮の宿にある新升屋《しんますや》という船宿へ向けての荷舟である。苫《とま》の中へ入ると、積み荷は貝の佃煮《つくだに》の箱詰めらしく、醬油の香気と貝の風味がまわり中に濃く立ちこめる。

「少し窮屈ですが、我慢しておくんなさい」

佃煮と一緒に覆いを掛けられ、やがて舟が動き出した。

「初音屋でございます。宮へ向けて、朝一番の荷でございます」

「うむ。通れ」

覆い越し、微かに、渡し場の役人とのやりとりが聞こえてきた。どうやら無事に通過したらしい。

「酒井さま。ご窮屈でしたね」

しばらくすると、弥次郎が覆いを取ってくれた。

「醬油で酔いそうだ」

孫八郎の言葉に、船頭が思わず笑った。

「他の舟に見咎《みとが》められるといけませんから、苫からはお顔を出さないようにお願いします」

「分かった」

「それから、尋常に漕げばたいてい昼過ぎには着くのですが、それだと明るいうちに船宿へ入ることになり、人目につきましょう」

帝の一行は昨日、海を行く七里の渡しではなく、川を遡《さかのぼ》る三里の渡しを選んでいったらしい。佐屋《さや》から陸路で宮へ入るのだろう。いずれにしても、少しでも怪しまれることは避けなければならない。

「陸《おか》沿いを休み休み、ゆるゆる行きますから、そのおつもりで」

覚悟を決め、日が昇り、また沈みかけるまで、孫八郎は伊勢湾岸を眺めながら漂い続けることになった。佃煮と一緒にようやく新升屋へたどり着いたのは、暮れ六ツ半（午後七時）も過ぎた頃である。

「どうぞ。お湯も沸いております」

新升屋は今、桑名の家中の者が密かに江戸と往来する際の定宿《じょうやど》で、気心も知れている。孫八郎は一日波に揺られ続けた身体をしばし休めることができた。

翌早朝、やはり明けぬうちに発って、今度は徒歩で鳴海宿を目指す。二里ほどの道のりである。

「五位の刑部さま、中嶌さまにお目にかかりたい」

本陣へ行って、今度は正面から取り次ぎを頼む。声が震えるのを、拳を握ってなんとか抑え込む。

ここで自分が捕らえられたら――いやいや、今、それを考えてはならない。

陣屋での作法は知っている。訪ねる人もはっきりしている。門前払いを食らわされることは、よもやあるまい――ないはずである。

「そこもとの姓名とご家中を名乗られよ」

「故あって浪々の身ですが……酒井孫八郎と聞けば必ず会ってくださる」

自分の名をきっと中嶌は覚えているはずだ――祈るような気持ちで待つことしばし、孫八郎は中へ通るよう案内された。

「これは酒井どの。まさかこのような」

中嶌はまるであの世からの使者でも見るように、何度もことさら目を瞬《また》かせた。

「よく、某がここにいると。それに、よくここへ来られましたな。うかつにご素性が知れれば……」

「いろいろ、手を尽くしました」

挨拶もそこそこ、孫八郎は懐に大事にしまってあった嘆願書を取り出すと、「なにとぞこれを」と差し出した。

「桑名は、早々に恭順を決め、城もお渡しし、世嗣の身もお預けして、心から謝罪を申し上げました。今も家中一同、謹慎の暮らしを続けております。これらに免じて、どうか、どうか、もう一段のお慈悲をお願いしたい」

中嶌は「中を見せていただきます」と言い、書状を開いた。

長い長い文面だが、どうやら中嶌は最後まで読み通してくれ、書状に目を落としたまま「さて、いかがしたものか」と呟き、考え込んだ。

――頼む。取り次ぐと言ってくれ。

中嶌はなかなか口を開かない。

朝の支度をする者たちの気配が、廊下に慌ただしく、繁くなっていく。

「なんとかいたしましょう」

低い声がした。

「酒井どのには借りがある。ここで見過ごせば、某はきっと一生、悔いることになるでしょうから」

中嶌はそう言いながら、書状をもとのようにきちんと畳み、包み直した。

「かたじけない」

――忘れていなかったらしいな。

かつて中嶌を取り調べた折、のらりくらりと木像梟首《きょうしゅ》の一件との関わりを否定するその態度に、居合わせた会津藩士の一人が激高し、「こんな奴の首はさっさと落としてしまえ」と言い出して、一同殺気立ち、あわやの空気になったことがあった。

確たる証拠もなしに捕縛したとあっては、会津藩の名折れになりましょう——そう取りなしたのは孫八郎だった。

自分が余計な差し出口をしたから、中嶌を取り逃がすことになったのかもしれぬと、あのあとずいぶん悔やんだのだが、こういう巡り合わせもあるものらしい。

「それから、書状にも書いてございますが、某の拙い文書だけでは、意を尽くせぬことが多うございます。なんとか、少しでも帝のお側に近い方に、対面して直にお話を申し上げたい。機会を作ってはいただけませんか」

孫八郎はさらに言いつのった。ぶしつけは承知の上だ。

「手を尽くしてはみましょう。ただ、あまり期待しないでください。……徳島に、どれほど力があるものか」

中嶌はそう言うと書状を手に立ち上がった。

「人目につくといけません。明日の暁《あかつき》頃、岡崎の西本陣の裏門へおいでくださ い」

孫八郎がそっと陣屋を出て歩き始めると、やがて弥次郎が後を追ってきた。

「いかがでしたか」

「うむ。ともかく、書状だけは渡せた。これから岡崎へ向かう」

帝の行列の通行が予定されていると思しき道は、すでに大勢警護の兵が立ってい
て通れない。二人はあちこち大回りをしながら、夕刻、ようやく岡崎へと入り、宿
外れの安宿に泊まることにした。

「ご記帳をお願いします」

宿の主人が出してきた宿帳に偽名を書き入れ、「早立ちするからよろしく頼む」

と、多めに銭を渡す。前払いしておけば不安がられず、詮索されることもないだろ
う。

「ありがとうございます。どうぞこちらへ」

案内された狭い部屋で、二人は飯もそこそこに眠りについた。

まだ暗いうちに起きだして、西本陣を目指すと、中間風の男に手招きされた。

「中嶌さまがお待ちです。どうぞ」

案内されたのは、庭のあずまやだった。石灯籠《いしどうろう》の陰に隠れるように、中嶌が立っ
ている。

「書状は、議定《ぎじょう》の方でお取り上げくださることになりました」

囁き声に耳を傾ける。議定は皇族や公家、大名からなる新政府の最高評議機関だ

と聞いている。ひとまずほっと胸をなで下ろした。

「ただし、酒井どのとの対面はやはり」

「だめですか」

「もし対面すれば、許可無く外出した罪で、その場で捕らえなければならなくなるが、それでも良いのかと」

——そういうことか。

どこまでもお触れどおり、容赦はないらしい。

幕府の定法《じょうほう》が今でも通るなら、新政府とやらの要人、官吏には大勢、罪人が交じっているだろうにと思うと、孫八郎は腹が煮えた。

「どうか、お気を落とさず。上つ方でも、桑名の国許については同情を寄せられている方が多いようです。謹慎の沙汰については、いくらか緩められるだろうとのことです。ただ、ご世嗣の家督相続については」

そこがもっとも肝心のところだ。

「越中守が抗戦を続けている以上、桑名の存続を認めてしまえば、新政府軍の兵士たちの士気に関わると」

時を告げる鶏の声が、遠くから聞こえてくる。東の空に、山々の稜線が少しずつ浮かび上がってきた。

「ともかく、酒井どのはすぐに国許へお帰りください。でないと捕らえられてしまう。これ以上は、某ごときではとても」

やむを得ぬ。今後のためにも、中嶌の立場まで危うくすることはできない。

「承りました。どうぞ、よしなに」

どうにかそれだけ言って頭を下げ、足早《あしばや》にその場から離れる。

もはや孫八郎にできることは、人目を避けつつ、元来た道を桑名まですごすごと戻ることだけだった。

同十月二十九日　桑名城下

危険を冒して鳴海行きを決行してから、一ヶ月が過ぎた。

万之助が本統寺を出て城へ入ることが許され、同じく孫八郎ら重役たちもそれぞれ、自分の屋敷へ戻ることが認められるなど、謹慎の沙汰は確かに緩められたものの、新政府の命によって尾張藩が桑名を占領統治する状態は今も変わっていない。

――殿は、いったい……。

定敬が恭順の意を新政府に明確に示さない限りは、桑名の存続はあり得ない。これまで重ねてきた交渉だが、もはや最後の一手しか残されていない局面であることを、孫八郎は思い知らされていた。

孫八郎は今、屋敷に弥次郎と二人で暮らしている。りくと千之介に会いたい思いは日々募る。妻子を呼び戻す許しは、重役にも出ているのだが、自分のこれからのことを思うと、二人を桑名に戻すのはためらわれた。

——家名存続が認められてからでなければ。

今年のはじめからこれまで、桑名藩の辿りきたった道については、自分に最も大きな責めがある。それを全うしないうちに、二人を桑名へ呼んでしまえば、自分の判断や行動の切っ先が鈍ってしまう気がした。

「旦那《だんな》さま。生駒さまがおいでになりました」

夕刻、弥次郎が声を掛けてきた。

「なに、伝之丞が。すぐに通せ」

今月のはじめ、伝之丞は定敬の消息の手がかりを得るべく、密かに東京へ向かった。

——何か摑んで、戻ってきたか。

伝之丞は孫八郎より二つほど年長だ。家格と身分が下なのでこちらをずいぶん立ててくれるが、慶応初年には幕府の学問所である昌平黌《しょうへいこう》への入学を許された秀才でもあって、知己も多く、西村が囚われて以後はもっぱら、京や東京への潜入役などを買って出るなど、頼れる存在であった。

「ただ今戻りました」

無事を喜ぶのもそこそこに、聞き集めてきたという東国の話題になる。

「一時は、奥羽越《おううえつ》三十一藩の同盟というので、かなりの勢いもあったようですが、やはり長続きはしなかったようで……」

あくまで「新政府」に抵抗する勢力。勝って勢いを増すようなことがあれば、一月からこれまでの互いの粉骨砕身《ふんこつさいしん》はすべて水泡に帰すというのに、孫八郎も伝之丞も、心のどこかで落胆を感じてしまうのは、正直な気持ちであった。

――やはり、「新政府」の世になってしまうのだな。

己の心は、目の前の使命とは別のところに置いておかなければ。そうでないと、判断を誤ってしまう。

「それで、会津はどうなったのだ」

「九月の二十日過ぎには落城したそうです。会津中将さま、殿の兄君は近々、東京まで護送されてくるとの噂でした」

「それで、殿は。若松でご一緒に籠城なされていたのではないのか」

「どうやら違うようです。どうも、籠城はせずに会津から仙台へ赴かれ、そこで降伏を表明されているとか」

「そうか。ならば」

「はい。状況の変わらぬうちに、殿を、その……」

伝之丞が言いよどんだ。無理もない。

――殿を、「新政府に引き渡せれば」。

武士と生まれて、かように不忠な言葉があるだろうか。

柏崎、会津、仙台。

飛び地のある柏崎はまだしも、会津も仙台も、孫八郎にとっては道遙《はる》かで未知の、遠い地である。

さようなところを転々とした挙げ句に、ついに降伏を決めたらしい主君に向かって、今自分たちがしようとしていることとは。

苦い沈黙が、二人の間に流れた。

「将軍さまは」

重い静寂の海に笹の小舟でも浮かべようとするように、伝之丞がおそるおそる口を開いた。

「はや七月から、駿府《すんぷ》の宝台院《ほうだいいん》でお過ごしだそうですが」

「そうなのか……」

孫八郎は、これまで尾張藩士から聞いた話や、伝之丞がこたび集めてきた話を改めて突き合わせてみた。

桑名が路頭に迷い、会津が籠城の果てに落城という最悪の結末を迎えている間に、旧主である徳川将軍家はさっさと、田安《たやす》家——一橋、清水とともに将軍家を支えてきた「御三卿《ごさんきょう》」の一つである——から家達《いえさと》を養子に迎えて家督相続を許され、「あくまで一大名として」駿府藩七十万石の藩主となることが認められた。慶喜は家達の監視下で隠居謹慎生活を送っている——ということらしい。

家達による家督相続について、新政府との交渉には、定敬のもう一人の兄で、現在は一橋家の当主である茂栄《もちはる》が骨を折ったと聞いている。かつては尾張藩の当主の座を巡って、慶勝との間で確執もあった人だと聞いているが、今は東京にあって、旧幕府と新政府との間を仲介する重要人物の一人になっているらしい。

「将軍さまがお命を取られずにおいでなら、どうだろう、わが殿も……」

「ええ、そうですね」

慶喜は朝敵第一等。容保と定敬は第二等。

第一等の慶喜が今も命を存《なが》らえているなら——というのはしかし、こちらのはかない願望に過ぎぬだろう。

大坂から江戸へ戻って早々に戦う姿勢を引っ込め、即座に寛永寺に入り、以後、自ら動くことはもちろん、誰からも担ぎ出されることなくここまで来た慶喜と、一度は幕府に恭順の上申書を出しながら、それを翻して半年余も抗戦し続けた定敬では、新政府に与える心証がまるで異なるのではないか。

――家中、領民のためとはいえ。

新政府に出頭せよというのはすなわち、死んでくださいと言っているのと同じなのではないか。

――そうなったら。

自分も責めを負わねばならぬ。のうのうと生きてはいられまい。

「会津中将さまのご処分はどうなるだろう」

「はい。江戸……いや、東京ではもっぱら、やはり、その」

伝之丞がさらに口ごもる。

――死を賜る、と。

伝之丞が自宅へ引き上げると、孫八郎に眠れぬ長い夜が訪れた。

――このまま逃げ出してしまいたい。

どこか、誰の目も届かぬところで、りくと千之介と三人、ひっそりと。

しかし、さようなことが許されるはずもない。

思案に暮れていた翌々日、十一月一日の朝、孫八郎のもとを訪ねてきた人影があった。

「松岡どの、高木どの……」

松岡が、同輩でやはり尾張藩目付の高木常之丞《つねのじょう》を伴ってきたのを見て、孫八郎は事態が急変する予感を抱いた。

「早朝から失礼する。早急にご相談いたしたい」

松岡と高木によれば、一昨夜伝之丞とともに整理した諸情勢は当然尾張藩の方でもつかんでいるようだ。

「尾張としても、桑名がこのままでは何かと負担が大きいのです。御前もたいへんご心痛でいらっしゃる」

尾張徳川家では、現当主義宜、隠居の慶勝、それぞれが役目を帯びて京や信濃《しなの》、越後などに赴いている。加えてすでに桑名の統治も十ヶ月を超え、財政が逼迫《ひっぱく》、家中の者たちの疲労の色も濃くなっているだろうことは、容易に想像がつく。また、血を分けた弟である定敬の動向は、新政府での慶勝の立場に大きく影響しているだろう。

松岡の見込みでは、定敬が早めに出頭さえすれば、慶勝から茂栄へ、なんとか新政府への助命嘆願と桑名存続のために動いてくれるよう、働きかけがあるだろうという。

「御前ご自身での嘆願はかえって薩長からのいらぬ憶測やらあらぬ疑いやらを生むので、慎重になさらないといけないようなのですが、一橋さまはその点、仲介役として適任のお立場にあるようです。勝安房《あわ》さまも一橋さまに期待していて、内々で何かとご上申しているとか」

　勝海舟。慶喜や江戸城が難を逃れられたのは、この人の骨折りが大きいとの噂だと伝之丞が話していたが、孫八郎は判断の材料を持たない。

「それで、某にどうせよと」

「そのことですが。いかがでしょう、酒井どのご自身で、中将さまをお迎えに行かれては」

「それができれば、もちろんありがたいことですが。しかし……」

　鳴海と岡崎へ嘆願に行くのでさえあれほど困難を極めたのに、どうせよと。

　しかもすでに降伏しているというのなら、新政府軍の監視下に置かれているのではないのか。

「殿が降伏されているのなら、会津中将さまと同様、新政府の軍に仙台から護送されてくるのではありませんか。某がお迎えに上がる理由と申しますか、筋が通らない気がしますが」

　孫八郎がそう言うと、松岡と高木が意味ありげに目を見合わせた。

こほんという、例の小さくわざとらしい咳払いをして、松岡が声を低めた。

「実は、桑名中将さまの動きについては、別の噂があるのです」

「別の噂？」

「はい。公にすると、人心を乱すというか、新政府も旧幕府も面子《メンツ》が潰れる話なので、極秘にされていますが」

松岡がもたらしたのは、孫八郎には思いも及ばぬ話だった。

幕府の海軍を率いていた榎本武揚が、新政府軍からの艦隊引き渡しの要求をはねつけ、そのまま八隻を率いて奥羽越列藩同盟の応援に向かった。やがて同盟が崩れはじめると、今度は蝦夷地を目指して出航したというのだ。

「実は、桑名中将さまは今も降伏なさらず、榎本と行動をともにしている可能性があるのです」

孫八郎は言葉を失った。

——軍艦で、蝦夷地へ？

しかも、まだ戦うつもりで。

仙台で降伏と聞いた時でさえ、その遙かな道のりに激しい動揺を覚えたというのに。

「榎本は、新撰組《しんせんぐみ》やら伝習隊《でんしゅうたい》やら、旧幕府軍の残党を大勢連れているものと思われます。中将さまがそんな中に入っていたら、どうなるでしょうか」

――神輿《みこし》だ。

松平の姓を持つ大名で、しかも一時は「一会桑」と呼ばれて京における幕府勢力の一翼《いちよく》を担っていた定敬なら、抵抗勢力再集結の神輿として担がれるにじゅうぶんの重みがある。奥羽越列藩同盟が、皇族である輪王寺宮《りんのうじのみや》をそうしたように。

「新政府側では、この噂を聞き捨てならぬ重大事と受け止めています。もちろん、まだ真偽が確かめられたわけではありませんが」

真偽はともかく、かような情報があるうちは、桑名の家名存続が認められるはずがない。

「ただ、真相が分かってからでは遅いと、尾張は判断するに至りました。会津や仙台の事後処理が終われば、新政府軍はただちに蝦夷地へ進軍する準備を進めるでしょう。せめていくさの火蓋が切られる前に、中将さまには戻ってきていただきたい。尾張藩だけで動くことも考えましたが、やはりここは、酒井どのを筆頭に、しかるべき桑名藩士の方々に現地へ向かっていただくのが最良の策かと」

もし本当に榎本と定敬が合流していたら、尾張藩士の説得では動くまい。それどころか、対面さえ拒否され、下手をすればいくさの口火を切ってしまうことにもつながりかねない。

桑名藩士である自分たちならば、確かに榎本も交渉の席に着いてくれるかもしれぬ。

——そこまでの大役が。

自分につとまるだろうか。

そもそも蝦夷地まで、どうやって行けば良いのだろう。

「お話は分かりましたが……。しかし、某が動くのを、新政府は許してくれるでしょうか」

許しなしでは、とても無理だ。

「それは分かりません。ですから、こたびの責めはまず、尾張藩が一緒に負います」

「尾張藩が？」

「はい。蝦夷地渡航の許可を願い出る前に、尾張藩が酒井どのの身柄を極秘で、東京へ護送します。その上で、新政府と交渉しましょう」

孫八郎らが東京へ着いてしまっていると分かれば、わざわざまた護送を付けて桑名へ返す、あるいは捕縛して禁錮《きんこ》するよりは、箱館へ行かせて定敬の身柄を榎本から引き剝《は》がして来いとなるのではないか——尾張藩はそう考えているらしい。

——大きな賭けだな。

しかし、こうなってはその賭けに乗るしかない。

「ただ、これは申しにくいのですが……」

これまで黙っていた高木が口を開いた。

「もし箱館まで行くとなれば、いったい費用がどれほどかかるものか分かりません。ことがことなので、尾張が負担するというわけにも」

高木の言いたいことはよく分かる。

これまでの占領統治においても、諸費用を尾張、桑名、どちらからどう負担するかは、たびたび協議の対象になってきたことだ。尾張側に、「なぜここまで桑名のために金を出さねばならぬのか」との憤懣《ふんまん》が燻《くすぶ》っているのは、無理もないところだろう。

「分かりました。費用については、必ずこちらでなんとかいたします」

松岡と高木の顔が少しだけ緩んだのを見て、孫八郎は問いかけた。

「それで、出立はいつにすれば」

「一日も早いほうが良い。酒井どののご準備が整い次第、宮宿までおいでください。護衛隊を用意しておきますから」

松岡と高木がそう言い置いて去って行くと、孫八郎はすぐ弥次郎を呼んだ。

「そなた、すぐに行って、勾当《こうとう》を呼んできてくれないか」

「椙村《すぎむら》さまをですか」

「うむ。火急の用だと伝えてくれ」

「承知しました」

やがて弥次郎に案内されて、盲目の箏曲師が姿を見せた。

「椙村どの。訳あって子細は申せぬが、某はこれから、御家のための大博打《おおばくち》を打ちに、しばらく桑名を離れることになった。ついては……」

「ああ、酒井さま、皆まで仰せられまするな。軍資金でございますな」

金を用意するとなれば、武士では役に立たぬ。城下の富裕な商人をこぞって動かせるとしたら、勾当の椙村保寿《やすとし》を措《お》いて他にない。

「この先も桑名の城下で商いをしたければ、それぞれ間口に応じてじゅうぶんに出せと触れて回ってくれないか」

椙村は口元に笑みを浮かべた。

「御家の勧進《かんじん》ですな。では酒井さま、勧進帳をご用意下され」

——御家の勧進か。うまいことを言う。

孫八郎は白紙の帳面を一冊おろすと、表に大きく「志」と書き付けた。

「弥次郎、集まった金は随時、為替《かわせ》で東京へ送ってくれ」

「承知しました」

同十一月四日　尾張熱田

孫八郎は伝之丞とともに、海路を宮宿へ向かっていた。

――誤報であってくれ。

仙台で降伏していてくれれば。東京へ行ってそれが分かったら、どんなに良いだろう。

思いは伝之丞も同じらしく、互いに「蝦夷地」の語は一切口にしないまま、舟を降りる。

「ご苦労さまです。ここからは、この者がお二人を護衛します」

夕刻、引き合わされたのは、やはり尾張藩目付の森本藤七郎《とうしちろう》という者だった。

――松岡どのが同行してくれるのではないのか。

孫八郎の思いが伝わったのか、松岡は「ご心配なく」と言った。

「森本は、わが家中で最も東海道の往来に慣れた者です。なんでも相談してください」

翌朝早く、いざ出立という段になって、孫八郎と伝之丞はひどく戸惑うことになった。

「ずいぶん、ものものしい」

「これはなんとも……」

護衛隊は総勢十二名。森本を含め四名は騎馬、また、六名が銃を持っている。

――護送、か。

宿ごとに馬を乗り換えながら、粛々と早足で進む。

――最初の泊まりは赤坂だろうか。

順当に行けば、吉田は素通りだろう。もちろん、かような護送の旅では妻子の顔を見るなど、望むべくもないが。

そろそろ冬至も近く、日はすぐに傾いてくる。森本は赤坂ではなく、ひとつ手前の藤川で泊まると伝えてきた。

翌日、赤坂と御油《ごゆ》を経て昼前、吉田に至ると、「ここで早昼食《はやびる》にします」といい、脇本陣で小休止することになった。

――行程の調整だろうか。

参勤交代などで大名同士が行き違ったりする場合は、陣で行列が重なる不都合を避けるため、よくそういうことがある。こたびの〝護送〟は、尾張藩の御用ということで、各陣で相応の扱いを受けている。

「酒井どの。しばし、こちらへ」

己一人が森本に呼び出されたので、何用かと思い、示された座敷のひとつへ足を踏み入れると、思わぬ人影があった。

「旦那さま」

驚きのあまり声も出ずにいる孫八郎に、森本は「半時（約一時間）経ったらお迎えに上がります」と言い置いて、襖をぴったり閉めて出て行った。

「りく」

十ヶ月ぶりに見る妻の傍らには、小さな布団が敷いてあって、赤子が寝かされていた。

――これが。

初めて見るわが子は、ただただ無心に眠っている。なんとも不思議な、しかし総身が熱くなるのをどうしようもない気分である。

「まさか、かようなところで会えるとは」

「はい。尾張藩の松岡さまから、兄あてにお手紙をいただきました。旦那さまが公用で東京へ行かれるから、その途次、束の間だが対面するが良いと」

「そうか……。そなた、息災か」

「はい」

それ以上は、二人とももう何も言えず、ただただ向き合って涙をこぼすばかりである。

「それで、東京への御用というのは」

ひとしきりの涙のあと、りくが遠慮がちに問いかけた。

「子細は、今は言えぬが……」

何か察するところがあったのか、「必ず、必ず迎えにきてくださいませ」と言いながら、りくがひときわ大粒の涙をこぼした。

「心配するでない。この御用が済んだら、必ず、必ず、桑名へ一緒に戻る」

孫八郎がそう言ったとき、千之介がぱっちりと目を開けた。

「ほら、父上ですよ、千之介。……良い子ね、かような折に泣かぬとは。父上に似て、凜々《りり》しいこと」

母親に抱き上げられた赤子は、「ふふふ」とまるで笑みでも漏らすように息を吐き、父親の腕に抱き取られた。

赤子の温もりが、涙と一緒に孫八郎の胸に染みていく。

約束の刻限はまたたく間に近づいていた。

「どうぞ、これを。お守り代わりに」

りくに渡されたのは、紅葉《もみじ》のように朱で押された千之介の手形だった。紙には豊川稲荷《いなり》の印がある。

「必ず、一緒に戻る。待っていてくれ」

同十一月十四日　東京市ヶ谷

りくと千之介と東の間の対面を果たしてから八日後、孫八郎は無事、東京市ヶ谷《いちがや》にある尾張藩の上屋敷へたどり着いた。

「やはり、桑名中将さまが仙台で降伏したというのは、誤りのようです」

尾張藩の集めた情報では、仙台にいたこと自体は事実らしい。ただそののちの足取りは途絶えていた。

「陸路を庄内へ向かったのではないかという話もあるのですが、もう奥羽はすべて新政府軍が平定を宣言しています。今のところ、どの城からも桑名公の動向は伝わっていない。よって、おそらくは」

上屋敷では、森本の他に、林鉄三郎《てつさぶろう》、後藤金七郎《きんしちろう》といった顔ぶれが加わって、桑名藩の恭順について談合を重ねていた。

――やはり、蝦夷地なのだろうか。

林と後藤の助言で、孫八郎はまず自身の東京での滞在と、霊巌寺で今も謹慎を続けている桑名藩士たちとの対面の許可を新政府に願い出た。

「八割方、榎本たちに同行なさっていると思われますが、奥州のどこかに潜伏《せんぷく》されているというのもない話ではない」

この機を逃さず定敬を連れ戻すには、海路で蝦夷地、陸路で奥州、思い切って両方へ捜索の人手を出した方が良い、ついては、孫八郎と伝之丞だけでは心もとないので、東京にいる者から適任者を選抜した方が良かろうということになったのだった。

榎本たちの動向のせいなのか、新政府は孫八郎らの出した嘆願を存外早く受け入れた。続いて出した定敬の捜索についても、すぐに認められた。

「では、海路は某と、生駒、林平右衛門《へいえもん》。陸路は、伊藤、田辺、鈴木……」

許されたと言っても、もちろん護衛付きである。孫八郎ら三人には、尾張藩の小《こ》人目付《びとめつけ》高木六郎《ろくろう》が責任者となり、銃卒二人を伴って同行してくれることになった。

「しかし、陸路の方はともかく、船は」

尾張も、まして桑名が、自前で船を仕立てることなどできるはずもない。乗り合いの商船で行くしかなかった。

「できるだけ蝦夷地の近くまで行く商船となると、横浜からの異国船でしょうな」

孫八郎は知らなかったが、横浜には異国に籍を持つ商船がかなりの頻度《ひんど》で出入りしているらしい。長崎と結ぶ航路を取るものが多いが、箱館へ行く船もあるという。

「乗れる船が決まれば、すぐに新政府に届けを出しますが」

勝手が分からず戸惑っていると、伝之丞がある商人を連れてきた。

「英国の船を周旋してくれるそうです」

金子屋寅吉《かねこやとらきち》と名乗った商人は、柏崎の出で、今は横浜で洋物を手広く商っているという。

――柏崎。そういう縁か。

「大久保の陣屋とは、ずいぶんお取引をさせていただいておりました。桑名のご家中のためになるなら、動きましょう」

寅吉は十二月七日に出る英国の蒸気船ソルタン号に乗ってはどうかと提案してきた。英語も話せるらしく、船長と直接交渉してくれるのはありがたかった。

「ただし、今は箱館へは行かれぬそうです」

「どういうことだ」

「箱館にはa lot of deserters、ええ、つまり、脱走兵たちが大勢渡っていて危険だというので、これまで箱館に行っていた商船はすべて、行き先を青森に変えているとのことです」

脱走兵、という言葉が、孫八郎の耳にざわりと残った。

「青森から箱館へ行く手立てはあるのか」

「さあそれは……」

寅吉からの話を尾張藩側に伝えると、「青森へ着いてから、向こうの役所と相談してみましょう」との返答が得られた。

「それで、異国船の船賃はいくらなのか」

孫八郎は寅吉におそるおそる尋ねた。

「はい。お一人、二十五両でございます」

「二十五両……」

自分と生駒、林の三人分でも七十五両。尾張藩の護衛の分も含めれば金額は倍になる。

三人分の船賃を尾張側が負担してくれるかどうかは、すぐには決済されぬだろうから、ともかくここで百五十両を払う必要がある。大金だが、金の多寡《たか》でどうこう言っている場合では、もちろんない。

「ご用立てすることもできますが」

寅吉の申し出を、孫八郎はまずは断った。幸い、国許からの為替の額は、今二千両ほどになっている。

「また、今後何かと知恵を借りるかもしれぬ。その時は、よろしく頼む」

十二月七日、孫八郎一行は、ソルタン号に乗り込んだ。

乗客は総勢およそ二百名ほど。イギリス人、清国人《しんこくじん》らが多かったが、松前《まつまえ》藩や津軽藩の藩士やその妻子などで、国許へ引き上げようという者もかなり乗っていた。

出航してしばらくは平穏だったが、やがて海は荒れ、三日目には風雪に揺さぶられるような船旅になった。

——寒い。こんな寒さは、味わったことがない。

午後になって晴れてきて、少しは人心地がついたものの、今後が思いやられる。

「あちらが箱館ですかね」

寒そうに首を縮めながら、伝之丞が指を袖の中に入れたまま、右を差した。

「そういうことだな」

あそこに、定敬がいるのだろうか。

船はやがて、蝦夷地に尻を向けて、湾の中へ入っていく。

その晩は船中でそのまま過ごし、翌朝、乗客たちは青森港で下船した。

「雪だ」

「すごい……」

降り積もった雪は、三尺（約九十センチ）ほどもあろうか。

寅吉から紹介のあった旅籠《はたご》、銭屋《ぜにや》で宿を取ると、高木は林に、銃卒一人とそこに残るよう言い置いた。それから他の四人は、浜町《はまちょう》にあるという新政府の会議所へと、訪ねて行くことになった。

「わっ」

「高木さま、だいじょうぶですか」

「すまん。慣れぬことゆえ」

雪に何度も足を取られ、手は冷えて感覚がなくなっていく。孫八郎は何度も、懐に嘆願書があることを確かめた。

会議所の責任者は熊本藩士で、太田黒亥和太《おおたぐろいわた》という新政府軍の参謀だった。

「寒かろう。まず、暖まるがよか」

太田黒は快く迎え入れてくれたが、要件を知ると「ううむ」と唸《うな》った。

「許可は、出ると思います。ただ箱館は今、賊巣《ぞくそう》ですからな」

「賊巣……」

孫八郎は太田黒の言葉の意味がはじめよく飲み込めなかった。

「こちらが許可ば出しても、行かれるかどうか」

箱館奉行所は既に、榎本たちによって完全に占拠されており、こちらから入ろうとする者があれば、むしろ向こう——旧幕府方の許可が必要だというのだ。

「尾張のお方は、やめた方が良かです。相当恨まれておりましょう。どう扱われるか分かり申さん。どうしても行かれるのなら、桑名の方々だけでお行きなされ」

太田黒によれば、陸奥《むつ》半島の北端、大間《おおま》の港まで行けば、箱館まで渡してくれる船があるだろうという。

「ただ、箱館の港へ入れば、必ず向こうの厳しい誰何《すいか》を受けます。海を挟んで、別の国があるようなものごたる。覚悟しておいでなされ」

宿へ戻ってきた孫八郎は、伝之丞と二人だけで箱館へ渡ることを決めた。

「平右衛門は、高木さまとここで待機していてくれ。もし、我らがいつまでも戻ってこなかったら、その時は……」

林は黙ってうなずいた。

夕餉《ゆうげ》には、生の鱈《たら》やにしん、河豚《ふぐ》などが出されて、皆で舌鼓を打った。他にも見知らぬ魚介の刺身や焼き物があって、宿の者に尋ねてみたが、何度聞き返してもなんと言っているか聞き取れず、結局名前は分からない。

「高木どの。さ、一献」

「うむ。酒井どのも。無事のご帰還、祈念いたしておりまするぞ」

せっかくだからと誂《あつら》えた酒は白く濁って、甘く重い味わいである。

――別れの盃になるかもしれぬ。

十二月十七日。

早朝、青森を出立した孫八郎と伝之丞は、六日後の二十三日の夕刻、大間《おおま》へと着いた。

途中、雪道で互いの姿を見失ったり、吹雪で二日間降り込められたりして、改めてこの地域の冬の厳しさを思い知らされた。さらに、秋田藩の者に見とがめられて一悶着あり、ひやりとするような一幕もあったが、若い二人は雪道を歩くことにも少しずつ慣れて、もはや前へ進む以外のことは考えないようになっていった。

最後の難題は、箱館へ行っても良いという船頭を見つけることだったが、これは漁師に大枚《たいまい》十両を払うことで、なんとか解決した。

同十二月二十五日　箱館

「昨夜大間から渡って来たというのはその方らか」

二十五日早朝。

箱館の船宿で泥のように眠っていた二人は、響き渡る胴間声《どうまごえ》にたたき起こされた。兵士が幾人も現れ、二人を取り囲む。

まず腰の大小を取り上げられた。

「名前と素性を述べよ」

言われたとおりにするしかない。

「申し立てに嘘偽りがないか、取り調べる。当分、ここから出てはならぬ」

その場で禁錮を申し渡された。

小柴長之助《こしばちょうのすけ》と名乗った「旧幕府」の番所の吟味方は、「油断なく監視せよ」と兵士らに言いおいて、姿を消した。「榎本さまに会わせてほしい」との懇願は、「まずは身元を洗ってからだ」と、はねつけられた。

「酒井さま……」

「うむ。どうやらここで、当分禁足されるらしい」

交代で二人を見張る兵士たちの目つきは鋭く、厠《かわや》にまでついてくる厳しさだ。何か糸口はないかと話しかけてみても、雑談には一切応じる気配がない。

――どうなるのだろうか。

もはやできるのは、天に祈ることのみであった。

六　蝦夷地《えぞち》にて

明治元年（一八六八）十一月十四日　蝦夷地　渡島《おしま》半島

――寒い。

定敬の頰を雪片が嬲《なぶ》っていく。

――だが、もう少しだ。弱音は吐かぬぞ。

峠の宿を発った時には晴れていたのだが、山の天気は変わりやすい。

松平定敬、板倉勝静《かつきよ》、小笠原長行《ながみち》の三人は蝦夷地の森村から、馬で箱館を目指していた。それぞれ、供回りは三人ずつ、大名家に生まれ育った者としては思ってもみぬ、過酷な道行きである。

いかなる巡り合わせか、二度目の乗船となった開陽丸で仙台の塩竈《しおがま》港を出たのが十月十六日。その折も、まず乗り合わせた苫舟《とまぶね》がたびたび強風に妨げられて吹き戻され、三人とも開陽丸に乗り移るためだけに幾日も費やすなど、行く手の困難が案じられる出立だったが、昨日今日の雪の行軍を思えば、あの船旅の方がまだましだったと思えるほどである。

「殿、お疲れでしょう。あのあたりで少しご休息なされては」

成瀬《なるせ》が声をかけてきた。長くだらだらと続く下り坂がようやく終わり、前方に平らな道が開けている。

「うむ……。そうだな」

この寒さを思えば、立ち止まるよりもさっさと先を急ぎたいのが本音だったが、成瀬の言わんとするところもよく分かる。定敬は馬の足取りを緩めさせた。

成瀬杢右衛門《もくえもん》、成合清《なるあいきよし》、松岡孫三郎《まごさぶろう》。榎本の言に従って、三名だけ許された供である。

――他の者はどうしているだろう。

三名しか随従できぬとの榎本からの申し渡しの後、森弥一左衛門がさらに奔走した結果、土方歳三から「開陽丸は無理だが、新撰組に入隊すれば他の船に乗れるように取り計らおう」との約定《やくじょう》を取り付けて、十七名の家臣たちが新撰組隊士として太江丸《たいえまる》という船に乗ることになった。板倉も小笠原も事情はほぼ同じで、松山藩は八名、唐津藩は二十三名の藩士が新撰組に入ったという。

桑名の家中のうち、残りの三十余名については、仙台での降伏を選んだ長岡藩の牧野忠訓《ただくに》が「自分の家中ということにして身元を引き受けよう」と申し出てくれた。

袂を分かったとは思っていない。

家中、それぞれに事情はある。ただ新撰組入隊者の中に、当初、国許から恭順の方針を伝えるために江戸へ駆けつけた沢采女《うねめ》が入っていると聞いて、定敬は存外な気がした。

蝦夷まで行こうという者は、やはり若い者たちが多い。沢は確か四十五、六になるはずで、おそらく十七名のうちではもっとも年長だ。

——責めを負うつもりなのか。

共に桃を食べた朝のことが思い出される。

国許の酒井を裏切る結果になったことで、もはや帰る場所はないと心を決めたのかもしれぬと思うと、不憫《ふびん》という気がしてしまう。

もう一人の惣宰《そうさい》、服部半蔵はおそらく立見や町田らと共にまだ奥州で転戦していると思われ、今に至るまで、互いの消息を伝え合えぬままである。

「殿。ご両公は、だいじょうぶでしょうか」

馬を止めた成瀬が後方を振り返っている。小笠原と板倉の主従の姿が見えなくなっていた。

二人とも、定敬よりも二十歳以上年長だ。加えて、もともと乗馬が好きで得意な定敬は、ついつい先を急いで、馬の力量をぎりぎりまで引き出したくなってしまうため、何度もこうして馬を止め、二人の一行を待つことになってしまう。昨日も、山の稜線が次第に後方へ退いていくのに鼓舞されて、気付いた時にはやはり相当先行してしまっていた。

「やむを得んな。しばらく待とう」

雪道へ足を下ろして馬の背に手をやると、ぐっしょりと濡れた毛並みから湯気が上がった。こちらの馬は足がしっかりしていて安心して身を委《ゆだ》ねられる。

幸い、待っているうちに雪が止み、空が明るくなってきた。立ちこめていた雲や霧が少しずつ晴れると、開けた道の向こうに、いくつもの建物が見える。

――あれが箱館か。

奉行所が置かれるくらいだから、それなりの場所なのだろうと思っていたが、今眼下に広がる建物は、思い描いたよりもずっと多い。以前コスタリア号から見えたのは、どうやらほんの入り口だったらしい。

――なるほど、これなら。

町としてかなり整えられた場所らしい。榎本や土方がここを本拠にしようというのも分かる。

定敬は奉行所を砦《とりで》として籠城するぐらいにしか、箱館という地について思い描いていなかった自分の知見のなさを密かに恥じた。これなら会津にも匹敵する、いやそれ以上の拠点となるだろう。

振り返るとようやく小笠原と板倉の姿が見えてきた。

——危ないな。

よほど疲れているのか、板倉の上半身がぐらぐらと揺れる。馬と身体が合っていないように見える。

「あっ」

もう少しで坂を下り終えるという時になって、板倉の頭が一際《ひときわ》大きく、ぐらりと揺れた。

「いかん」

定敬はとっさに駆け寄ろうとしたが間に合わなかった。無様な形で地面に転がってしまった板倉に向かい、腰をかがめて手を差し伸べる。

「ご老中。大事ありませぬか」

呼び慣れた職名が口をついて出た。板倉は雪に塗《まみ》れた顔を痛みに歪《ゆが》めたまま、定敬の手をやんわりと押し返し、低い声で「お手助け無用に願いたい」と呟いた。

馬から下りた辻七郎左衛門《つじしちろうざえもん》が改めて主君を支え直し、こちらに向かって「かたじけない」と頭を下げた。

「うっ……」

辻に身体を抱えられた板倉が呻《うめ》いた。どうやら打ち所が悪く、歩くのが難しいらしい。

「中将さま。我らは殿を背負ってあとから参ります。できましたら先へおいでになり、医者を呼んでおいていただけませぬか」

辻は、板倉が松山藩へ養子に行く前からの側近で、既に二十八年もの長きにわたり、御用をつとめるという。

「分かった。そうしよう」

定敬が自分の馬のところへ戻ろうとすると、板倉がぼそりと何か呟いた。

――今なんと言われた。

「あのまま英厳寺《えいごんじ》に捨て置いてくれれば良かったものを」――確かにそう聞こえたのだ。

改めてまじまじと板倉の顔を見ると、目を閉じて痛みに堪えているばかりで、あとはなんの表情も読み取れない。

宇都宮の英巌寺で賊軍に軟禁されていた板倉を救出したと、確か立見が柏崎で、誇らしげに語っていなかったか。

空耳だろうか。それにしては、低く、かつ明瞭に聞こえた。

「殿。では、我らは先導で参りましょう」

定敬の困惑を知ってか知らずか、成瀬と松岡が馬上へ戻るよう促した。

「中将どの。我らが板倉どのと歩調を合わせて参る故、どうか先へ」

これまで黙っていた小笠原がようやく口を開いた。

「承った。では、お気を付けて参られよ」

そう声をかけ、定敬はまっすぐに箱館を目指した。

——弱気になってはだめだ。

ここまで来たのは、自分で選んだ道なのだから。


箱館では、かねて聞いていた奉行所近くの宿に一泊し、板倉には医者の手当が施された。

「お三方は今日中に応接所へお移りくださいとのことです」

翌日やってきた榎本からの使者がそう告げたのを聞いて、一行は顔を見合わせた。

「五稜郭《ごりょうかく》へ入れてくれるのではないのか」

応接所というのは、山田屋という豪商の屋敷である。嘉永《かえい》七年（一八五四）にアメリカのペリーがこの地に来た折、松前藩が会見の場所として使った所で、奉行所からは南西に一里半ほども離れた、海沿いにあるという。

気色ばんだ板倉を、使者は眉根ひとつ動かさず「申し訳ありませんが」と退けた。

「奉行所も何かと整わず、大名家の方々をおもてなしできる設《しつら》えもございません。お許しのほどを。それから、箱館の町中での行動は慎重に。決してご身分を明かされないように願いたいと」

聞いた三人はみな、言われずもがなという顔をした。

散切《ざんぎ》り頭にわずか三人の供回り。かような変わり果てた姿で、「実は大名家の」などとは、とうてい明かせるものではない。

「あちらで落ち着かれました頃あいに、改めて挨拶に参るとのことです。では御免」

使者はそれだけ言うとそそくさと立ち去ってしまった。

――榎本はどういうつもりなのだ。

開陽丸乗船の際に「できるだけ己のことは己でなさるように」と屈辱的な〝助言〟をされたこともあって、覚悟はしてきたつもりだったが、奉行所へも受け入れられないとなると、自分たち三人をどうしようというのか、榎本の意図を測りかねる。

土方の指揮下にあるという家中の者たちとの対面も未だに許されず、何やら遠ざけられているような気さえする。

開陽丸が鷲ノ木浜《わしのきはま》へ着いてからこれまでも、榎本からは「奉行所を我らが手中にするまで、お三方はくれぐれも森村から動かないように」と告げられたのみで、行軍の手順も道筋も、なんの相談も説明もなされなかった。

重要な案件を議論する過程において、当主であるがゆえに、かえって遠ざけられてしまうことはこれまでにもあった。されど、いざ事が決し、動く段になれば、必ず報告があり、裁可を求められてきた。

柏崎から仙台までの転戦でも、主君として常に家中の者に守られ、決して戦いの最前線に出ることはなかったが、それでも、家中の者たちの動きは、可能な限り知らされていた。

なのに、今のこの、俗に言われる〝蚊帳《かや》の外〟とも言うべき有様は、どうだろう。

——これでは、何のために来たのか分からぬ。

まるで家中の者たちを新撰組に横取りされただけのようだ。

同じことを板倉も小笠原も感じているらしい。明らかに不服そうである。

「やむを得ませんな。開陽丸へ乗ると決めた時からの約定ですから」

小笠原がため息交じりにそう言って、身支度を始めた。

「板倉どの。動けますか」

落馬の折、幸い骨はどこも折れなかったようだが、地面へ叩きつけられた衝撃のせいか、痺《しび》れたようになっているという。

「心配ご無用です。武士の面目《めんぼく》にかけても歩きましょう」

そうは言うものの、雪道を無理に歩いてこれ以上身体を痛められてもというので、結局小笠原と二人、無理矢理説き伏せ、供の者たちに代わる代わる背負わせて、山田屋へたどり着いた。

「一色《いっしき》さま、渋谷《しぶや》さま、大井《おおい》さまですね。お待ちしておりました」

一色三千太郎、渋谷音輔《おとすけ》、大井余介《よすけ》。知らせが行っていたものと見え、山田屋の主人は三人の偽名を正確に述べて一行を迎えた。

「このところ不漁続きであまりおもてなしもできませぬが、さ、どうぞ」

やがて供された夕餉《ゆうげ》の膳には、汁物に香《こう》の物、温かい飯が並び、その湯気を見ただけでも心に灯が点《とも》る思いだったが、菜《さい》の中に見たこともない鮮やかな赤い肉の塊《かたまり》があって、一同は面食らった。

「これは、なんですか」

給仕をする中年の女はこともなげにそう言った。

「オットセイです」

「オットセイ……」

「薬にもなります。怪我をなさってる方は、ぜひ召し上がってほしいと主人が」

海の狗《いぬ》とも呼ばれる珍獣だ。肝《きも》を乾燥させたものは本草《ほんぞう》では薬種として使うと聞いたことがある。

女は「醬油より塩とごま油が合います」としきりにすすめてくれる。尻込みする板倉と小笠原を尻目に、興味を惹かれた定敬はためらわず箸《はし》を付けた。

「ほう」

美味かと言われると返答に困るが、精のつきそうな、血の気を養いそうな味である。

「お二人とも。これはぜひ召し上がった方が良い」

「はあ……」

郷《ごう》に入りては郷に従えだ。オットセイだろうとなんだろうと、食べられるものはなんでも食べて、まずは力を付けなければ、これからの武運も開けまい。

定敬は膳にあるものをすべて平らげると、ただただ、何も考えずに眠ることにした。

ありがたいことに、森村に比べれば箱館の寒さはいくらかましだったが、空から雪や霙《みぞれ》の落ちてこぬ日はないという日々が続き、気持ちは鬱々《うつうつ》としてくる。

久しぶりに青い空が見えたある日の午後、定敬はあたりを散策して、土地の様子を知ろうとした。

――あちらもこちらも海なのか。

二方向に突き出た半島のような場所なのだな。

五稜郭はどうやら、その根元に位置しているらしい。

かんじきを付けての歩行にも慣れてきて、「地図があったら良いのに」と思いながら、さらに入り組んだ海岸線を辿っては、箱館山を振り仰ぎ、見える稜線の変化を目測してみた。

「殿。あまりおひとりでお出歩きにならないようにお願いします」

「気遣い無用だ。せっかくの晴天に、身体でも動かさねば心まで鈍ってしまう」

成瀬や松岡が慌てて後ろから追ってきたのとほぼ同時に、反対側から、大柄で、明るく燃えるような髪をした西洋人が歩いてきた。山田屋にちょくちょく姿を見せる者だ。

「コンニチハ」

向こうもこちらの顔を覚えていたらしい。日本語で話しかけられて驚いたが、臆せず「ヘロウ」と返答した。山田屋の主人から「西洋人は互いにすれ違う時にこう挨拶する」と教わったのを試してみたのだ。

先方はいくぶん驚いた様子だったが、すぐににこりと笑って手を軽く振り、やがて大股で過ぎ去っていった。

「殿。さようにお気軽に」

「良いではないか。取って食われはすまい」

成瀬が去って行く西洋人の背をちらりと見やった。

「確かロシアのキリシタンの者だと山田屋から聞いています。うかつにお言葉をおかけになっては……」

「何か支障があるのか」

「すぐにどうというわけではなかろうと存じますが」

山田屋で過ごしていると、いったい新政府とやらが自分や榎本たちをこれからどうする気なのか、まるで伝わってこない。のみならず、世情というものがまるで感じ取れず、時を止められてしまったような長閑《のどか》さが、日々定敬を苛立たせていた。

言葉を濁した成瀬の代わりに、松岡が口を開いた。

「実は先ほど遣いが参りました。これから、山ノ上の坂町にある、菊屋という店までおいで願いたいそうです」

二人に促されて山田屋へ戻ると、小笠原と板倉はすでに先だってしまっていた。大名を呼びつけるとは僭越《せんえつ》なと、以前の自分なら不快に思ったのかもしれぬが、近頃ではさして心も動かぬようになっている。

「供は、一人で良かろう」

せめて二人随従をという成瀬の言を退けて、定敬は松岡一人を連れて出かけることにした。

——賑やかだな。

ずらりと並ぶ店先の、色とりどりの提灯《ちょうちん》が、積み上げられた雪を照らして美しい。京や江戸とは違うが、それでも見るからに花街の風情である。

案内された部屋は座敷ではなく、卓と椅子が設えられており、すでに榎本と土方、それに外国奉行だった永井玄蕃《ながいげんば》らが待ち構えていた。小笠原と板倉の姿もある他、西洋人も二人席に着いていた。

「これでおそろいですな。では、再会を祝して、まず一献《いっこん》」

榎本は、西洋人を「伝習隊の顧問だったフランス人」と紹介した。二人の横には通詞《つうじ》がついていて、榎本の言葉をいちいち訳して聞かせているらしい。

「我々の言い分が正しいことは、イギリスにもフランスにも認められております。ここにこうして、メモランダムも得ております」

メモランダムというのは、どうやら取り交わした書状のことを指すようだ。榎本から見せられた書きつけの、横に書かれた文字を、定敬はまったくどう読んで良いか分からなかったが、榎本の自信満々な態度から鑑《かんが》みるに、どうやら箱館を拠点にしてこちらの態勢を立て直すというもくろみは上手《うま》くいっているのだろう。

名前の分からぬ貝の刺身や白身だがしっかり脂ののった魚と思《おぼ》しき焼き物、烏賊《いか》の胴に飯を詰めた蒸し物など酒肴が並び、盃が重ねられてしばらくすると、廊下から嬌声が聞こえてきた。

――芸妓《げいぎ》を呼んだのか。

京では、微行《びこう》で何度か遊郭へも足を運んだことがあった。ただあの頃は、そうした折でも常に、どこの誰がどう潜んでいるかも分からぬと気を張り詰めていたから、あまり楽しかったという思いはない。

――楽しかったのは。

もはや文《ふみ》も通わすことのできぬ、おひさ、そして亀吉。

今頃どうしているだろう。

思いが遠くへ馳《は》せようとしたとき、小笠原が徐《おもむろ》に立ち上がった。

「話はこれだけか。あとは遊興のみというなら、私は失礼する」

　重々しい声でそう言うと、「御免」と席を立ってしまい、板倉もそのあとをゆっくり、足を引きずりながら追っていく。

「一色どのはまだよろしいでしょう。あとは若い者ばかりということで」

　榎本の苦笑いがこちらに向けられ、定敬は迷ったものの、そのまま座に留まることになった。

「さて、気を取り直しましょう」

　土方がことさら陽気そうに、新しい酒杯を用意させた。芸妓の一人が賑やかに三味線《しゃみせん》をかき鳴らし、別の女が唄を歌った。土方も榎本も時折合いの手を入れたり、口ずさんだりしているが、定敬はまるで知らない音曲ばかりだった。

　なんとも手持ち無沙汰になってしまい、つい目が部屋の中を泳ぐ。

　――おや。

　改めて眺め渡すと、飾り棚には作りものの花や磁器の香合《こうごう》などが置かれていたが、胡弓が一緒に飾られていたのが思わず目を惹いた。自分が持っていたのよりは幾分小さい。

「何かお目に留まりましたか」

　気を遣ったのか、土方がそう話しかけてきた。

「ええ。懐かしいものがあるなあと」

手に取ってみる。

「これをお弾《ひ》きになれるのですか。ぜひ聴きたいわ」

芸妓がことさらはしゃいで声を上げた。

誰か箏《そう》の弾ける人は、と言いかけて、止めた。

――ありえぬことだ。

他の女と合奏など。それに、この家に箏があるとも思えない。

「ぜひお聴かせいただきたいものだと、こちらでも」

通詞の横で、西洋人が興味深そうにしている。

「ほんの、手すさびですが」

長らく誰も手を触れていなかったらしく、調絃に少し手間取ったが、それでも自然に手が動く。

〽塩の山　差出の磯に住む千鳥……

声を出して歌うなど、いったいいつ以来だろうか。

いつしか榎本も土方も女たちも目の中から消えて、耳のうちに秘めた、かつて定敬の胡弓に寄り添ったおひさの箏の音だけが身中に満ちてくる。

——どうしているか。

おひさのいる信州伊那谷竹佐《いなだにたけさ》は、高須藩の飛び地である。一方、おひさの生まれ故郷は高須の本拠地、美濃石津郡《いしづぐん》だ。

箏の師である吉沢検校《けんぎょう》に同行して京に滞在していたおひさだったが、定敬との間に子ができたことで、竹佐へ隠棲させることになった。

京都所司代の寵愛《ちょうあい》を受ける母子であると分かれば、誰からどう狙われるか、あるいは利用されるかも分からない。加えて、婿養子の身が、正室と正式な婚儀もすまぬうちに他の女に子を産ませたとあっては、桑名の家中でもどう受け止められるか分からない——そう判断しての、苦渋の決断だった。

事情を知った容保の内密の計らいで、旅立つ前のおひさと亀吉に、最後に京の黒谷《くろだに》で会ったのが、およそ三年前。まさか己がかくも漂う身の上になろうとは。

兄上も、おひさも、今頃どうしていることだろう——。

〽幾夜寝覚めぬ　須磨《すま》の関守

最後の響きが消えると、部屋が一瞬しんとした。それから西洋人がぱらぱらと手を叩いた。

「ずいぶんお品が良いのね。あちらの方は」

「ね。なんか、私たち、ごめんなさいね」

女たちはぼそぼそと囁き、不思議な生き物でも見るようにこちらを見ている。

「さすが、お育ちが我らとは違いますな」

土方が嘆息して言うと、榎本が「ふん」と小さく息を吐いて鼻をうごめかした。

「そのようですな」

座をしらけさせたのかも知れぬと思ったが、今更立ち去ることもできず、そのまま盃に酒を注がれるままになってしばらくして、定敬はふと思い出したことを尋ねてみた。

「開陽丸に預けたままの荷があるのだが、取り寄せることは叶うだろうか」

自分と三人の随従者、それぞれ大小を携えているが、それとは別に、大小、短刀、合わせて十本ほどを箱に収めて持参してきた。今後のこと――いくさはもちろんだが、事と次第によってはやむを得ず金に換えることも思案の中に入れて――を考慮しての荷だったので、はじめの上陸で無理には持ち込まず、落ち着いてから箱館の港へ運び込まれるのを待とうと考えていたのだった。

「おや、それは……。一色さまにはまだお話ししていなかったのですか」

土方が心外な顔で榎本を見た。永井もいくらか責めるような目つきで同じ方向を見やった。

「申し訳ありません。実は開陽丸、先日座礁してしまいまして。手は尽くしたのですが」

定敬は耳を疑った。

「座礁というと、浅瀬に乗り上げたのか。それで、今どこに」

苫舟でも用意して、せめて荷だけでも取り出せぬのかと問詰すると、榎本が苦々しげに返答した。

「沈没してしまいました。今は海の底です」

やりとりを聞いていた西洋人が大きく肩をすくめ、両の掌《てのひら》を上に向ける仕草をした。

――沈没……。

開陽丸は箱館に集結する旧幕勢力の拠り所だったはずだ。

あの船がなくて、これからやってゆけるのか。

定敬の驚きと不安を見透《みす》かすように、榎本が「だいじょうぶですよ」と言った。

「箱館にあった向こうの装備はすべてこちらの手にあります。松前藩の館城《たてじょう》もです」

榎本はそれから、館城攻略がいかにたやすかったかを得意げに話したが、定敬の耳にはあまり入ってこなかった。

宴《うたげ》が果てて山田屋に戻ると、定敬は板倉の居室を訪ねた。

「渋谷どのは、開陽丸が沈没したことは」

最近は互いを変名で呼ぶのにも慣れてきた。

「一色どのがおいでになる前に聞きました。開陽丸だけでなく、神速丸《しんそくまる》も時を同じくして沈んだそうです。さような大事を、我らに知らせぬままでいたとは、心外ですな」

板倉も小笠原も、やはり開陽丸に預けたままの荷があったらしい。

「こちらが荷のことを尋ねなければ、黙ったままでいるつもりだったのでしょう。己に都合の悪いことは隠し、聞こえの良いことだけ披露する。……ここ数年の幕府と同じですよ。まあ、新政府とやらも大差ないのかもしれません。どうなることやら」

淡々とした声が響く。

——この人は。

あのまま英巌寺に捨て置いてくれれば良かったものを——またそう言われるのではないかと、定敬はおそるおそる板倉の顔を見た。

板倉は、穏やかな口元をほんの少し歪ませただけで、それ以上は何も言おうとしなかった。

同十二月上旬　箱館

十一月も無為に過ぎた。蝦夷地の冬の厳しさは、いっそう、日々に身に応えた。

「何でも凍るのだな」

「はい。ともかく、戸外に放置してはなりません」

うっかり、外へ落としてきてしまった手ぬぐいが、まるで木刀のように凍っていたのを見て、山田屋の者は苦笑いし、定敬はため息を吐くしかなかった。

榎本たちは五稜郭に「箱館府」を置き、改めて蝦夷地支配の拠点として披露したい考えらしいが、相変わらず、山田屋にいる三人にはなんの相談も報告もない。箱館府のことも、山田屋の主人から伝え聞いただけである。

家中の者たちとはようやく、時折対面を許されるようになった。定敬はなんとか、奥州にいると思しき服部や、立見、町田、山脇といった者たちを、この蝦夷地へ迎えようと、森弥一左衛門や谷口四郎兵衛《しろべえ》らを通じて土方に願い出た。

――桑名の者が増えれば、少しは何か変わるかもしれない。

土方は快く船を二度ほど出してはくれたが、残念ながら誰の消息も知れず、かえって不安が増すばかりとなった。

「一色さま。折り入ってお話がございます。失礼ながら、こちらへお出ましくださいませぬか。成瀬どののもぜひ、ご同席を」

板倉の従者である辻がそう言ってきたのは、十二月もそろそろ半ばという頃だった。従者同士はすでに話がついていたものと見え、成瀬は訝《いぶか》しむ様子もなく、定敬を促すように山田屋の廊下を歩いて行く。

「ヘロウ。ハウ、アー、ユー」

向こうから顔見知りの西洋人が歩いてきたので、定敬は思い切って声をかけてみた。

「ヘロウ。アイム、ファイン。サンキュー。アンジュー」

「アイム、ファイン。ミー、トゥ」

通じたようだ。相手が軽く手を振って去って行く。

相変わらずの雪景色で、外出もためらわれる日々である。無為のまま過ごすのもと思い、定敬はせめて異国の言葉を覚えようと思い立って、山田屋に頼んでみた。どの言葉を覚えるのが良いかと相談すると、英語が良いのではという。アメリカとイギリスで用いられ、また、他の国の者でも英語を学ぶ者が多いと山田屋は言い、商船の通詞をつとめる池田潑三郎《はつさぶろう》という者を教師として紹介してくれた。

実は内心には、榎本から見せられた「メモランダム」とやらがまったく読めなかった悔しさもあったので、定敬は新しい言葉を覚えることに強い意欲を持っていた。以前は定敬が西洋人と接するのをよく思っていなかった成瀬や松岡も、近頃では何か思うところがあるのか、黙って認めているふうである。

「失礼する」

板倉の座敷に入ると、従者の尾崎勇《いさむ》を伴った小笠原の姿もあった。辻、成瀬、尾崎の三人にはすでに何らかの相談がまとまっていたものか、目配せをし合うとすぐに辻が進み出て、「かようにご参集いただき恐れ入りまする」と挨拶をした。

「今日はぜひ、ご三公のご決断を賜りたく、かような場を設けました。どうかお許しを」

辻はまるでこれから切腹にでも臨むかのような重々しい立ち居振る舞いで、三人の前に丁重《ていちょう》に平伏した。

「この箱館は現在、平穏に過ぎております。しかし、考えてみまするに、これはただただ、こちらの天候のおかげに過ぎぬかと存じます」

板倉も小笠原も黙って聞いている。定敬は辻の言わんとすることが今一つ分かりかねたが、ともあれ続きを聞くことにした。

「土地の者に聞いたところでは、当地の冬はもうしばらく厳しく、少なくとも三月頃までは雪に悩まされるそうです。古《いにしえ》の上杉の例を出すまでもなく、雪の間は榎本も容易に動けぬということです」

上杉謙信。確かに、越後の雪がなかったならばと惜しまれる傑物だったと聞く。柏崎での日々が遠い昔のように思い出された。

「しかし、新政府はどうでしょう。冬といえど、江戸や京なら軍備を整えることは容易です」

これまでずっと「賊軍」と言ってきた辻が、「新政府」という言葉を使ったのが、定敬の胸にずしりと刺さった。

「まして薩摩や長州は温暖な土地。こちらが雪に押し込められている間に、あちらはどれだけのものを準備できるか……。某《それがし》などが申すまでもなきことと思われます」

春になればここが戦地になる。辻が言うのはもっともだ。

「列藩同盟の際の輪王寺宮《りんのうじのみや》さまのように、ここに集まった者の志や由緒を、裏付けてくださる方も、もはやありません。かつて会津に集まったように、大勢の者が参集することを期待するのはほぼ難しいのではありませんか」

今に会津が江戸になる——あの頃はそんな俗謡さえ聞かれた。この箱館にこれから、そこまでの力を集められるものだろうか。

度重なる敗戦、撤退の末にたどり着いた箱館。榎本はどう考えているのだろう。

「それでも、ここにおいでのご三公が中心となり、兵の指揮を執《と》って戦陣を立てていかれるというのなら、某もかようなことは申しません。されど、開陽丸乗船からこれまでの扱われようを思いますと、あまりに……」

辻が涙声になった。

無理もない。

蝦夷地の占領や統治にせよ、艦隊をはじめとする軍の制度にせよ、重要なことは何も任されぬどころか、相談も報告もされない。

それだけではなかった。

先日、榎本からの遣いが来てこう言い置いていったのだ。

「応接所は、諸街道の本陣と同じ扱いでございます」――本陣と同じ、つまり、山田屋には滞在費をこちらで払えということである。

さらには、こうも言い添えていった。

「奉行所のお長屋では申し訳なく、こちらでのもてなしもできかねますので、ご滞在はめいめいでお願いします」

三人が引き続き箱館に滞在したければ、自費で賄《まかな》えという意味だ。

もう箱館には見切りを付けた方が良いのではないか――ここにいる全員が、実は内心では考えながら、認めたくない、口に出せないでいることを、辻は言おうとしているようだ。

辻に代わって、尾崎が口を開いた。

「それぞれの家中の者は、結局あちらの支配下に置かれています。ご三公との対面もままならない。そこで、いかがでしょう、ひとまず、異国へ逃れて状況を見極められては」

「異国へ逃れる……」

「新政府が榎本たちをどうしようとしているか、せめてそれだけでも確かめてから、ご三公が身の処し方をお決めになっても良いのではないでしょうか」

「さりとて、この歳で異国へ行けと言われても……」

「ここも異国のようなものではあるが、それでも、言葉は通じる。言葉の分からぬ所へ行くというのは」

難しい顔をしている小笠原と板倉を横目に、定敬は勢い込んで尋ねた。

「それは、たとえばどこだ」

「はい。清国《しんこく》の上海《シャンハイ》などいかがでしょう。日本との往来も多く、温暖で過ごしやすいと」

上海と聞いて、板倉の顔がいくらかほっとしたように緩んだ。

「そうか。上海なら、文久の折から何度か幕府の使節が行っているし、こちらの商人も多く渡っている。なんとかなるかもしれぬ」

独り言のような呟きだったが、それを聞いて辻の顔がみるみる生気を取り戻した。

「ご承引いただけまするか。ありがたい」

箱館を出て上海へ——この考えは一同の顔を一瞬明るくしたが、ではそれをどう実行に移すかに話が及ぶと、開陽丸に乗った時よりも遙かに厳しい現実に向き合わねばならなかった。

「ともあれ、金子《きんす》、だな」

いざという時に金に換えようと思っていた刀剣類は海の底だ。

「あの船には、金子の箱も預けてあったのですがね。……言うても詮なきことながら」

辻はそんなことも呟いた。隣で成瀬が「藤馬《とうま》め」と吐き捨てている。

桑名の公金を預かっていた者の一人、岡本藤馬は、定敬らが仙台城下に滞在していた時、五百両という大金を持ったまま姿を消した。新撰組に加わっていてくれればというのは、残念ながらはかなすぎる望みだったようで、土方の支配下にその名はなく、今となってはどうすることもできない。

「こちらは、アメリカの商人に金を借りようかと思っておりますが」

尾崎の言に、全員が身を乗り出した。

「さようなことができますか」

「唐津では石炭が採れます。それを抵当《ひきあて》に三千両ほどなんとか用立ててほしいと、今交渉しております」

国許の産物を抵当にとは、画《え》に描いた餅にも等しい。かなり苦肉の策という気がした。

「ともあれ、なんとか異国へ渡る手立てをそれぞれ、考えましょう」


自室に戻った定敬は、改めて成瀬、松岡、成合、三人の従者と向き合った。

「唐津のような抵当は桑名ではとても」

「それに、異国の商人との取引は……」

軍艦を買おうとして痛い目に遭った苦い経験から、どうしても慎重になるのは無理もなかった。

「やはり、誰か、江戸へ一度戻って金策するしかないかもしれません。それから……」

成瀬が口ごもっている。何か言いたげだが、ためらっているようだ。

「それから、なんだ。遠慮のう言うてみよ」

成瀬の喉がごくりと鳴った。

「は、はい。焼け石に水とは思いますが、それでも、今ある金子をできるだけ減らさぬためには、どこか、ご滞在先をお移りいただくのが良いかと」

山田屋にいれば居心地は良いが、確かに日々、かなりの費《つい》えになるだろう。

柏崎から会津、米沢、仙台。

荒れ果てた無住の寺に入り込んで日がな一日雨止みを待った日も、百姓の納屋《なや》で雑魚《ざこ》寝《ね》した夜も、大木の根元で襲い来る睡魔をやり過ごした夕《ゆうべ》もあった。それを思えば、いかなるところでも、日々を暮らせぬことはあるまい。

「分かった。どこでも良い、雨雪さえしのげれば良いから、できるだけ金子のかからぬ所を探してくれるか」

定敬がそう言うと、三人の中で一番若い成合が嗚咽《おえつ》を漏らし始めた。

「殿にかようなことを言わせてしまうとは。今となっては、森どのを恨みます。あのとき開陽丸に乗ったりしなければ」

思わず、天を仰ぐ。

「成合。泣くでない。それから、森を責めることは許さぬ。もし開陽丸に乗れなければ」

乗れなければ、いったい今頃どうなっていたのだろう。

そもそも、何が間違いだったのか。誰が間違えたのか。

それを考え始めると、何もかもを恨みたくなる。明日、いや、今日一日を生きる気力さえも、失いそうになる。

それにしても、榎本や土方のあの自信は、どこから来るのだろう。開陽丸を失ってさえ、まるで揺らぐように見えぬあの気骨は。

榎本は、昌平黌《しょうへいこう》を修了後に海軍伝習所を経たのち、文久から慶応にかけて、幕府の命でオランダに留学したと聞いている。大名家に生まれた者には決して辿り得ぬ学びの軌跡と知見とに、自分がいくらか嫉妬めいた感情を抱いていることを、定敬は認めざるを得ない。

一方の土方は、武家の出ですらないと聞く。剣の腕と人望で、今の地位にあるらしい。

——非常時に頼れるのは。

最後は、己の器量、才覚か。

大名家に生まれた誇りが、急に色あせて見える。

どこへ行こうと、我らは葵《あおい》の末葉《まつよう》である。それを忘れるな——。

亡き父の声が蘇る。

――父上。お助けください。

このままでは、葵の名が朽《く》ちるばかりです。

せめて家臣の前では泣かぬのが、最後の誇りなのかも知れぬと思った。


それから、数日が経った日のことだ。

昼頃、どーん、ずどーん、と何度も砲声が響き渡った。

「なんだ、何が始まった」

「まさか、賊軍が攻めてきたのでは」

音から判断すると、砲声は一ヶ所ではなく、すぐ近くにある弁天砲台からも、離れた五稜郭の方からも、またさらに遠い、おそらくは海上からも発せられている。

すぐに外へ出られるように身支度して様子を窺う。

しかしどこからも、戦火の気配も、逃げ惑う人々の声も聞こえては来ない。

「なんでしょう、今のは」

成瀬と松岡は榎本に対面を求めに行くと言って出かけており、定敬の側には成合だけがいた。

緊張した面持《おもも》ちで、息を詰めるようにしてそのまま二人でじっとしていたが、ほどなくしてあたりはもとのように静けさを取り戻した。

――なんだったのだ。

不審な砲声の理由は、夕刻、疲労と不快に満ちた顔で戻ってきた成瀬と松岡から明かされた。

「榎本は今日、蝦夷地平定と政府の樹立を宣言したそうです」

「異国の領事たちを五稜郭へ招いて、祝賀会を催したとか。轟《とどろ》いていた砲声は、すべて祝いのための空砲です」

折も折だったため、普段よりも一段と誰何《すいか》が厳しかった上、結局長らく待たされただけで榎本には会えなかったらしい。

「士官以上およそ八百余名による互選で、政府要職を決めたそうです」

「互選？」

「はい。入れ札をしたとか。榎本が百六十票ほどで総裁と決したそうですが、殿の名を書いた札が五十五票あったと」

成瀬は、よほど関心があったのか、入れ札の結果を懐紙に書き留めて来ていた。

榎本武揚　百五十六
松平太郎　百二十

永井尚志《なおゆき》　百十六
大鳥圭介《おおとりけいすけ》　八十六
松岡四郎次郎《しろうじろう》　八十二
土方歳三　七十三
松平定敬　五十五
春日左衛門《かすがさえもん》　四十三
関広右衛門《せきこうえもん》　三十八
牧野忠恭《ただゆき》　三十五
板倉勝静　二十六
小笠原長行　二十五
榎本道章《みちあき》　一

様々な階級の旧幕臣、大名の名前。

かつて柏崎で、入れ札によって軍制を改めたときのことを思い出した。

しかし、こたびは自分も入れ札に名を書かれる対象であったということに、定敬はなんとも言えぬ複雑な思いを抱いた。

成瀬によれば、票を得ていない荒井郁之助《いくのすけ》が海軍奉行だったり、逆に土方よりも多くの票を得た松岡四郎次郎が箱館奉行でも松前奉行でもなく江差《えさし》奉行だったりと、実際の主要な人員配置は、必ずしも入れ札の結果を反映しているわけではないらしい。

「もともとの所属が海軍か陸軍か、さらに彰義隊《しょうぎたい》にいたかどうかなど、幕臣たちにもそれぞれに党派があって、一筋縄ではゆかぬようです」

「いずこも同じか」

定敬は京での日々を思い出した。

一会桑、尾張、越前、土佐、薩摩……。

攘夷や開港といった、朝廷から突きつけられる難題を話し合おうにも、それぞれの立場と思惑があって、話し合いの席に着くことさえ難しかった。さらに公家まで同座しようとすると、混迷は一層増して、定敬も容保も、日に何度、同じ道を往来したか分からない。

「それにしても、我らにはなんの知らせもなく入れ札が行われたのだな」

「はい。どの役職にも、殿や他の君公方《くんこうがた》をという話は聞いておりません」

疎外されることにはすっかり慣れてしまったが、それでもやはり、不快さは残る。

格式や地位にこだわらず、一堂に会して腹を割って話したらどうだ――京にいた頃、定敬はお歴々に対してずっとそういうもどかしさを抱いていた。

されど、己がここまで、もともとの身分を蔑《ないがし》ろにされると、やはり受け入れがたく、榎本を恨みがましく思ってしまう。

――ああ、それゆえか。

だから、我ら三人を奉行所へ入れたくなかったのだろう。

――我らは、厄介者というわけだ。

おそらく榎本は、「誰の名を書いても良い」と言ったのだろうが、そこに定敬や板倉らの名が上がってくるとは夢にも思わなかったにちがいない。箱館には来ていない、長岡藩主の牧野忠恭の名まであるに至っては、開票時の榎本の当惑ぶりが目に見えるようだ。

大名であった者を、新しい組織の中でどう扱うか――蝦夷地政府で榎本らがなそうとしていることにとって、定敬ら大名三人はただただ目障りなだけなのかもしれない。

――ではなぜ、乗船を請け負ったのか。

自分たちがここへ来たことの意味とは、いったい何なのだろう。

「人質か」

「今、何か仰せになりましたか」

思いがつい口からこぼれ出てしまい、成瀬に聞きとがめられる。

「あ、いや、なんでもない」

それとも骨董品か。

されど、もはや我らに価値などあるのだろうか。

かような身でいったん上海へ行けたとして、それからどうなるのか——先のまるで見えぬ十二月もそろそろ二十日を過ぎようという頃、松岡がおそるおそる、定敬に引っ越しの提案をしてきた。

「神明社の神職が、社務所で良ければお使いください、賃料はお気持ち、玉串料でけっこうですと言ってくれています」

「神社か」

「はい。閑静で人目に付かなそうで、悪くないかと存じますが、いかがしましょう」

「うむ。移ることにしよう。渋谷どのも、移り先を決められたようであるし」

大井こと小笠原はすでに五稜郭に近い安宿に引き移っていた。

渋谷こと板倉も、市中から少し南に離れた谷地頭《やちがしら》という海沿いの地に引き移り先を見つけていた。以前は料理屋だったという無人の仕舞屋《しもたや》を借り受けることで話をつけつつあると辻から聞いている。

「殿。どうにか話をつけ、藤井安八《やすはち》をいったん除隊にしてもらいました。これから二人で江戸へ戻って、金子を都合して参ります」

いよいよ神明社へ移ろうという日、松岡が旅支度を整えて暇《いとま》を乞うた。時はすでに、師走も二十八日と押し詰まっていた。

「来春、必ず、再び参上いたします。どうか、御身お大切に」

松岡は「軍資金の調達」を名目に、榎本から箱館を出る許可を得たらしい。新撰組をいったん抜けることを許された桑名藩士、藤井安八を供に、なんとか船を乗り継いで江戸まで行くつもりだという。

──だいじょうぶだろうか。

どこかで新政府の役人に見とがめられ、素性が知れたりすれば、すぐに捕まってしまうにちがいない。

──私はいったい、何をしようというのだろう。

家臣をかような危険にさらしてまで。

忸怩《じくじ》たる思いで松岡を見送り、成瀬と成合と三人で神明社へ引き移ったその日、思いも掛けぬ知らせが、定敬のもとへ届いた。

「酒井孫八郎、生駒伝之丞と名乗る二人を捕らえました。ご家中の者だと申し、そちらにお目通りを願っておりますが、いかがいたしましょうか」

五稜郭からの遣いの言葉に、定敬は成瀬と顔を見合わせた。

——酒井が、ここへ。

どうやって。なんのために。

十二月二十九日　箱館　山ノ上神明社——。

境内で厳《おごそ》かに行われる歳末神事の気配に耳を傾けながら、定敬は雲と雪に覆われたごとく、いっこうに見えぬ己の行く末を、ただただ恐れていた。

七　脱出

明治元年（一八六八）十二月二十五日夜　箱館

「立て。その方らに面会人だ」

孫八郎と伝之丞は顔を見合わせた。

小柴長之助に促されて別室へ向かうと、見覚えのある顔が二人、驚いた顔でこちらを見ている。

――成瀬と谷口……。

二人とも定敬の側近だった者だ。とりわけ、成瀬は長らくお側《そば》御用をつとめている。谷口も桑名藩での所属は小姓方だった。

この二人がここにいるということは、やはり定敬は蝦夷へ来ているということか。

「桑名藩士、酒井孫八郎と生駒伝之丞で間違いないか」

「間違いありません」

二人はそう答えたきり、あとはじっと孫八郎の顔を見ている。こちらの意図を訝《いぶか》しんでいるのだろう。

無理もない。孫八郎は言わば、国許を早々に恭順でまとめ上げた張本人だ。ここまで定敬と行動を共にしてきた者から見れば、一番の裏切り者、卑怯者である。

「殿は……。息災であらせられるか」

まずは、こちらの目的は明かすまい。

二人が小柴の方に目を遣った。話していいものかどうか、探っているようだ。

小柴が黙ってうなずいた。

「殿はご無事です」

「今、どちらにおいでか。奉行所か」

「いえ。それは」

成瀬がまた小柴の方を見やった。

「市中の、しかるべきところにおいでです」

「ぜひ、お目どおりを願いたい」

「お目にかかって、どうなさるのです」

「どうと……。ともかく、ご無事をこの目で確かめたいのだ。頼む」

「それは、我らには決められません。榎本さまへ願い出てみてください」

孫八郎はどうにか探り探り、家中の者のうち、蝦夷地まで来ている者は二十名であること、同行せず、仙台で降伏した者が三十余名あること、他に立見鑑三郎率いる二百名ほどの隊がおそらく庄内へ向かっていることなどを聞き出した。

傍《かたわ》らで小柴がやりとりのいちいちを配下の者に書き取らせていたが、やがて成瀬と谷口は帰され、今度は小柴がこちらの事情聴取を始めた。

「榎本さまの志は尊いと思います。されど、わが桑名は京にも近く、とても抗しきれるところではございませんでした。国許で謹慎を続ける家中の者、また領民のために、なにとぞ」

懸命に桑名の実情を訴える孫八郎に向かい、小柴は「家中それぞれに事情のあることはこちらも承知している」と呟いた。

小柴は将軍家のお庭番だったと聞いている。ほんの一年前なら、きっと志を同じくする心強い味方だったにちがいない。

「小柴どの。なにとぞ、まげて、殿に拝謁を賜りたい」

「某《それがし》にはなんとも……。ともあれ、榎本さまあてに嘆願書を書かれよ」

それだけ言うと、居室に硯箱を用意するよう配下に命じて、小柴は去って行った。

それから数日は厳しい監視下に置かれたが、二十八日の午後になると、厠《かわや》まで兵士に着いてこられるようなことはなくなった。

十二月二十九日――。

「酒井さま。思わぬ年越しになりましたなあ」

伝之丞が嘆息した。今年の十二月は小の月で、明日はもう正月である。

「そうだなあ」

去年の大晦日《おおみそか》は、二人とも桑名城で静かに過ごしていた。思えば、年明けの三日に「大坂へ援軍を送れ」との指図が入ったのが、すべての始まりだった。

――かような一年になるとは。

「面会です。あちらへどうぞ」

物言いの柔らかくなった監視役に先導されて別室へ行くと、柔和な顔つきの男がゆったりと座っていた。三十過ぎくらいだろうか。散切りの頭が、これまでに見た洋装の日本の男の、誰よりもよく似合っている。

「土方だ。嘆願書は読んだ」

これが土方歳三か。新撰組の傑物として、何度も名を聞いたことがある。

「ここまで苦心して、中将さまを捜し訪ねてこられたお二人の忠義には感服する。

だが、かくも力量のあるお二人なら、我らに加わらぬか。ご主君とともに戦ってはどうだ。国許では恭順を決めたというが、新政府とやらは、本当に信用できるのか」

いきなりこちらの核心に斬り込まれて、孫八郎は慌てて言葉を探った。

「我らは一年近くかけて、恭順の交渉をしてきました。思う所は多々ございますが、今は多くの者を生かすべく、桑名の家名を残すことこそ、使命と心得ております」

「そうか。酒井どのは、まだお若いのに……」

鋭く涼しげな目にじっと見据えられて、いささかたじろぐ。

「お若いのに」なんだと言うのだろう。

――臆病者とでも言いたいか。

「榎本さまと相談して、改めて沙汰をする。それまで待たれよ」

土方が大股で出ていき、やがて明治元年が暮れた。

明治二年（一八六九）正月　箱館

元旦、囚《とら》われの身には思いがけず、屠蘇《とそ》と雑煮が振る舞われた。

「土方さまのお申し付けです」、膳を持って来た兵士がそう言い置いていった。

今日はさすがに何の沙汰もなかろう――そう思って伝之丞と二人、ぼんやりとしていると、夕刻近くなって、ばたばたと人の気配がする。

「二人とも、支度をいたせ」

土方が小柴を伴って姿を見せた。

「腰の物は返して構わぬとの沙汰である。これから、中将さまのところへ護送する。以後は振る舞い勝手だが、所在は常に明らかにせられたい」

小柴が、孫八郎と伝之丞の前に、以前取り上げた大小を並べた。

「では、またいずれ。……そうだ、何かあれば、遠慮せずここへ訪ねてまいれ」

土方は「私的に借りている住まいだから」と、市中の住所を記した紙を孫八郎に手渡すと、「では、出立せよ」と号令した。

前に二人、後ろに三人、計五人の兵士に取り囲まれて、孫八郎と伝之丞は箱館の市中へ出た。

――賑やかだな。

商家のみならず、芝居か寄席かといった風情の小屋や、妓楼《ぎろう》らしい建物も建ち並んでいる。避《よ》けられた雪がそこここにかき集められ、白い壁のようになっているのを、提灯の灯が照らす様子も興趣がある。

しかし次第に喧噪が消え、建物も途絶えると、枝ごとに雪をいただく深い森が見えてきた。日はすでに暮れかかり、道に積もる雪にたびたび足を取られる。

——かようなところに。

ひっそりとした佇《たたず》まい。高台にあり鳥居も立派なのに、不思議なほど目立たず、市中とは隔絶された趣である。

傾斜のきつい坂に、思わず息が乱れる。鳥居をくぐり、本殿の脇に続く社務所と思《おぼ》しき庵《いおり》の前まで来ると護送の足が止まった。

「こちらだ。以後は、居所を替える場合は奉行所まで知らせるように」

雪を踏みしめる音が遠ざかり、やがて静寂の中に二人だけが立ち尽くしていた。

微かだが、中から灯りが漏れていて、人がいる気配があった。黙ったまま目を見交わし、意を決して戸を叩く。

「申し。開けてくださいませぬか」

「こちらに一色さまがおいでと伺って参りました」

定敬の変名は土方が教えてくれた。

「申し」

中から「今開けます」と声がした。

「どうぞ。中でお待ちです」

どうやら、二人が来ることは知らされていたらしい。

板敷きの簡素な部屋だ。囲炉裏《いろり》の向こうの筵《むしろ》の上に座った、散切り頭に洋装の男がぼそりと「よく来たな」と言った。

——殿。

目の奥が熱くなる。

「お懐かしうございます」

「うむ。ま、上がって火に当たれ」

「もったいなき仰せ」

定敬はそれから、珠光院や初姫、万之助の消息や、開城後の城下の様子などを孫八郎に尋ねたが、肝心の「ここへ何をしに来たのか」は問わぬまま、こちらも言い出せぬまま、その夜は更けた。

「泊まっていけと言いたいが、見てのとおり手狭な住まいだ。そなたたち、宿所はあるのか」

「はい。なんとか」

「そうか。……では、話はまたにしよう」

「はい。では、また参ります」

「気をつけて行けよ。雪道は危ない」

提灯を持つ伝之丞と「今宵はまずもとの宿へ戻ろう」と決めて歩き出してしばらくすると「酒井さま」と呟く声がした。

「殿は、会津中将さまのことをお尋ねになりませんでしたね」

孫八郎も、それは気になっていた。

「真っ先にお尋ねがあるかと思ったのですが」

会津の落城、容保の東京護送、処分を待ちながらの謹慎。そして、自分たちがここへ来た目的。

尋ねようとしない定敬の胸中は、測ろうにも余りあった。

ゆっくり、少しずつ話すしかない――そう思いながら、孫八郎は雪道を踏みしめていった。


船宿にいるままでは費用がかかるので、以前会津藩が箱館に持っていたという屋敷の下長屋を使わせてもらう許しを得た孫八郎と伝之丞は、日々、定敬のもとに参上して、成瀬や成合を手伝うのはもちろん、板倉や小笠原に挨拶に行ったり、土方の住まいを訪ねて榎本との面談を願ったりして過ごした。

「国許のご事情は分かった。だが、今、中将さまが新政府に恭順なんてぇことが伝われば、我らの配下、全体の士気に関わる」

一月の十三日、ようやく嘆願書に目を通してくれた榎本は、ナマズのような髭《ひげ》をしきりにひねりながら、奉行所の一室でそう渋った。

「それに、中将さまご自身も、他のご家中の人々も、ご承引なされるとも思えないが」

榎本の瞳には躍るような光が湛《たた》えられていた。くるくるとよく動く目だ。

「酒井さんよ。おまえさんここまで来たのは忠義だが、しかし、実はたいそう大それたことをしようとしているようだ。自分が何を言っているか、分かっているかい」

時折、言葉に江戸の町人ふうの物言いが交じるその人柄には、どこか親しみを感じられるところがあった。

榎本の言わんとすることは分かっている。桑名からここまでの道中で何度も何度も考えてきたことだ。

もし、自分の説得により定敬が出頭したとして、新政府がその命を奪うような処分を下したら――そう思うと、今でも正直、逃げ出したい思いになる。その時は必ず、自分もあとを――と覚悟はするものの、果たしてそれだけではとても償《つぐな》い切れぬだろうとの思いは深い。

それでも――今自分にできることはこれしかない。

何度も考えに考えて、ここまで来たのだ。

「承知しております。某も、責めは負うつもりでおります」

「死ぬ覚悟も、家中一同から後ろ指を指される覚悟も、じゅうぶんあるってんだな」

「はい」

貴様は殿に死ねと言うつもりか、不忠者——実は昨晩、孫八郎は神明社でそうつるし上げられ、さんざん罵倒《ばとう》されたのだ。

孫八郎と伝之丞が来たことがどうやら谷口から他の家中の者に伝わったらしく、何名かの者がわざわざ土方に暇をもらって神明社を訪ねてきた。

もはや隠し立てはできまいと腹をくくった孫八郎は、国許の現状やこれまでの交渉の過程を正直に話し、「殿にはご帰国の上、恭順を表明していただきたい」と板の間に頭をこすりつけた。

定敬はしばらく黙っていたが、やがて「余一人のために、家中、領民、多くの者が塗炭《とたん》の苦しみに陥るというなら、そなたに従おう」と声を震わせながら言った。

「なりません。殿。さようなお気持ちになられては」

「今出頭すれば、ほぼお命はありますまい。万が一許されても、一生幽閉の身ですぞ」

「主君を敵に差し出すなど、武士のすることではありません」

「谷口の言うとおりです。そもそも、徳川家あっての桑名です。徳川が辱《はずかし》めを受けるのなら、我らはみな、命など惜しまず殉ずべきです」

「我らが死して、桑名が滅ぼうとも、義を貫き、天下に正道を示すべきです」

谷口や石井勇次郎《ゆうじろう》を筆頭に、徹底抗戦の志の強い者たちが涙ながらに振るう熱弁を、沢釆女《うねめ》が黙って目を閉じたまま聞いていた。

——沢どのが家中を説得できなかったのは、こういうことか。

ついには孫八郎に向かってありとあらゆる悪口雑言《あっこうぞうごん》が投げつけられたが、昨夜はそれ以上、言葉を差し挟まず、谷口たちの去るのを見送った。

もちろん、考えは変わらない。むしろ、いっそう覚悟は決まった。

——殿は、分かってくださるはずだ。

谷口や石井らがいないところでなら、きっと自分の申し出を承引してくれる。孫八郎はその手応えを得て、今日の榎本との対面に臨んでいたのだった。

「殿のお留守に、恭順を決めたことについては、すべて某が責めを負います。むろん、某ごときの命で償えるとは思っておりませぬが」

「そうか。まあ、その意気や良しと言いたいところだが……」

そう言って、榎本はまた髭をひねった。

「悪いが、さあどうぞというわけにはいかん。しばらくは大人しくしていてもらおう。こちらも新政府とやらと、戦う準備をしなければならないんでね」

奉行所を出て歩きながら、孫八郎は考えを巡らせていた。

ここ数日を見る限り、成瀬と成合以外の者は、さほど頻繁に定敬に目通りする機会があるわけではなさそうである。

――内密に、ここを脱出する機会はないだろうか。

幸い、今のところ孫八郎の手許にはそれなりの金がある。一方、成瀬が預かる定敬の内証は厳しそうだ。

――殿さえ得心してくだされば。

気候が良くなれば、間違いなく新政府は五稜郭を攻撃しにやってくるだろう。そうなる前に、なんとかする方法はないか。

まず、定敬の信頼を得ること。そして、町の様子、とりわけ港を出入りする船の様子を知ること。もちろん、榎本や土方の動向をつかむことも欠かせない。

考え考え、長屋へ戻ってくると、伝之丞が待ち構えていた。

「酒井さま。先ほどから辻どのがお待ちです。急ぎ、お話があるとのことです」

辻七郎左衛門。板倉勝静《かつきよ》の従者である。

先般話し合った感触では、どうやら辻は榎本をあまりよく思っておらず、主君である板倉を異国へ脱出させて、しばらく様子を見たいとの意向らしい。ただ、かなり金に困っていて、その具体的な手段については手詰まり、といった様子だった。

――さようなこと、できるはずがない。

また、するべきではないと孫八郎は思う。

異国へ主君が逃亡したりすれば、国許の恭順が認められる日はますます遠くなる。さようなことをしている間に、新政府から〝取り潰し〟の沙汰が出たら、家中は路頭に迷い、主君は異国へ置き去りになるだけではないか。

――松山藩の国許はどうなっているのだろう。

国許を預かる者なら、おそらく自分と同じことを考えるのではなかろうか。ずっと桑名にいて新政府とも交渉を続けてきた孫八郎と、主君の側で戦火をくぐり、流浪を続けてきた辻とでは、認識の違いが大きそうだ。仮に今孫八郎がそれを説いても、おそらく辻は聞き入れないだろう。

「酒井どの。朗報です。ご三公を、上海に脱出させることができそうです」

辻には、実は恭順のために定敬を迎えにきたのだとは打ち明けていない。逃亡の手助けにきたものと、誤解されているのかもしれない。

――朗報？

嫌な予感がした。

「それは、いったい」

「昨夜、一柳《いちやなぎ》幾馬《いくま》という者が訪ねて参りまして……」

辻の話によれば、一柳は会津藩士で、鳥羽伏見の折には京にいたらしい。主君容保が江戸を追われて会津に向かったのち、江戸に残り、品川の大砲と弾薬を幕府の蒸気船順動丸《じゅんどうまる》に積みこみ、新潟まで輸送する任を果たした剛の者だという。

「一柳は会津が落城する前に脱出して、スネルの船で上海へ逃げたのだそうです。あちらでは水戸の昭武《あきたけ》さまにも拝謁したとか」

水戸徳川家の昭武は、慶喜の腹違いの弟だ。慶応三年（一八六七）の一月から洋行していたと聞いているが、今はどうしているのだろうか。

「一柳はスネルと懇意のようです。こたびもスネルの世話で横浜から船で来たと申しておりました」

「スネルというのは、確かオランダ人で、武器を商う者でしたね」

孫八郎も名前は知っている。

「ええ。そのスネルが、ご三公を上海へお迎えしたいと言っていると」

「上海へ……」

あまりにも突飛すぎて、どう返答して良いか分からない。

「迎えの船をよこしてくれるよう、頼んでおきました。酒井どののもぜひ、そのおつりでいてください」

辻は上機嫌で去って行った。

――上海。

清国《しんこく》。日の本よりも遙かに歴史が長く、由緒ある偉大な大国と思われていた清国が、三十年ほど前、イギリスによって侵攻されたのが、思えば今日、日の本が混乱に陥っている遠因なのだと、ここまでくる道中、伝之丞から教わった。昌平黌《しょうへいこう》にいた伝之丞は、他藩の藩士らとも交流があり、見識が広くて、孫八郎には時に知恵袋ともなってくれる。

「生駒、どう思う、今の辻どのの話」

「そうですね……。あまり良い話とは思えませぬ。どこまで本当かも分かりませぬし、よしんば本当だとして」

伝之丞が眉根に皺《しわ》を寄せ、言葉を濁した。

「本当だとして、なんだ」

「はい。なぜ異国の武器商人が、そこまでしてご三公を迎えようというのか。何か企《たく》みがあるとしか思えませぬが」

「企み……」

松山、唐津、桑名。日本の三名の大名家の者を保護下に置くことで、スネルに何かうまみがあるというのだろうか。

　どうもあまり、筋の良い話とは思えない。

「ただ、もし万が一、実現したならば、それを利用する手はあるかもしれませぬ」

　伝之丞がにやりと笑った。

「利用する？」

「はい。もし、スネルの船が箱館まで来たとして、上海までたどり着くには、あちこち寄港することになりましょう」

　確かに、どこへも寄らずには行かれまい。

「その隙を突いて、殿が下船なさるよう、こちらが裏をかけばよろしいかと」

　孫八郎は思わず膝を打った。

「なるほど。確かに……。横浜あたりに寄ってくれれば、一番ありがたいな」

「もちろん、殿が得心なさってくだされればの話ですが」

「うむ。あてにはせずに、しかし、常にどこか頭の隅には置いておこう」

　孫八郎はこの日以後、いつ辻からの知らせがあっても良いようにと身構えて過ごしていたが、一月の末になっても、一柳からは何の音沙汰もなかった。

　極寒の蝦夷地だが、二月になるとそれでも日差しが明るくなり、雪が日増しに少なくなってきた。市中の雪の壁がどんどん小さくなり、その分、神明社への行き来にはぬかるみに気をつけないと足もとがすぐびしょぬれになる。

箱館の港を出入りしようとする船はいずれも、榎本率いる「蝦夷島政府」の厳しい検閲を受ける。その体制は孫八郎の思い描いていたより遙かに整っていて、密かに抜け出ることなど、とてもできるものではない。

――まずいな、このままでは。

横浜でソルタン号に乗ってからそろそろ二ヶ月近くが経とうとしている。

国許や東京での動きが気がかりだ。せめて、定敬と出会えたことだけでも尾張藩に報告したい。青森で待機している高木六郎や、奥州で定敬を捜索している別動隊にも、現状をなんとか知らせたい。

二月の六日、孫八郎は意を決して榎本に「伝之丞を横浜までの船に乗せてほしい」と談合に及んだ。

「ずいぶん虫の良い申し出だな。ご自分でもそう思わないかい」

榎本はよく動く目をことさらぐるりと回して孫八郎を睨《にら》みつけた。

「おまえさん方はこちらの様子を大分つかんでいるだろう。さようなお人たちを、簡単に帰すと思うか」

「分かっております。しかし、どうでしょう。某と生駒は、新政府の許可を得てここへ派遣されております。もしこのまま我らがここに滞在して、〝消息不明〟となったら」

孫八郎はここで一呼吸置いた。

――はったりも智恵のうちだ。

「新政府の許可を得て箱館へ入った者を軟禁しているとなれば、こちらに難癖を付ける口実になるのではありませんか。そもそも、こたびのことを企てたのは尾張藩です。面子を潰されれば、尾張藩だって黙ってはいないでしょう。榎本さまにとっても、今後の交渉にあたって、瑕疵《かし》は少ないに越したことはないのでは」

――ちょっと言いすぎたか。

思い切ったことを言っても許してくれそうな懐の深さが、この男には感じられる。

孫八郎は声の調子を改めてもう一言付け加えた。

「いかがでしょう。もちろん生駒には、ここで見聞きしたことを不用意に漏らさぬよう、しっかり言い含めます」

榎本はふふんと笑って「そなた屁理屈《へりくつ》がうまいな」と髭を捻《ひね》った。

「まあ良かろう。明日、生駒を連れてもう一度出直してくるが良い」

翌日榎本は、ウエイヴという名のフランス人――何者なのか、孫八郎にはどうにも正体が分からない――を紹介してくれて、生駒は十六日に出航する船に乗れることになった。

　伝之丞がいなくなるのは心細いが、やむを得ない。

「そう言えば酒井さま。あの手紙はどうしました」

「あれか……まだお渡ししていないが。何か、いささか気が咎めてな」

　手紙というのは、伝之丞が手に入れてきた、おひさという女から定敬にあてたものである。

　孫八郎は、定敬にそうした女――しかも子までなしているという――がいることを、この手紙を預かるまで知らなかった。

　おひさからの手紙があれば、定敬が戦うのはやめようという気になるのではないか――伝之丞がそう考えて、苦心して手に入れてきたようだったが、こちらでの定敬の暮らしぶりを見て、むしろ孫八郎は、さような小細工が果たして主君にいかなる心の変化をもたらすか、危惧するようになったのだ。

　かえって、やはり逃げ続けようという方に、気持ちが揺れることにもなりかねないのではないか。

「まあ、折を見てお渡ししよう」

　孫八郎の迷いは伝之丞も察したのか、その手紙についてはもうそれ以上触れなかった。

「酒井さま。どうかご無事で」

「頼むぞ。もし国許が動揺しているようなら、すぐに動いてくれ」

「承りました」

その後、ウエイヴの周旋してくれた船の出航が一日早まったとの知らせがあり、伝之丞は定敬には直接挨拶する機会を得ぬまま、箱館を後にしていった。

「殿。生駒は東京へ戻ることになりまして。急なことで、ご挨拶も叶わず、たいへん恐縮して出立していきました」

「そうか……。東京」

慶応が明治と改まったこと、江戸が東京と名を変えたこと、天皇が東京まで行幸なされたこと。

いつどこで、誰から知らされたのかは分からぬが、定敬はそうした情報も得ているようだった。

「今日も、池田のところへお出ましになりますか」

定敬はこのところ、池田潑三郎《はつさぶろう》という者から、英語を学んでいた。港で通詞をしている者だという。

主君はもともと、向学心や好奇心に富んだ方と、孫八郎の目には見える。

京にいた頃には、西洋の軍備や装束を詳しく調べてたいそう気に入り、洋装に短銃を携えて市中見回りに行こうとして、「過激な尊攘派には、日本人が洋装しているると見ただけで襲ってくる者もおりますから、どうかおやめください」と止められたこともあった。また、もともと音曲が好きなこともあって、予《かね》てお得意の胡弓に留まらず、月琴《げっきん》だか風琴《ふうきん》だか――孫八郎には正直よく分からない――ともかくも、不思議な形の西洋の楽器を手に入れて手すさびにかき鳴らしていたのも、漏れ聞いたことがある。

――英語を学ぼうというのは。

純粋に、そうした生来の向学心からか。それとも、心のどこかに、異国への避難逃亡の意思も秘めているからなのか。

「某がお供をして、一緒に学ばせていただくことはできましょうか」

成瀬や成合が、行き帰りの供をするだけで学ぶ場には同席しないと知って、孫八郎はそう切り出した。

「束脩《そくしゅう》も謝礼も要るが良いか。それで良ければ、teacherに紹介しよう」

定敬は孫八郎の申し出を快く受け入れてくれた。ティーチャーとは、講師という意味らしい。

「英学のご修業には、これからは自分が供をする」と伝えると、成瀬はいくらか疑り深そうな目で孫八郎を見たが、それ以上詮索してはこなかった。

はじめて供をした日、孫八郎が池田に「自分も一色さまと一緒に教えてほしい」と頼むと、池田は定敬に向かって「フー、イズ、ヒー」と言って首を軽く傾《かし》げた。

「ウェル……。He is Magohachiro. He is my……my friend. Old friend.」

「Oh. It's so good.」

「あ、あの、なんとおっしゃったのですか」

孫八郎と自分の名を呼ばれたのは分かったが、あとはなんのことやらさっぱり分からない。

「この人はどなたですかとお聞きしましたところ、孫八郎どので、古くからの友人だとのお答えでした」

池田には身分を伏せてあるとは聞いていた。が、主君から「友人」と言われて、孫八郎は戸惑い、なんとも言えぬ気持ちになった。

「では、孫八郎どの。まずalphabetを」

「ア、アル？」

「英語の基本となる文字です。日本語と違って、二十六しかありません」

「はあ」

一緒に英語を習っている間、定敬は快活な声を上げてよく笑った。

——かようなお顔をなさるお方だったのか。

京でも江戸でも、およそ見たことのなかった明るい笑顔である。

「では、声に出してみてください。Repeat after me. ……」

池田の話すのをそのまま真似する時など、孫八郎はなかなかうまく言えなかったが、定敬は器用で、すぐに池田の話すとおりに言える。

――殿は、耳が良いのかな。

音曲がお好きだからだろうか。

「そなた、存外不器用なのだな。いつも、いかなる折でもそつが無いゆえ、もっと何でもできるのかと思っていた」

綴《つづ》りを覚えるのはまだしも、話したり聞きとったりするのに悪戦苦闘している孫八郎を見て、定敬は愉快そうに笑う。笑われてもまるで不愉快にならないのは、もともとの主従関係のせいというより、はじめて知った主君の明るい顔のおかげかもしれぬ。

「しかし、新しいことを学ぶというのは、実に愉快だ。夢中になっている間は、何もかも忘れていられる」

池田のもとからの帰途、嘆息と共に漏らされた言葉に、思わず胸を衝《つ》かれた。

自分はこの方に、とんでもないことを頼んでいるのだ。恐れ多くも机を並べるうち、忘れそうになっていた使命を改めて思い出した。

何度か「ご学友」をつとめさせてもらううち、三月になった。榎本は最近忙しいらしく、なかなか対面の機会を得られない。

一方で英学修業の方はますます熱が入り、孫八郎はともかく、定敬の上達ぶりは、池田も感心するほどだった。

「Today is the Doll's Festival. Hinamatsuri is the girl's festival to celebrate kids growth. I decorated the Hina dolls at home.」

「Oh, it's nice. You have a young lady, right?……」

池田と定敬とが会話をしている。孫八郎はところどころしか分からないが、どうやら雛祭《ひなまつり》について話しているらしい。

「Mr. ……あの」

定敬ははじめ、英語で質問しようと言葉を探していたようだが、やがて諦めて日本語で切り出した。

「あの、端午《たんご》の節句はなんと言いますか」

「Well ……, the Boy's Festival でしょうかねぇ。People celebrate the healthy growth of boys on the 5th of May. Do you have a son?」

池田からの問い返しに、定敬はちらりと孫八郎の方を見て、いくらか返答に迷う様子だったが、やがて「Yes」と答えた。

「プ、Please teach me. ……ええっと、今の会話についてご教示を」

孫八郎は池田に懇願した。

「Yes. 端午の節句では、人々はboysの壮健なる成長を祝うと。そうそう、孫八郎どの、Do you have any children?」

——ええと、ええと。そうか、お子さんはいますか、だ。

「Yes. I have……」

「Son or daughter? Both?」

覚えたはずの単語を懸命に思い出す。

「I have a son.」

定敬がほうという表情でこちらを見た。

講義を終えての帰途、「そなた、息子があるのか」と問われた。

「はい。去年の閏四月に生まれました」

「さようか……。その時期では、暇ももらえなかったであろう。たいへんだったな。妻子は今桑名にいるのか」

「いえ、実家の三州吉田でお産をいたしまして、そのままそこで厄介になっております」

「ではそなた、一度も子に会えておらぬのではないのか」

親身な口調に定敬の思いやりを感じて、孫八郎は胸を打たれた。

「恐れ入ります。実は一度だけ」

孫八郎は東京までの道中で、妻子との対面が叶ったことを話した。

「吉田か。あの辺りだと、宮参りは豊川稲荷か」

「そうらしうございます。神社の印の入った紙に、手形が押されていましたので」

肌身離さず持っている守り袋。また見《まみ》える日は来るだろうか。

「手形……」

定敬が小さくため息を吐き、それから遠くを見るような目つきをした。

「……」

まるで誰かに呼びかけるように口が動いたが、声は聞こえない。

――なんと仰せられたのだろう。

もしや、御子の名を……？　そう思ったが、それ以上問うのは憚《はばか》られた。

――そうだ、あれを。

孫八郎は、迷っていたあの文《ふみ》を、ここで渡すことにした。

「実は、竹佐から」

「竹佐？　高須の飛び地の、信州の竹佐か」

「はい。そこにおいでのお方さまからのお文を、お預かりしております。生駒の弟が、高須の家中に養子に行っております縁で」

定敬はひどく驚いた顔をした。

「なぜ、もっと早く……」

「申し訳ありません。お方さまのお心を、某が己のために利用するようで、ずっと気が咎めておりましたので」

おひさからの手紙を読んで定敬の心がどう動くか。それはもう、孫八郎の意図とは別の次元にあることだ。

「遅くなって、申し訳ありません。どうぞ、これを……。お方さまを我々のせいで煩《わずら》わせたことを、お詫びします」

「いや……」

竹筒に入れられ、さらに油紙に包まれた結び文。定敬はその包みを両手で受け取り、懐にしまった。

「Thank you so much.」

同三月八日朝　箱館
かような密かなやりとりもあり、主君の信頼をいくらか深められたと手応えを得ていた頃、以前、ちょうど孫八郎たちと入れ替わるように東京へ金策へ向かったという、松岡が戻ってきた。

「よく戻って来られたな」

「はい。すべて、この者のおかげです。金も思っていたより集められました」

松岡は、随従として、藩士である後藤多蔵《たぞう》の他にもう一人、商人を連れていた。

「酒井さま。お久しう」

「金子屋ではないか」

横浜からソルタン号に乗る手配をしてくれた寅吉《とらきち》だった。

「何かお役に立つかもしれないと思いまして。松岡さまにお願いして、お供に加えていただきました」

ずいぶん熱心に合力《ごうりき》してくれる。ありがたいが、なぜ商人である寅吉がここまでしてくれるのか、正直孫八郎は訝しむところもあった。

「東京で金策をしておりましたら、金子屋から、酒井さまをソルタン号にお乗せしたことがあると聞きましたので、同行してもらいました」

「暖かくなってきて、よろしうございました。どう動くにせよ、やはり冬は難しうございます」

さすがに近頃では、水が凍ることもほとんどなくなってきた。はじめて足を踏み入れた頃と比べると寒さもずいぶん緩んできている。

「時に、いくつか、ご報告がございます」

松岡がそう切り出すと、和やかだった場が一変した。

「まず、会津中将さまのことですが」

定敬がごくりと何かを飲み下した気配が見て取れる。

「昨年の十二月に、永預《えいあずけ》とのご沙汰が出たそうです」

「永預」

「はい。預先は鳥取藩」

「鳥取……相模守《さがみのかみ》どののところか」

鳥取藩主、池田慶徳《よしのり》は養子で、水戸徳川家の出だ。慶喜には腹違いの兄にあたる。

——死罪ではなかったのだな。

まずはそのことに安堵する。

ならば殿も、仙台で恭順していれば——ついそう思ってしまうが、今さら言うても詮なきことだ。

「それから、やはり新政府はまもなくこちらへ侵攻してきます。ストーンウォールとかいう名の、新しい軍艦をアメリカから買い入れたそうです。こう申しては僭越《せんえつ》ですが、東京での様子を見る限り、榎本たちにはあまり……」

松岡は言葉を濁した。

「勝ち目がない」と言いたかったのだろうと孫八郎は察した。

いったん箱館を離れたことで、無念ながらも冷静な目を持つに至ったらしい。

「一柳もスネルも、何も言ってきませんね」

それまで黙っていた成合が遠慮がちに口に出した。

――まだそんな話に望みをかけていたのか。

いくらか腹立たしい気持ちになる。あの話が持ち込まれてからもう二ヶ月近くなるが、あれっきり何の音沙汰もない。

――早くなんとかしなければ。

今は三人のもと大名に比較的行動の自由を許している榎本だが、新政府が攻めてきて、もし最後に籠城ということにでもなれば、おそらく三人とも奉行所に拘束されてしまうだろう。

さようなことになれば、この一年余の孫八郎の苦労はすべて水の泡だ。

「金子屋。ちょっと良いか」

昼過ぎ、神明社を辞去して長屋に戻る間際、孫八郎は寅吉にこっそり声をかけた。

「話がある。あとで、どこかで落ち合えぬか」

「そうですね。では夜に……」

寅吉は、港に近い宿の名を告げた。

夕刻になって訪ねて行くと、その宿は外見はごく並の旅籠《はたご》だが、中は洋館のような設えで、案内された部屋には椅子と丸い卓が置かれていた。

「酒井さま、ちょうどよろしうございました。手前も、酒井さまに会わせたい御仁《ごじん》がありまして」

「そうなのか。どういう人だ」

「いや、その前に、お話というのを先に伺いましょう」

信用して良いかどうか。

しかし、これからのことを思うと、やはり寅吉の力を借りるべきだろう。自分、松岡と、二度も箱館へ人を送り届ける人脈と力量は、並ではなさそうだ。

「折を見計らって、なんとか殿に東京へおでまし願いたい。ぜひ、力を貸してほしい」

「それはもちろん、できることはいたしますが。しかし、榎本さまの方はいかがなさるおつもりで。松岡さまも、〝軍資金の調達〟ということで許されて、東京へいったんおいでになったとか」

松岡と東京まで同行した藤井の方は、ある程度の金子を持参の上、すでに土方のもとへ復していると先ほど話に出ていた。

「できれば、穏便に許しを得て出たいが、いざというときは。どうだろう」

「そうですね……」

寅吉は少し声の調子を落とした。

「なんとか、異国船に顔の利く者といつでも交渉できるように渡りをつけておきましょう。実は今日会わせたいというのは、そういう者です」

寅吉が卓の上にあった鈴を軽くチリンと振ると、女中が「はーい」と返事をした。しばらくすると、明るい色の瞳と髪をした西洋人の男が案内されてきた。

二人はにこやかに話し始めたが、会話はまるで聞き取れない。

「フランス人の商人で、ハアーフルという者です。This is Mr.Sakai. He is ……」

どうやら英語で会話しているらしい。

「酒井さま。殿が無事に東京へ戻り、桑名の御家が存続した暁《あかつき》には、金子屋を一番のごひいきに願いますよ」

「もちろんだ」

「それから、このハアーフルは、日本のものをいろいろと仕入れて、国許で売りたいんだそうです。今、フランスでは日本の文物にたいへん関心が集まっているそうで」

「そうなのか」

「ええ。何しろ、二百五十年以上も門戸を閉ざしていた国が、ようやく顔を見せ始めた。向こうでは興味津々《しんしん》というわけです。big business、商売の為所《しどころ》と考えている者は多いわけでして。言わば今は、そのための露払い。準備金のつもりでお手伝いしております、ということで」

本当にそれだけなのか。

あまり言葉どおりにも受け取れない気がするが、今は他に手もない。

「では、お近づきのしるしに西洋式の杯ごとをいたしましょう」

寅吉はガラス製の、細く長い脚のついた酒器を用意させ、そこに赤い液体を注いだ。

——葡萄酒か。

噂には聞いているが、飲むのは初めてである。

「À votre santé!」

なんと言ったのかよく分からないが、酒器を軽く持ち上げてから葡萄酒に口を付けるのが習わしらしい。

ハアーフルが葡萄酒を飲み干して去って行くと、寅吉は、声を低くした。

「スネルたちは兄も弟もあまり評判が良くないようですよ。そもそもオランダ人というのは偽りで、どこの国の者なのかさえはっきりしないと、ハアーフルは言っていました」

「そうなのか」

「まあ、西洋の商人たちも、今どの藩と近づくと商いの道が開けるか、あれこれ模索しているのでしょう。長州や薩摩にはすでに大勢集《たか》っておりましょうし。桑名は今御家の一大事ですが、それだけに、恩を売ることができれば見返りも大きいだろうとハアーフルは考えているようです」

なるほど。商人らしい考え方だ。

それから、寅吉は孫八郎の知らなかったことをあれこれと教えてくれた。

「榎本さまたちはどうも町人たちに評判が良くないようです。女郎や博打打ちにまで金を払わせるとか」

「女郎や博打打ち？」

「ええ。ありとあらゆる生業《なりわい》に鑑札を出してお墨付きを与える代わりに、上納金を厳しく徴収しているとか。それから、新金のせいで取引が揉めるとも聞いています」

新金とは榎本たちが独自に鋳造した銭だ。孫八郎もそれは知っていて、買い物の際はできるだけそれで釣り銭をもらわずに済むよう、心がけていた。

「ともかく、なんとか脱出しましょう」


寅吉とハアーフルという、あてにできそうな伝手《つて》はできたものの、松岡や後藤が戻ってきて随従の人数が増えたことで、孫八郎にはいささか厄介な面もあった。

孫八郎としては、他藩の板倉や小笠原とは、必ずしも行動をすべて共にしなくても良いと考えていた。しかし、板倉の側近の辻とすっかり同調するようになってしまった成瀬が、人手が増えたのを幸い、定敬の身辺を他の者に任せて、辻との連絡をやたら密にするようになったのだ。

「やはり、ご三公揃ってどこか異国へ」

こう主張する成瀬の行動は、いざとなればお二方は置いて、定敬だけでも連れて帰りたいと考える孫八郎にとっては、煩わしく感じられることが多かった。

――わが殿だけなら、榎本の監視の目を盗んで脱出できるかもしれぬのに。

辻は未だに一柳とスネルをあてにしているらしい。

もどかしい状況が変わり始めたのは、三月の末のことだった。

「新政府軍の船を奪おうと、こちらから三艦の船を率いて土方さまが宮古湾《みやこわん》まで出撃していったそうですが、失敗したらしいです。船を一隻失い、死者や投降者が百名以上出たとか」

　知らせてくれたのは寅吉だった。

「ということは、新政府の軍はもうすぐ近くまで来ているのか」

「おそらくは」

　侵攻してきた新政府軍に定敬が捕まる――孫八郎、いや、桑名藩にとって最悪の筋書きだ。それだけは避けたい。

　孫八郎はその日から、長屋を引き払い、定敬に事情を説明して、自分も神明社で寝泊まりすることにした。

　ともかく榎本に談判しなければ――機会を窺っていると、四月の六日、土方が神明社に姿を見せた。

「本日は、榎本総裁の使いとして参上しました」

　穏やかな声でそう言いながら、土方は懐から書状を取り出した。その頬にごく最近負ったと思しき、赤黒く盛り上がった切り傷がいくつもあるのを、孫八郎は見逃さなかった。

　――海戦はやはり過酷だったらしい。

「近々、賊軍が箱館港に押し寄せる見込みである。ご三公におかれては、はじめより軍事には関わっておいでにならぬことゆえ、戦地においでになるのは不都合と判断いたす。今日明日中に、室蘭《むろらん》へ向けてご出立を願いたい」

――室蘭？

内浦湾《うちうらわん》の向こう、蝦夷地の更に奥だ。どうやって行けば良いのか。

忙しく頭を巡らせ始めた孫八郎をよそに、土方は淡々と読み上げていく。

「室蘭には長鯨丸《ちょうげいまる》が碇泊中につき、そちらへ乗船され、厚岸《あつけし》方面へ避難されたし。長鯨丸は物資を積んだのち、十三日の早朝に出港の予定。もし何らかの事情でこの出港に間に合わぬ場合は、改めてご相談されたし。……以上です」

「あの、厚岸というのはどちらですか」

蝦夷地の地名はできるだけ調べたつもりだったが、その地名に心当たりはない。

「室蘭から海岸伝いに東北へ、おおよそ八十里ほどと聞いております」

八十里と言えば、東海道なら日本橋から岡崎、いや池鯉鮒《ちりゅう》あたりか。蝦夷地の広さは、孫八郎には気の遠くなるほどに感じられた。

――さようなところへ逃げて。

そのあといったいどうなるのだろう。

しかし、思案している暇はなかった。

「申し訳ないが、某にはご三公すべての御座所を訪れる暇がない。二公については、そちらからお伝え願いたい」

土方はそれだけ言うと、くるりと背を向けて去って行ってしまった。成瀬も松岡も「あの」と言いかけたが、今は何を問おうにも無駄という気がした。

「某、伝令に言って参ります」

成瀬が慌ただしく出て行こうとした。

「我々は明日の早朝には発つと伝えよ」

その背に向けて、迷いなくそう告げたのは、定敬だった。

成瀬を送り出し、室蘭までの行程を考える。

「森村まで陸路で行って、そこから船で室蘭ですね」

「すべて陸路というのは」

「それは無理でしょう。間に合いませんよ」

話し合いの末、成合は一人残り、土方のもとにいる藩士たちと合流することになったので、翌朝、孫八郎を筆頭に、成瀬、松岡、後藤、そして寅吉の五人で、定敬を守って森村へ向かった。

「来た時は、ここで板倉さまが落馬なさったのですよ」

黙々と足を急がせて、夕刻、峠の下まで来ると松岡がぼそりとそんなことを言った。

こたびは馬もなく、歩くしかない。

「ともあれ、今日はここで宿を取りましょう」

松岡が以前にも泊まったことがあるというので、大畑屋《おおはたや》という宿に身を寄せると、成瀬の様子がどうも落ち着かない。

「おかしいな。ここで落ち合うと決めたはずなのだが」

森村までは途中で一泊する必要がある。宿場はこの峠下だけなのに、大畑屋にも、他の宿にも、板倉や小笠原一行の姿が見当たらぬという。

「まさか来ぬということもないでしょう。先を急ぎましょう」

翌朝になっても二公の消息が知れないのを、成瀬がしきりに気にしていたが、孫八郎は構わず先を急がせた。定敬はただただ黙っている。

昨日とは打って変わった厚い雲の下、雨の落ちてこないことを祈りながら、森村に着いたのは七ツ時（午後四時）だった。

「暮れぬうちに着けたな。ありがたい」

明日、室蘭へ向かう予定の船があることを確かめて床に就いたものの、吹きすさぶ風の音が耳についてなかなか寝付けない。

――かような風で、船が出るだろうか。

孫八郎の祈りも空しく、翌日は終日、いつまで待っても強風が吹き止まず、とても船は出られそうにないという。

「おかしいですな。ここでも我らだけというのは」

成瀬が不安げに話しかけてきた。板倉と小笠原一行の姿はどこにも見あたらない。

「そうですな」

孫八郎もさすがに妙な気がした。何か別行動を取る理由でもあるのか。

――まさか、こちらに隠して、他に避難先を探していたりはするまいな。

こうなるとどうにも、三つの家中が同時に行動するのが煩わしい。

「もしかしたら、別の道を取っているかもしれません。手前が遣いに行って参りましょう」

寅吉が立ち上がった。

「どこへ行くのだ。心当たりがあるのか」

「あちらのご両公が海沿いの道を回ってこられたなら、砂原《さはら》の方においでかもしれません」

そう言うと寅吉は少し声を低くして孫八郎に囁いた。

「おいでになる時に落馬されたのなら、たとえ徒歩でも、峠越えの道はお嫌だったかもしれませんよ。遠回りでも平坦な道をお選びになったのかも」

果たして、その推測は当たっていたらしい。三里ほど東の砂原に泊まっていた小笠原と板倉を見つけ、「室蘭で合流を」という約束を取り付けて、寅吉は翌朝戻ってきた。

――労を惜しまぬ男だな。

信用していいのかもしれない。

「どうやら、新政府軍が江差に上陸したらしいです。今日こそは、室蘭へ渡りたいですね」

寅吉はそんな情報も仕入れてきていた。

だが、風は昨日ほどではないものの、波が高くてやはり船は無理だという。

「なんとかならぬか。金子ならはずむが」

船頭の一人にそう掛け合うと「おまえさん方、死にたいかね」とにべもなく断られてしまった。

桑名の海は静かで良かった――ついそう思ってしまって、ため息が深くなる。

ようやく室蘭行きの船が出たのは、翌十一日の朝、五ツ（午前八時）頃のことだった。

「どれくらいかかるのか」

「今からだと、夕方になるよ」

船頭の言葉が嘘でないことは、遙か遠くに小さく見える、目指す室蘭の岬が明らかにしている。

船が横波にあおられ、五臓六腑が上下左右に何度も揺さぶられるのを、ひたすら堪える。宿でめいめい、握り飯を誂《あつら》えていたが、誰も船内で食べようとしない。一瞬だけ、波が静かになった時、定敬が低く呟く声が聞こえた。何か御用かと思ったが、どうもそうではないようだ。

〽通ふ千鳥の鳴く声に　幾夜寝覚めぬ　須磨の関守

声は波の音にすぐかき消されたが、どうやら歌を詠じていたらしい。

――殿。

ふと涙ぐみそうになって、あわてて目を逸《そ》らす。

夕刻、ようやく船が室蘭の港に入ると、見覚えのある男が一人、着く船着く船、のぞいては走り回っている。

「あれは……大久保どのではないか」

小笠原の従者の一人、大久保与一郎《よいちろう》であることを見て取って、成瀬が船上から声をかけた。

「いかがなされた」

「おお、成瀬どの。どうか、このまま某をそちらの船にお乗せください」

必死の形相《ぎょうそう》で頼むので、船頭に言ってとりあえず大久保を迎え入れる。

「このまま、砂原へ向かってください」

「どういうことだ」

「スネルの迎えが来ました。七重浜《ななえはま》から出港するとのことです。両公はもう向かっています」

孫八郎は思わず寅吉と顔を見合わせた。

――だいじょうぶだろうか。

「七重浜では一柳が待っているとのことです。ご決断を」

「お二方はもうおいでになっているのだな」

定敬が念を押した。

「はい。室蘭行きの船に乗る直前に、スネルの番頭だという者が参りましたので」

「さようか。では酒井、船頭と交渉してくれるか」

「承りました」

長鯨丸に乗れば当分蝦夷地からは出られまい。スネルと一柳の言うことが本当なら、確かに、今はこの申し出に賭けるしかない。

ただ、孫八郎にはなんともしれぬ、虫の知らせとでも言うしかない嫌な感じがあった。とはいえ、何の根拠もない。

幸い、船頭をはじめ船の水夫たちもみな森村の者だというので、なんとかそのまま、船を砂原へと向けてくれるよう、頼み込んだ。

「なんだか分からないが、承知した。もうお一人乗りなさるんだね」

日も暮れてくる。船には提灯が点《とも》された。満月とはまだいかないが、太りつつある初夏の月明かりを頼れるのが幸いである。

船中でようやく握り飯を食べ、砂原村に着いたのは十二日の暁頃だった。そこで待っていた、やはり小笠原の従者、福与男也《ふくよおなり》に待ち合わせ場所を確かめ、一行は一路、七重浜を目指した。

途中、茶屋で湯漬けだけをかきこむように食べた他は、ろくろく休みも取らず、七ツ半（午後五時）頃に七重浜へたどり着いた。遠浅の砂浜が広がっており、確かに板倉と小笠原の一行が西洋人とともに待っていた。

——しかし、どうも様子がおかしくはないか。

「船はどこですか。どの船です」

「それが……」

西洋人の顔が真っ赤である。やがて一柳が姿を見せた。

「申し訳ござらぬ。何か行き違いがあったようで……」

「行き違い？」

「あてにしていた船が、すでに出てしまいました」

「い、今なんと言われた」

成瀬と松岡が先に座り込んでしまわなければ、孫八郎も立ってはいられなかっただろう。

「どういうことですか」

辻と一柳の言によれば、スネルの番頭ハリイ——傍らで顔を真っ赤にして渋面《じゆうめん》を作っている西洋人のことだ——と、乗る予定だった船の船長との間で、何か約《やく》定《じよう》の違背《いはい》があったらしい。船長がひどく怒って、ハリイの懇願をはねつけ、小笠原や板倉がここへ着く前に船を出航させてしまったのだという。

——なんてことだ。

こんなことなら長鯨丸に乗っておけば良かったのだ。

今からでは到底間に合わない。万事休すだ。

もう一度榎本に頼むなど、新政府軍がもう上陸したとの報もあるのに、できるわけもない。

自分が奉行所へ走ることも考えたが、これまでの経緯を思えば、榎本は良い顔をせぬだろう。なぜ指図どおり長鯨丸に乗らなかったと責められれば一言もない。

「酒井さま。諦めてはなりませぬ」

「金子屋。何か思案があるか」

「なんとも言えませぬが……。ともあれ、動いてみましょう。このあと、みなさまはどこへ」

浜辺に立ち尽くしていても仕方あるまい。

一柳が「亀田村《かめだむら》の名主のところへどうぞ。私の知り合いですから」と言う。

「では、そこで待っていてください。手前はまずハアーフルのところへ行ってみます。辻さま、もしよければ一緒においでになりませんか」

何か思うところがあったのか、寅吉がそう声をかけたが、辻は力なく首を横に振った。

「そうですか。では」

寅吉が歩き出した。もはや、その背中だけが一縷《いちる》の望みだ。

「酒井。これを見よ。思わぬものを見つけたぞ」

一人、離れて浜辺を歩いていた定敬が、何か小石のような塊《かたまり》を手にして近づいてきた。

「この貝は、蛤《はまぐり》だな」

涙をにじませ、顔を歪《ゆが》めながら笑う、主君の顔。

孫八郎は天を仰ぐしかなかった。

寅吉に続いて、ハリイも急ぎ足で立ち去った。多少なりとも責めを感じているのか、「他の船を当たる」と言っているらしい。

一行は重い足を引きずるようにして、一柳の案内する民家へととりあえず腰を落ち着けた。

通されたのは、広いだけが取り柄のような田舎家の離れだった。

誰も何も言わず、皆誰とも目を合わさない。

声を発したら、相手構わず罵倒し合ってしまうのではないか――重い沈黙が、とっぷりと日の暮れるまで続いた。

布団はおろか、気の利いた衝立《ついたて》も、枕屛風《まくらびょうぶ》もない。

このままここで雑魚寝《ざこね》か、それもやむを得まい――昨日から続いた心身の疲労で、孫八郎の身体は芯が抜けたようになっていた。

「みなさま、こちらですか」

寅吉の声だった。低く囁いているのに、辺りが静まりかえっているせいで響き渡って聞こえる。

「酒井さま、すみません、ちょっと」

薄暗がりを手探りで近づいていくと、寅吉は孫八郎を戸外へと連れ出した。

「ハアーフルに頼み込みました。明日の朝、箱館港を出航する船への乗船を無理矢理承知させました。ただし、わが殿とその随従三人、計四人だけとの条件です」

「四人だけ」

「はい。今はどの海域も新政府軍が厳しく監視の目を光らせているので、それ以上は無理だと。ただ、そのあと随時で良ければ相談に乗るとも」

「そうか。あとのお二方には悪いが、やむを得ぬな。こうなったら、機会を逃すわけにはいかぬ。そなた、ご苦労だが辻どのと大久保どのに言い訳してくれ。某は殿を説得する」

　定敬に事情を話すとしばし沈黙があった。

「不義理だな……」

「申し訳ありませぬ。殿のお気持ちはお察しいたします。されど、かくなる上は、ご三公共にというのは」

「これも巡り合わせか。やむを得ぬ」

「申し訳ありませぬ」

「そう、そなたが謝らずとも良い。そなたのせいではない。……で、同行できるのは三人だけなのだな」

　孫八郎はうなずくと、この先について忙しく考えを巡らせた。

定敬の供には、自分、それから、寅吉は絶対欠かせない。また、東京へ戻れてのちのことを考えると、もう一人はやはり、松岡ということになる。

——残るあとの二人には。

一人には土方の配下にいる家中の者に定敬の無事脱出を伝えさせ、もう一人には板倉と小笠原に同行させるのが最善だ。どちらも先の見えぬ過酷なつとめだが、これまでの経緯を考えると、家中の者に合流させるのは後藤より、成瀬の方がふさわしいだろう。あとから箱館へやってきた後藤では、仙台で新撰組に入隊してまで定敬に従ってきた者たちの心情は理解できまい。

腹案をまず主君に伝えると、定敬は黙ってうなずき、「後藤と成瀬には自分が伝えよう」と言ってくれた。

「後藤。板倉どのと小笠原どのに、くれぐれも不義理のお詫びを申し上げてくれ。互いの無事を祈っていると。それから成瀬は」

定敬はそこで声を詰まらせた。

「成瀬は、みなに伝えてくれ。不甲斐《ふがい》ない主君を、どうか許してほしい。必ず、また会おうと」

「なんともったいなきことを」

成瀬はそう言いながら涙をぼろぼろとこぼし、「これで心置きなく戦えます」と答えた。

――戦えます……か。

新撰組にいる家中の者たちは、最後までこの蝦夷地で戦い続けるのだろうか。

――なぜ。なぜこうなったのだ。

一睡もせぬまま、夜が更けた。

まだ明けやらぬ薄闇の中を、四人はそっと港へと向かった。

同四月十三日早朝　箱館港

箱館山の向こうの空がようやく白々と明るくなる頃、定敬主従四人を乗せたアメリカの帆前船《ほまえせん》は箱館を静かに離れていった。

水平線の向こうに蝦夷地が遠ざかり、姿を消すと、孫八郎は心の底から安堵した。順調にいけば、他へは寄らずに横浜へ向かうと聞いていたからだ。

ところが、実際にはそうはいかなかった。十五日夜になると風がぴたりと止み、船はほとんど進まない。空には雲一つなく、煌々《こうこう》と照らす満月が恨めしい。

十六日の夕方になってようやく風が吹き始め、船はいったん鍬ヶ崎《くわがさき》へと入った。

翌日も風はなく、そのまま碇泊となった。出航できたのは十八日の朝で、それからなんとか、十九日には金華山《きんかざん》沖を通過したが、今度は強い南風と大雨で三日ほど滞留した。

二十三日になると、一転風向きが変わり、船は速度を上げて銚子《ちょうし》を越え、房州《ぼうしゅう》沖へ出た。

——もうすぐだ。

孫八郎は意を決した。

「殿。横浜が近づいて参りましたので、この酒井の首を殿に差し出す覚悟で、お願いを申し上げます」

船室で二人きりになったところで、平伏してこう切り出す。

「出頭して、恭順を表明せよ。そう言うのだな」

定敬がゆっくりと一語一語、絞り出した。

「まず、某が東京の尾張藩邸へ先行いたしまして、お迎えの支度をいたします」

「迎えか……。尾張藩の者が来るのだな」

それは囚われるということだと、もちろん互いに承知の上だ。

「尾張藩邸へお入りになったのち、新政府の者から、〝なにゆえ蝦夷までおいでになった〟と問われましたら、〝家中の者に担ぎ上げられてどうしようもなかった〟とお答えくださいますよう」

ここが最も肝要なところだ。自らは首謀者ではなかったのだと、どうあっても述べ通していただかなければ。

「なに……」

主君の顔を、孫八郎はまともに見ることができぬ。

されど、これだけはどうしても言わなければ。これだけは。

「お願いでございます。どうしても、そうお答えください。桑名に残っている者たちのためでございます」

主従の静寂《しじま》に、波と風の音がえんえんと波紋を描き続けていた。

同四月二十六日夕刻　横浜港

一行はようやく横浜へと降り立った。

孫八郎は、「殿を目立たぬように宿へご案内してくれ」と寅吉と松岡に頼み、自分は脇村《わきむら》にある尾張藩の屯所《とんしょ》へと向かった。

――いかん、降ってきたな。

朝から晴れたり曇ったり、あやしい空模様だったが、あと少しで屯所というところで、雨脚が激しくなってきた。

不思議なものだ。箱館では雪も雨もものともしない道中が続いたのに、横浜だと思うと、この程度の初夏の夕立に舌打ちをしてしまう。

――まだまだ、気を引き締めていかねば。

「桑名藩惣宰酒井孫八郎、復命いたしますとお伝えください」

屯所へ駆け込むと、詰めていた尾張藩士が驚いた様子で奥へ走って行く。

「こちらへどうぞ。書状の作成をお願いします」

第一報の書状を作り終えると、「こちらは明日のうちに東京の藩邸へ届けます。今日はもう遅いですし、こんな雨ですから、お泊まりを」と宿直《とのい》部屋らしき一室に案内された。

揺れない寝床で眠るのは何日ぶりだろう。孫八郎はすぐに眠りに落ちた。

翌朝目覚めると、まだ雨は残っていたものの、ともかくも戻らねばと、雨具を借りて、定敬が泊まっているはずの宿へと向かった。

「その方々ならお泊まりですが、でも今どなたもいませんよ」

打ち合わせどおりの偽名を伝え、宿の者に案内されたが、わずかに松岡のものらしき荷物があるばかりで、人の姿がない。

――まさか。

あわてて表へ走り出す。

「酒井さま！」

「松岡。まさか」

「今朝から、殿と寅吉の姿が見えないのです」

「なんだと」

雨がまだしょぼしょぼと降り続いている。

日暮れまで、孫八郎と松岡は必死にあたりを探し回ったが、二人の行方はまるで手がかりがない。

入れ違いに宿へ戻ってくるのではないかと、はかない望みをかけてみたが、夜中になっても二人は姿を見せなかった。

「申し訳ありませぬ。某の落ち度です。かくなる上は」

刀に手を掛けようとした松岡を、孫八郎は厳しい声で止めた。

「そなたが腹を切ってもなんの解決にもならぬ。せめて智恵を出せ」

平伏するその背を本当は蹴り飛ばしたいのを懸命に堪える。

——やはり、昨夜のうちに無理にでも戻ってくるのだった。

殿。なぜ。今、どこに。

胸の内の叫びが、空しく雨の闇夜に吸い込まれていった。

八　彷徨上海

明治二年（一八六九）四月二十六日深夜　横浜港

……なにゆえ蝦夷地までおいでになったかと問われましたら。

耳の奥深くに、酒井の声がこびりついて離れない。

なぜこうなったのか。

十四歳で養子に来てから十年。

大名として、幕臣として、江戸でも京でも、父の教えどおり、誠実に力を尽くしてきたつもりだ。

密かに心を惹かれた女。その間に生まれた子ども。それらと引き裂かれても、己のつとめ、立場のために諦めてきた。

おひさに会いたい。亀吉の顔が見たい。

それでも、わが身のふるまい如何《いかん》で、わが家中が路頭に迷うというなら、もはやどうにもならぬ。

糸結ぶ　箏柱《ことじ》は世々にかはるとも　はるかに待たむ　君の真実《まこと》を

君の真実を——おひさはそう詠んできた。戻って欲しいでも、逃げて欲しいでもなく、定敬の選ぶ道を信じている——そういう思いを伝えてくれたのだと思った。

箱館を出るためにあれほど苦労して、挙げ句たどり着いたのがこの横浜だというなら、もはや選ぶ道はひとつ。潔く、すべては自ら選びとった道だと認めて、切腹するのみだ。

そう決めて降りた船であったのに。

……家中の者に担ぎ上げられてどうしようもなかったと。

違う。そうではない。

決して、そうではない。

箱館からの帆船の中で、横浜へ着けば己の命は尽きるのだと、改めて覚悟を決めてきた定敬にとって、酒井の言葉はあまりにも、あまりにも、心外だった。

酒井はこうも言った。

「ともかく、殿がおん自ら進んで新政府に反抗したのではないと、述べていただかなくてはなりません」

「なにゆえだ」

いつもそつのないこの重臣は、いつも慎重に言葉を選ぶ。

「そうでないと、桑名藩が取り潰されてしまいます。殿は今……」

「余が、今、朝敵だからか」

だから、罪を認めて死のうと言っているではないか。それも許されぬのか。

酒井はそれには正面から答えず、言葉を重ねた。

「なんとしても、殿は御身の罪を少しでも減じるように述べていただきたいのです。そうして、できるだけ、死罪にならぬように。会津中将さまが永預《えいあずけ》になっている先例もございます。それが、国許で謹慎を続けている者たちの命を、暮らしを救います。どうか」

――なにゆえ蝦夷地へ。

どうしてもその問いに、そう答えねばならぬのか。

人目を避けた宿の一室。定敬は暗闇の中、襖一枚隔てた隣室の気配を探った。

松岡も金子屋も、よく寝ているようだ。

夜が明ければ、尾張藩邸へ囚われの身となり、己の「罪」を家臣になすりつけなければならない。

ふと、耳に別の声が蘇ってきた。

……こうなったのは、そもそもそなたらのせいであろう。

昨年の一月、徳川慶喜から投げつけられた言葉だ。

慶喜はすでに駿河に退き、徳川宗家の家督は田安家の亀之助改め家達が養子となって継いでいると酒井は言っていた。

下の者に罪をなすりつけ、上にある者は何もなかったかのように生き延びる。そうすることで、全体が延命する。

自分の生きてきた幕府、大名……武家の家というのは、さような仕組みだったということだろうか。

そう思い至ると、定敬は急に、何もかもを放り出したい衝動にかられた。

――もうどうなっても知るものか。

もうこれ以上、何も考えたくない。

好き好《この》んで、選んで大名家に生まれてきたわけではない。桑名に養子に来たのも、自分の意思ではない。たまたま、そうなっただけだ。

――そうか。そういうことか。

生まれに従い、家に従い、命に従い。

これまで何一つ、自ら選び取ったことなどないのだ。

思わずふらふらと廊下へ出る。

玄関の戸口はたやすく開いた。月はなく、海を漂う船の灯りだけがぽつぽつと見える。

人気《ひとけ》のない暗い海。桟橋のあたりには、小舟がいくつも舫《もや》われている。

――横浜からでは、極楽へも補陀落《ふだらく》へも、行かれまいな。

那智《なち》の沖から浄土を目指して漕ぎだした平家の落人《おちうど》は、確か小松中将、美男で名高い維盛《これもり》だ。

この桑名中将ではおよそ似ても似つかぬが、まあ良いだろう。勘弁してくれ。

苦笑とともに涙がこぼれる。

できるだけ小さな舟を選んで乗り込み、杭に結ばれていた舫い綱を解き、置いてあった櫂《かい》でぐっと杭を押してみる。

ゆらゆらと波に乗り、舟は次第に岸を離れていく。

櫂を自分で使ったことはないが、何度もこうした舟には乗ってきたから、漕ぎようは分かる。

遠く、遠く、力の尽きるまでひたすらに漕いで、岸から離れていく。

「流転三界中《さんがい》　恩愛不能断《おんないふのうだん》　棄恩入無為《きおんにゅうむい》　真実報恩者……」

ふと口をついて出たのは、維盛も唱えたという偈《げ》だった。開陽丸に乗ると決めた折、定敬もこれを唱えて髻《もとどり》を切ったのだ。

――浄土か……。

戦死したという幾人もの家臣たち。自らの命で暗殺させた吉村。あまたの顔が目に浮かぶ。

――浄土へは行かれまい。

待つのは地獄か。それでも、今のこの世より酷い地獄があるだろうか。

――ここらで良かろう。

櫂を手から放し、舟縁《ふなべり》から身を乗り出す。

波紋が、闇夜の海に広がった。

同五月二日　長崎沖

「Hey, Taro. Clean this room.」

「Yes.」

「And, do the laundry, after.」

「Yes.」

「Don't waste water.」

最後のはなんと言われたかよく分からない。多分、水を大事に使えとかなんとか言ったのだろう。この間、肌の色の濃い、おそらく雑役夫の頭らしい男にずいぶん、激しい身振りと手振りで怒られたから。

「よう。だいぶこき使われてるようだな」

船内を掃除していると、日本語で声を掛けられた。通詞の平松正次郎《しょうじろう》は、太郎をのぞけば、この船に乗るただ一人の日本人だ。

「明日には長崎の港に入るみたいだが、上陸しないのかい。なんなら、キャプテンに言って、許しをもらってやるけど」

太郎は黙って首を横に振った。

――陸に上がって、万一見とがめられたら。

そう思うと身体に震えが来る。

平松は訝しそうに、じろじろと太郎――こと、定敬の顔を見た。

――疑われているのだろうか。

気をつけてきたつもりだったが。

定敬は、これまでのことを思い返してみた。

海に落ち、もがき苦しみ——その後の記憶はまったくない。

目を開けた時、燃えるような赤い髪をした大男がこちらをのぞき込んだのを見て、「地獄へ来たのか」と思ったのだが、そうではなかったらしい。

「おまえさん、日本人か」

大男の隣には、黒髪を散切りにした洋装の小柄な男がいた。それが平松だった。

「はい……」

「名前は。どこの出だ」

定敬は力なく首を横に振った。このときは、ただただ身体中が重くて何も考えられず、声を出すのも億劫《おっくう》だったのだが、今思えばうかつに答えなくて幸いだった。

「だんまりか……しょうがないな。じゃあ、なぜあんな小さな舟で……って聞いても、答えるわけないか」

平松が言うには、定敬は小舟の板切れにしがみつくようにして気を失ったまま、波間を漂っていたのを、甲板から遠眼鏡《とおめがね》をのぞいていたこの船の乗組員がたまたま見つけて、助けたのだという。横浜を出航してすぐのことだったらしい。

話しかけても反応はないが、息はまだあったので、そのまま船内で寝かされていたというわけだった。

その後、平松は西洋人としばらく何かしゃべっていたが、やがてもう一度定敬に向かって言った。

「この船は上海行きなんだ。もうじき兵庫に入って、そのあと長崎に寄るんだが、おまえさん、兵庫で降りるかい？」

兵庫と聞いて、定敬は震え上がり、懸命に首を横に振った。

薩長の軍艦がうようよしているに違いない。新政府に近しい者たちがきっと大勢いるはずだ。こちらの顔を覚えている者もいるだろう。

こんな有様でいきなり新政府に捕らえられてはたまらない。

――今、上海と言ったな。

必死で声を振り絞った。

「上海まで、乗せてくれないか」

自分の声とも思えないほど、かすれてしゃがれた声だった。平松は怪訝《けげん》そうな顔をしたが、また西洋人の方を向いてしゃべりだした。

――頼む。兵庫なんかで降ろさないでくれ。

その時ようやく、定敬は自分の置かれた状況が真に腑に落ちたのだった。横になったまま、目尻にじわっと伝うものがあった。

――死ぬこともできなかったとは。

情けなさに堪えかねて目を閉じると、平松の声がした。

「船医の話じゃ、もう二、三日もしたら身体は戻るだろうと言うんだ。ちょうど下働きの手が足りなくて困っていたところだ。働くなら上海まで乗せても良いと、キャプテンは言っている」

一も二もなくうなずいて――そして、今である。

くり返しくり返し言いつけられる掃除と洗濯。箱館へ向かう開陽丸に乗る折、榎本から「何事もご自身でできるようにしてください」と言われたのが、かようなところで役に立つとは皮肉だった。柏崎や、会津にいた頃の自分なら、きっとどうして良いかまるっきり分からず、英語で浴びる罵倒はもっと激しいものだったろう。

「Taro!」

誰かがまた呼んでいる。今度はどこの掃除だ。

呼び名がないと不自由だというので、とりあえず「Taro」と――定敬が自ら名乗ったのではない、キャプテンが勝手に付けたのだ――呼ばれ、もうそれで良いと思っている。

――三千歳《みちとせ》の桃は。

仙台へ向かう途中の桃、いや、それ以上に懐かしいのは、江戸へ届けられたおひさの干し柿の甘味だが、もはやそれは届かぬ味だ。

――亀吉は、朝敵の子と言われるのか。

高須藩はすぐに尾張藩に従ったから、竹佐の地はきっと無事だろう。ただ、二人に生涯肩身の狭い思いをさせるのかと思うと、無念である。

モップ――西洋の掃除道具だ。日本の箒《ほうき》と雑巾《ぞうきん》を兼ねたような道具である――を持って声のした方へ移動しようとして、平松がまた声を掛けてきた。

「本当に、長崎で降りなくていいんだな」

「ええ。ずっと船の中にいるつもりだから」

「おまえさん、まさか……。脱走兵じゃないだろうな」

定敬は黙って首を傾《かし》げて見せた。

聞き取れない言葉ばかり飛び交う船内で、日本語で話せる平松はありがたい存在だったが、うっかりこちらの事情を話せば、どんなことになるか分からない。

都合の悪い時、しゃべりたくない時、こうしてどうにかごまかす。分からない、忘れた、しゃべりたくない……、どう受け取られてもいいように。

「まあ、いいや。好きにするがいい。こっちも、面倒に巻き込まれても困るしな」

同五月三日　長崎港

やがて船は長崎を出航し、上海へ向かった。

平松の話では、この船は郵便船《メイルシップ》で、主な業務は手紙や荷物を運ぶことだそうだが、長崎では日本人の商人が何人か乗り込んできた。思わず姿を隠したくなったが、ありがたいことに、黙々と掃除をする定敬に目を留める者はいなかった。

「箱館はいよいよいくさになるらしいな」

船が長崎を出た翌日、商人たちが話している中に、「箱館」という地名が聞こえて、つい耳がそばだってしまった。

「まあ、あの残党には勝ち目はあるまい」

「どうだろう。榎本さまって方は、お人柄は悪くないって、江戸の商人たちは言ってたが」

「しかし、どのみちはじめから勝負はあったようなもんだろう。将軍さまがさっさと白旗揚げちまったんだから」

「そうだよな。気の毒に、会津中将さまは籠城の果てに討ち死にしたって言うじゃないか」

「桑名中将さまは箱館にいるっていう噂だったが、あれは嘘らしいぞ」

「へえ、じゃあどうしているんだ」

「どうもな、琉球の王様に匿《かくま》われているとか。そのうち薩摩に向けて何かしでかすつもりだろうって噂だ」

「そうなのか。なるほど、会津さまは、桑名さまの実の兄だって言うからな。それくらいするかもしれないな」

「しかし、薩摩や琉球でいくさをされるのは迷惑だぞ。せっかくこれから交易で一旗揚げようって言うのに」

「それもそうだな」

兄の名や自分の名まで出て来た上、それらがいずれも事実とは違うので、定敬はなんともいえぬ気分になった。

琉球王に匿われている――ずいぶん荒唐無稽《こうとうむけい》なと思ったが、実はこの船で雑役《ざつえき》をしているなど、現実の定敬の姿の方がよほど、この者たちには信じられぬだろう。

「Don't be lazy!」

手が止まっていたらしい。罵声が飛んできて、定敬は慌ててモップを動かした。額から腋《わき》から、汗が滲《にじ》み出て流れ落ちる。長崎を出てから、日増しに暑さが厳しくなっている。

朝起きてから夜寝るまで、休みらしい休みはない。長崎で碇泊中は、乗組員たちが上陸していったからもっとゆっくりできるのかと思ったが、掃除や洗濯の代わりに、積み荷の上げ下ろしをひっきりなしにやらされて、結局忙しかった。

毎日の食事は、酸っぱいような塩辛いような、風変わりな味のする菜っ葉が浮いたスープと、甘味がなく目の粗い落雁《らくがん》のような、塊の焼き菓子らしきもの――ビスケと言うらしい――が朝晩に数欠片《かけら》ずつ与えられるだけで、正直ひもじくて仕方なかった。真水は貴重品だというので、乗組員の一人が樽の前で番をしていて、一人あたりに一日与えられる量が決まっているのも、辛いことだった。

掃除の折に覗き見る限りでは、個室を与えられている乗組員たちの食事はもっとずっと豪華そうである。平松は清国人らしいもう一人の通詞と二人部屋だが、おそらく定敬よりは良い食事をしているだろう。

一方、雑役方は大部屋だ。いちおう、一人ずつに寝床があって雑魚寝ではないだけ、ましかもしれない。こちらには、清国人や、西洋人でも肌の色の濃い者が多かった。

この部屋には窓がなく、蒸し暑くてゆっくり眠ることもできないので、みなよく甲板に出てごろごろしている。

定敬も同じように夜の甲板へ出て、ぼんやりと横になる。眼下に広がる海を見て、「もう一度飛び込もうか」との思いが頭の隅をかすめることもなくはないが、恐怖が先に立ち、踏ん切りはつかなかった。

――これが本当の……。

箱館では、身分素性を隠していたと言っても、まわりにいつも誰かいて、自分を何かにつけ「上」に扱ってくれていた。だから、山田屋でも、神明社でも、英学を習っていた池田のところでも、粗略に扱われたことはなかった。榎本に蔑《ないがし》ろにされたと怒りを覚えたことはあったが、それもあくまで「大名ゆえに」疎《うと》まれたのであって、今のような身の上とはまったく違う話だ。

柏崎から会津、米沢、仙台、そして箱館と、ひもじさもわびしさも、じゅうぶん味わいつくしたつもりでいたが、本当に下々の人間として扱われるということは、こういうことなのだと、定敬は改めて思った。

——ともかく、上海で降りてみよう。

あてがあるわけではない。

翌日、海に蕩々《とうとう》と黄色く濁った水が流れ込んでいるのが見えた。

「あれは、揚子江《ようすこう》からの流れだ。あれが見えると上海はもうすぐだ」

甲板の掃除をしながら思わず目を奪われていると、平松がそう教えてくれた。

——揚子江？

「黄色く濁っているのは、黄河《こうが》ではないのか」

百年河清《かせい》を俟《ま》つ、人寿《じんじゆ》幾《いくばく》ぞ——思わずそう呟くと、平松が「おまえ、学があるんだな」と探るような目を向けてきた。

「あ、いや、ちょっと、人に聞いたんだ」

平松はふんというように鼻をうごめかした。

「確かに字を見りゃあそうだが、おれは黄河の流れは見たことがないから本当のところは知らない。ただ、この上海の海に流れ込んで、ああして今目の前で黄色い水を流してるのが揚子江だってことは本当だ」

そう言われてしまえば、うなずくより他はない。

やがて船は河口へと入り、蒸気船に曳航《えいこう》されて遡上《そじょう》していくのだと平松は教えてくれた。

平松の言ったとおり、船は河口から丸二日かけてようやく着岸した。

――すごい。

見渡す限り、岸という岸を埋め尽くして、大船がびっしりと碇泊している。無数に突き出る帆柱はまるで巨大な櫛《くし》の歯だった。

陸地には箱館で見た諸国の領事館と同じような、いや、それよりはるかに豪壮な、西洋風の大きな建物がいくつも見える。

「Unload!」

ぴりぴりとした、呼び子笛のような音とともに、胴間声《どうまごえ》が響いた。

荷下ろしの作業が終わると、雑役方はいったん部屋に戻った。名前を呼ばれ、紙の状袋を渡される。

——給金か。

働いたのは七日間。かような雑役でいったいどれくらいもらえるものか、定敬にはまるで見当もつかない。

銀貨が三十枚ほど入っている。

一枚を取り出してよく見ると、西洋人の横顔が浮き彫りになっていて、裏返すと鳥のような模様の下に「25C」とあるのが読めた。

——確か、二十五セントというのだ。

池田から教わったのを思い出す。アメリカではドルというのが基本の通貨で、確か二十五セントはその四分の一だ。

日本の金でいくらぐらいに当たるのか、それはまったく分からなかった。

——箱館で、自分で買い物をしてみれば良かった。

成瀬や酒井に任せっきりだったことを今更に悔いるが、仕方ない。

定敬は気を取り直して、銀貨を手ぬぐいに包み、下帯に結び付け、その上からズボンをはき直した。

確か家中の者たちも、道中、金子をこうして身につけていた覚えがあった。

——あれは、袴《はかま》だったから良かったのか。

ズボンだとどうにも不格好だが、他の方法も思いつかない。

「本当に降りるんだな。だいじょうぶなのか」

平松が声をかけてきた。

「もっと、英語を教えてやれると良かったんだが」

雑役の合間を縫って、ほんの少しだが言葉を教わったことがあった。

「着た切り雀《すずめ》だろう。これをやるよ」

差し出されたのは、着古されたシャツとズボンだった。両方とも、この手で一度洗濯した覚えがある。

着た切り雀という言葉は初めて聞いたが、どうやら、着替えを持っていないことを心配してくれたようだ。

「それから、これも持っていけ。なくすんじゃないぞ」

渡されたのは、英語で書かれた書状だった。

「おれの弟ってことにして、商用のために来たってことになってる。悪用しないでくれよ」

どう都合したものか、どうやら通行手形のようなものらしい。

「かたじけない」

「世の中、どう変わるのか、変わらないのか、おれには分からんが」

平松は上着のポケットに手を入れて何かを取り出すと、定敬の手に握らせた。

「命を粗末にするなよ。どんなに悪あがきしたって、生きてる方がいいに決まってる」

それだけ言うと、平松は「See you again.」と言って港の雑踏の中へ消えていった。

掌には、金貨が一枚、載っていた。

同五月八日　上海

——どうしようか。

文字どおり、右も左も分からない。きょろきょろしていると、何か大声で怒鳴られた。脇を、一輪車が通っていった。

——ほう。

人を二人乗せ、一人で押している。あれなら馬や駕籠より良いなと思ってさらに見ると、荷物も同じような車で運ばれている。京や江戸で見た大八車《だいはちぐるま》などより小回りも利くだろう。

——ともあれ、少し休みたい。

船での最後の二日間は、水が残り少ないからというので、身体を洗うことも許されなかった。一輪車が数多く行き交うせいか、道も埃《ほこり》っぽく、汗と一緒になってたいそう不快だ。

だが、たいして歩かぬうちに気が変わった。

――空腹を宥《なだ》めるのが先か。

腹は鳴るし、喉も渇いてきた。

手頃に食事のできるところはないかと探しながら、西洋式の建物が建ち並ぶ辺りを歩いていると、まわりからひどく胡散臭《うさんくさ》そうに見られているのに気付いた。露骨に顔を顰《しか》めて「Go away!」「Shit!」と追い払う手真似《てまね》までしてくる者もいる。

――なんだ、無礼な。

追われるままに歩くと、城壁のようなところがあって、その向こうは明らかに東洋人が大勢いた。踏み入ってみると、特にこちらを注視されることもない。

――あそこが良さそうだ。

人々が丸卓を囲んでいるのが見えたので、入っていくと、若い男が入り口に近いところを指で示しながら何か言った。卓の上には、傷だらけで何の金属でできているのか分からない碗と手ぬぐいが置かれた。何をするためのものか分からず、まわりを見回してみると、どうやら碗に入っている湯に手ぬぐいを浸し、手や身体を拭いて良いらしい。

ありがたいと思ってさっそく、手も顔も首筋も拭く。

「ああ……助かる」

ちらりと隣の卓を見ると、どんぶりに入った汁物は、日本の蕎麦《そば》と似ているように見えた。

「あれを……」

こう言いかけると、若い男は何か察したように、一度引っ込み、すぐに紙と矢立《やたて》を持って来た。

「Japanese?」

どうやら日本人と察して筆談を促してきたらしい。定敬は隣を指差しながら「我欲食」と書いた。

やがて運ばれてきたのは、蕎麦ともうどんともつかぬ味わいと歯ごたえの麺だったが、これまでに嗅いだことのない変わった香りと、強めの塩気が利いた汁に何かの獣《けもの》の肉らしきものが浮いていて、たいそう美味だった。

「How much?」

人心地がついてそう尋ねると、この英語は通じたらしく、紙に「30C」と書かれた。

――そうか、アメリカの銀貨がそのまま使えるのだな。

箱館も確か、ドルの使える店が多いと成瀬が言っていたような気がする。

飲み物も何か頼もうと思ったが、「水を飲めば良い」と思い直した。うかつに銭を減らさぬ方が良いだろう。

勘定を終えて店を出ると、またふらふらと歩き出した。狭い路地が果てしなく続き、店がずらりと建ち並んでいる。人々の装束は髪も着類もおおよそ洋装に近い簡易な形だ。ただ時折、日本人の髷《まげ》とは違うが、不思議な形に髪を結っている男が通るのが物珍しい。

――どこか、井戸はないか。

塩気の強い汁を飲み干してしまったせいか、喉が渇いてきた。

――宿はどうすれば良いんだろう。

思えば、自分で宿を探すなど、一度もしたことがない。

漢字は分かるから「宿」とあるところへ入って問えば良かろうと思ったが、歩き続けるうちに考えが変わった。

先ほどの食事が三十セントだったことを思えば、持っている銀貨が決してじゅうぶんとは言えぬことは間違いなさそうである。

――寺か神社なんかを探せば、安価で泊めてくれるところもあるかもしれぬ。

各地を転々とする間に、よく寺で宿を借りていたことを思い出した。

「関帝廟《かんていびょう》か」

人がいっそう群集している先に、広々とした廟堂が見えた。唐土《もろこし》では朝廷が代わっても、蜀漢《しょくかん》の武将、関羽《かんう》が人々から篤い崇敬を得ているのは変わらないと聞いたことがある。

境内には露店や見世物《みせもの》などもあってかなりの賑わいだ。大きな池はずいぶん濁っているが、鯉や亀の姿も見える。

――ああ、あそこに。

池を取り囲む石が、まわりより数段高くなっているところがあって、ちょろちょろと水が流れている。池に水を引き込む口にちがいない。生まれ育った高須の屋敷では、四谷《よつや》の上屋敷でも、角筈《つのはず》の下屋敷でも、ああした池の造作がされていた。

夢中で両手に掬《すく》い受けて、思うさま飲む。生ぬるく、いささか泥臭いが気にもならない。

ごくりごくりと喉を鳴らして、一息吐く。眉を顰めてこちらを見ている者がいたが、素知らぬふりをした。

――ああ、生き返ったようだ。

船の上では飲料水はいつも決められた分しか飲めなかったから、気の済むまで水が飲めるのが何よりだった。

――塩水はもうこりごりだが。

溺れ死にしかけた折のことが、時折、断片的にひょいと頭に蘇ることがある。船の大部屋でうとうとと眠っていて、出し抜けに海の水が腹中へごうごうと乱暴に入ってくる感覚に襲われて悲鳴を上げてしまい、他の者から嫌な顔をされたのを思い出した。

服に飛び散った水滴を手で払い、群集が向かう先へ一緒になって行ってみると、朗々と読経《どきょう》が響き渡っている。日本で聞くのとはまるで違って聞こえるのは、やはり同じ漢字を使っていても読みが違うからか。

読経が済んだら宿を頼んでみようと思い、木陰を見つけてそのまま座り込んだ。大勢の人々が次々に拝んでは去って行く。途中から蟬《せみ》の声が読経に重なった。不思議な抑揚と、じじじ、じじじじと鳴き渡る音が、木漏れ日とともに降り注ぐ。

蟬の声は日本と同じなのを不思議にも当然にも思いながら、周囲の音に身を任せていると、無理矢理胸の底に押し込めていた、行く末への不安が首をもたげる。

――いったい、この先……。

生きていく途などあるのだろうか。

座っている地面で、何かがもぞもぞと這うのが見えた。瀕死の蟬らしい。

蟬は成長するまで何年も地中で過ごすが、成虫になって地上に出ると、ほんの数日で死んでしまうと教えてくれたのは、確か父だった。

——父上。

もはや葵《あおい》は。

読経が途切れた。

目に滲むもの、胸にこみ上げるものを必死に堪《こら》えて、僧侶の一人に近づこうとした。

「あの……」

「呆在那《ダイヅァイナア》里《リ》会碍事《フウイアイシー》」

「躲開《ドウオカイ》！」

法衣《ほうえ》を着た寺男風の者たちがこちらへ向かって突進してきた。

「なんだと！」

思わず叫び声を上げていた。

清の言葉なのだろうが、「どけ」と罵られたとしか思えなかった。

竹箒が定敬の身体に押しつけられ、どんと一撃された。

「痛！」

地面に転がされるのを、大勢の人たちが遠巻きに見ながら、何か口々に言っている。言葉は分からないが、指を差している者もいて、嘲笑されている気しかしなかった。

——無礼な。

いたたまれず、走り出す。

人気のない方へ、ない方へと走って、庭園のようなところへ迷い込んだ時、得体の知れぬ、これまで味わったことのない嫌な感じが、胸の内からこみ上げてきた。

「ぐぇ……」

堪えきれず、思わず吐き出すと、地面の上に先ほど食べた獣の肉の欠片らしいものを見つけて、もう一度嘔吐《えず》きが襲ってきた。

歩く気力もなくなって、木の根元へそのまま倒れ込んだ。胃の腑から次々とこみ上げるものがあったが、それはもはや黄色い水だけだった。

木漏れ日を避けてのたうちまわりながら、どれほど経っただろうか。今度は下腹に強い痛みが差し込んできた。慌ててズボンを下ろす。

——だめだ。もう。

何度も何度も、痛みと強い便意に悩まされ、頭が朦朧《もうろう》とする。

——死ぬんだ、今度こそ。

かように酷《ひど》く無様《ぶざま》な姿で。

本当の死とは、本当に無様なものらしい。

定敬は心底、横浜の海で溺れ死ねなかった自分を呪った。


――ああ、なんだ。

美しい音色が聞こえる。

――おひさの箏《そう》……。いや、違うな。

聞いたことのない、風を幾重にもはらんだような不思議な楽の音《ね》が、いくつも同時に聞こえてきていた。

――地獄じゃないのか。

浄土へでも行かせてくれるのか。

楽の音に合わせて、今度は人の声が何か歌っている。

――天人か。

涙が溢れてくる。

「キ、ツキマシタカ」

白髪の老婆。鬼婆か。

浄土へ行かせてくれるんじゃなかったのか。それともまさか、また横浜の沖からやり直しなのか。

それはもう本当に、御免被《ごめんこうむ》る。勘弁してくれ。

「Oh, ネタママデ、イイデス」

銀色の産毛《うぶげ》の生えた皺だらけの手が、定敬の額に軽く乗せられた。

「Is this the person you are looking for?」

見覚えのある顔がこちらをのぞき込んでいる。

「殿！　Yes! I've been looking for him. Thank you.」

男は定敬の手を取った。隣で鬼婆が「It's a miracle!」と叫んだ。

──おや、確かこの顔は。

「殿。よく、よくぞご無事で。手前のことが分かりますか」

──知っている。この男。

でも、なぜ。なぜ、ここに。

「良かった、まさか……。まさか見つけられるなんて。手前は運が良い」

名を口に出せぬまま、定敬はもう一度眠りに落ちていった。


もう一度目が覚めて、定敬はようやく、自分がどこにいるのか、どうなっているのかを知ることができた。

「ここは、キリシタンの廟堂なのか」

「そうです、キリシタンの尼さんの教会です。アメリカのキリシタンは布教に熱心で、医術を施す教会も多く、行き倒れの面倒なんかもよく見ると聞いたものですから」

行き倒れと言ってしまって、寅吉ははっとしたようだった。無礼な言い方だと思ったのだろう。だが、定敬はまさに行き倒れだったのだから、仕方あるまい。

あの音色が聞こえてきた。天人の楽ではなかったらしい。オルガンという楽器だそうですよと寅吉は教えてくれた。

「身体が弱っているのに、食べ慣れない食事や生水を摂《と》ったせいだろうと、耶蘇《やそ》の尼さんが言ってました。ここの尼さんたちが見つけるのがもう少し遅かったら、死んでいたかもしれないと」

耶蘇の尼さん。あの鬼婆のことか。

「それにしても。よく私の居場所が分かったものだ」

己でも分からないものを、こうして探し出してくれたとは。

「平松に聞いたのですよ」

「知り合いなのか」

「ええ。商用に役に立つ、有能な通詞はそんなに大勢いませんからね」

寅吉によると、上海に来てまず、手がかりを求めてアメリカの会所へ行くと、平松が居合わせたので、「こういう日本人をどこかで見なかったか」と、定敬の年回りや背格好、顔立ちの特徴などを話して尋ねたのだという。

「驚きましたよ。助けられたアメリカの船で雑役をしていたなんて。本当に、無茶なお殿さまだ。酒井さまが聞いたら、なんと言われるか」

　寅吉はそれからあちこちで聞いてまわり、関帝廟に闖入《ちんにゅう》しようとした日本人がいたらしいという噂を聞きつけ、さらに探してこの教会にたどり着いたのだと話した。

「殿さま。帰りましょう。手はずは手前が万端、整えますから」

　帰る。何のために。

　そうか。恭順するためにだ。

　またそこへ、戻るのか。

　それしか、ないのか――。

「分かった。しかし……。よくよく、みっともないな。ひどい悪あがきと、さぞみなから嗤《わら》われるのだろう」

　なぜ。なぜこうなったのだろう。

「みっともなくなんか、ありませんよ」

　寅吉はぼそっと呟いた。

「いや、違う……。みっともないです。みっともないですけど……。でも、みっともなくて、それで良いじゃありませんか」

寅吉の顔の向こうに、色とりどりの模様が光に透けて見える。

「人が生きるってのは、そもそも悪あがき。そもそも、みっともないことなんじゃありませんか」

「そういうものか」

「ええ。きっと」

オルガンの音が高く低く、身体に染みていく。

「潔いとか、粋だとか、そんなのは、後から他人が決めることです。必死で生きてる当人は、いつだってみっともなくて、それでいいんじゃありませんか」

みっともなくて、それでいい。

定敬はようやく、本当に、出頭する覚悟ができた気がした。

結　流転の果て

明治二年（一八六九）五月十八日　横浜野毛《のげ》

――もう、二十日になる。

猶予は、あと十日しかない。

酒井孫八郎は、尾張藩の小人目付《こびとめつけ》らに監視されながら、野毛にある三浦屋《みうらや》という宿で、寅吉の帰りを待っていた。

尾張藩との密約では、寅吉に許された捜索の期間は一ヶ月。もしその間に寅吉が戻らぬ場合は、「定敬は病死した」と新政府に届け出て、改めて桑名藩存続の嘆願書を出し直すことになっている。

「問題は、亡骸《なきがら》なしでの病死届が認められるかどうかですが」

小人目付の一人、家田為蔵《いえだためぞう》は渋面を作って考え込んだ。

従来の徳川幕府と大名との関係なら、当主の急死にあたり、ことさらに亡骸を改めるのはよほどのことだ。しかしこたび、新政府がどう言ってくるかは測りかねる上、今の桑名藩の置かれた立場が「よほどのこと」に相当するのは間違いない。

箱館ではすでに新政府が五稜郭への総攻撃を開始していると聞く。榎本軍の脱走兵の扱いについては厳しい沙汰が出ていて、それこそ、蝦夷の果ての果てか、異国へでも逃げない限りはことごとく捕まるだろう。

箱館で不義理に別れて以来、板倉勝静と小笠原長行の行方も分からない。

三公が行方不明であることは極秘とされているのに、どこから何が漏れたのか、「老中の板倉どのはプロシアに」、「小笠原どのはアメリカに」、などの流言が飛び交っている。

とりわけ、「桑名中将どのが琉球の手を借りて薩摩に報復を企《くわだ》てている」という噂はもっとも頻繁に、かつ、まことしやかに流れているらしく、亡骸を新政府の役人に示すことなく病死を届けるのは難しいだろうと、尾張藩からは言われている。

——その場合は。

自分が身代わりになろうと、孫八郎は密かに心を決めていた。

幸い、自分と定敬とは歳も背格好もほぼ同じだ。毒をあおって死に、その後、面相を何らかの形でわかりにくくすれば、十分、定敬の亡骸として通じるのではなかろうか。

一ヶ月経っても寅吉が戻らぬ場合は、もはやそれしか途はない。

――りく。千之介。

死ぬ前に一目、会えぬものだろうか。

「酒井さま。あまり悪い方へばかり物事をお考えになっていると、できることもできなくなってしまいますぞ」

相変わらず、伝之丞は察しが良い。

一足先に箱館から東京に戻っていた伝之丞は、孫八郎の名代として、動揺する藩邸を鎮めたり、奥州から戻ってくる藩士たちに応対したりと、奔走してくれた。兄であるもう一人の惣宰《そうさい》、服部半蔵が、昨年九月に庄内で降伏し、その後は庄内藩の監視のもと、桑名に帰国して、現在は城下の十念寺《じゅうねんじ》で謹慎中であることを、孫八郎は伝之丞から伝えられていた。

――兄上が戻ったなら。

転戦の末に庄内から戻った兄の心中は察するに余りあるものの、惣宰が一人でも戻れば、国許で謹慎を続ける者たちは、きっと心強いだろう。

それだけは、いくらかほっとできる知らせではあった。

「酒井さま。金子屋を信じましょう。運の強そうな男ですし」

「あ、ああ、そうだな」

　正直、定敬が横浜から姿を消してしまった時、孫八郎は寅吉が何か企んでいるのではと疑ったのだった。

　しかし、実はそうではなく、むしろ松岡より先に、定敬が宿を抜け出していったのに気付いて、港のそこここを捜し回ってくれていたことが、あとで分かった。

「小舟で海へ出て溺れてしまったならどこかで亡骸が上がるでしょうが、もしそうでないなら、本当に上海まで行っているかもしれません――小舟が一艘無くなっていたことを聞き込んだ寅吉は、そう言って、最後の望みを背負って、捜しに行ってくれていた。あの日に横浜から出航したのが、上海行き、アメリカ国籍の郵便船であることも、寅吉が調べてくれたことだった。

「なぜ、そこまでしてくれるのか」――上海行きの船に寅吉が乗る前、孫八郎は思わずそう尋ねた。商売の利権云々《うんぬん》だけでは、到底その骨折りの熱意を理解できなかったからである。

「どうしても、それをお尋ねになりますか」

　寅吉は笑った。

「実は手前、渡部さまに大恩があるのです」

「渡部」

「はい。柏崎陣屋の」

渡部平太夫のことらしいと気付くまでに、少し間があった。

「幼い頃に、渡部さまに命を助けられました。冷たい雪解け水がごうごうと流れる川に落ちましてね。もしあのとき渡部さまがいらっしゃらなかったら、手前は死んでいたでしょう」

父親が入水《じゆすい》自殺を図り、道連れにされそうになったのだと、寅吉はぼそりと付け加えた。

飄々《ひょうひょう》と動き、心底をあまり見せない寅吉の意外な闇を垣間見て、孫八郎は言葉を失った。

「渡部さまは手前に、おっしゃったのです。〝悪いことをしてはいけないが、悪あがきならいくらでもしたら良い。どんなことがあっても、どんなことをしても生きよ〟と」

渡部らをはじめとする柏崎詰めの者たちは、ほとんどがそのまま柏崎で降伏し、やはり近くの寺で謹慎させられていたが、去年の八月には桑名へ護送されたはずだ。今もおそらく、城下の寺で謹慎の身だろう。

「実はその渡部さまから、手前に手紙が届きましてね。自分たち、柏崎詰めだった者たちは、殿に従う道を選ばなかった。選べなかった。それはきっと、生涯の悔いになる」

生涯の悔い。ずしりと、孫八郎の腹にも響く言葉である。

「今、桑名藩士は思うように動くことができない。なんとか、桑名藩が存続できるよう、そなたの手を貸して欲しいと。小さな字でびっしり、そう書かれていました」

――そうだったのか。

武士でなくとも、義も恩もある。

そもそも孫八郎が箱館まで行くことができたのは、勾当《こうとう》の相村保寿《すぎむらやすとし》がかき集めてくれた城下の商人たちの〝志〟のおかげだった。

――寅吉。無事に戻ってきてくれ。

できれば、なおかつ、殿を連れて。

尾張藩の屯所からは、近隣で男の溺死体が上がったと知らせが入ると、定敬かどうかを確かめるよう孫八郎に命じてくる。これまでに二体、ぶくぶくに水を吸った亡骸を見せられたが、いずれも幸い、定敬とは似ても似つかなかった。

ただ、「似ている亡骸があったらそれを届け出に使ってもいいのではないか」と尾張藩の方では考えているらしい。孫八郎としては、主君の生死を弄《もてあそ》んでいるようで、なんともやりきれない。

かような存念を胸に沈めながら、ひたすら待つ一日は長い。

国許への書状や、尾張藩に諸方、仲介を頼むための書状の作成など、あれこれと仕事をして気を紛らわせていると、ようやく日が傾いてくる。

——今日も、なんの成果もないか。

ため息を深々と吐いた時だった。

「酒井どの」

小人目付が息せき切って廊下を走ってきた。

「金子屋が戻りましたぞ」

「おお」

後ろから、洋装の男が姿を見せた。

「酒井さま。お喜びください。殿は無事です」

「そうか。そうか」

「今、アメリカのメイルシップにおいでになります。どうか、すぐにお迎えを」

「分かった」

同五月十八日夕刻　横浜港

港から苫舟《とまぶね》が一艘、夕日の橙《だいだい》に染まる沖へ漕ぎだしていった。乗っているのは、酒井孫八郎と生駒伝之丞、そして金子屋寅吉である。

やがて舟は、碇泊していたアメリカの蒸気船コステリカ号に近づき、孫八郎と寅吉の二人が船上へ乗り込んだ。

「お帰りなさいませ」

「ご無事でなによりでございました」

定敬は椅子に腰掛けて、静かに二人を待っていた。

「うむ。出迎え、ご苦労である」

日に灼《や》け、頰がそげ落ちてはいたが、幸い、目には深く静かな色が湛《たた》えられていた。

「……済まなかった」

主君はぼそっとそう言って孫八郎の顔を見つめた。

余計なことは言うまい。何も聞くまい。

戻ってくれただけで、じゅうぶんだ。

やがて苫舟は、月明かりの中を桟橋へとたどり着いた。

八月十五日　東京　その後――。

松平定敬には永預の処分が下され、身柄は津藩邸に移された。

桑名藩は、石高を十一万石から六万石へと減らされた上で、存続を許され、万之助が当主となった。

明治五年（一八七二）正月六日に恩赦によって処分を解かれた定敬は、三月、平民身分への転籍を願い出たが受理されなかった。その後は生涯、戊辰《ぼしん》戦争の死者の供養のため、各地を訪れ、祈念碑の建立《こんりゅう》や法要に心を尽くした。

明治二十七年（一八九四）には、前年に病没した兄・容保の後を継いで第八代日光東照宮宮司《ぐうじ》に就任した。

没年は明治四十一年（一九〇八）。六十三年の生涯であった。

なお、酒井孫八郎朝雄《ともかつ》は、桑名藩（のちに桑名県）の大参事（副知事相当）に選任されるが、明治五年の桑名県廃止により辞任。その後は東京で宮内省職員、検察官などを歴任したのち、明治十二年（一八七九）に三十五歳で没している。

〈了〉

◎主要参考文献

「酒井孫八郎日記」東京大学史料編纂所
「服部正義日記」東京大学史料編纂所
「椙村保寿談話筆記」東京大学史料編纂所
「泣血録」中村武雄著、江間政発編／刊
「艱難実録」（『岡山県史　26』所収）岡山県
『柏崎市史資料集　近現代篇1』柏崎市史編さん室
『小笠原壱岐守長行』小笠原壱岐守長行編纂会
『桑名市史』桑名市教育委員会
『海津町史』海津町
『松平定敬のすべて』新人物往来社
『高須四兄弟』新宿区立新宿歴史博物館
『桑名藩史料集成』桑名市教育委員会
『幕末維新と桑名藩』桑名市博物館
『京都所司代　松平定敬』桑名市博物館
『徳川慶勝　知られざる写真家大名の生涯』徳川美術館
水谷憲二『戊辰戦争と「朝敵」藩』八木書店
水谷憲二『「朝敵」から見た戊辰戦争』洋泉社

郡義武『桑名藩戊辰戦記』新人物往来社
野口武彦『慶喜のカリスマ』講談社
家近良樹『徳川慶喜』人物叢書　吉川弘文館
荒川秀俊編『近世漂流記集』法政大学出版局
『米欧回覧実記　5』慶應義塾大学出版会
『幕末明治中国見聞録集成　2』ゆまに書房
宮永孝『高杉晋作の上海報告』新人物往来社
宮崎十三八編『会津戊辰戦争史料集』新人物往来社
菊地明・伊東成郎編『新選組史料大全』KADOKAWA
宮崎まゆみ『箏と箏曲を知る事典』東京堂出版
宮地正人『土方歳三と榎本武揚』日本史リブレット人68　山川出版社
原史彦『江戸の大名屋敷』洋泉社
『日本漢詩集』新編日本古典文学全集86　小学館
西羽晃『幕末・維新の桑名藩シリーズ』みえきた市民活動センター　web連載

なお、一部史料の理解につきましては、藤田英昭氏（徳川林政史研究所）、水谷容子氏（海津市歴史民俗資料館）、佐藤文宗氏（丸善）、雨宮由希夫氏よりご助言を賜りました。記して御礼申し上げます。

解説――帰る場所を失った藩主の宿命

大矢博子《おおやひろこ》

やはり『葵《あおい》の残葉《ざんよう》』（文春文庫）の話から始めるべきだろう。

二〇一七年に刊行された『葵の残葉』は幕末を舞台にした美濃高須《みのたかす》藩主・松平家の四兄弟の物語だ。次男・慶勝《よしかつ》は尾張《おわり》徳川家、五男・茂栄《もちはる》は一橋《ひとつばし》徳川家、六男・容保《かたもり》は会津《あいづ》松平家、八男・定敬《さだあき》は桑名《くわな》松平家へと養子に入って、それぞれ当主となった。しかし激しく動く時代に兄弟は翻弄《ほんろう》されていく。

尾張徳川家の慶勝は、徳川御三家筆頭でありながら戊辰《ぼしん》戦争では新政府側についた。一方、会津の容保は京都守護職として、桑名の定敬は京都所司代として、最後まで幕府に殉じた。一橋茂栄は新政府軍相手に幕府関係者救済の嘆願に奔走《ほんそう》した。

血を分けた兄弟がそれぞれ親藩・譜代のリーダーとしての重責を担《にな》い、時には対立することとなったのである。その様子を尾張慶勝を中心に描いた『葵の残葉』

は、新田次郎文学賞と本屋が選ぶ時代小説大賞を受賞、奥山景布子《きょうこ》の代表作となった。単行本・文庫ともに明治になってから撮影された四兄弟揃《そろ》っての写真が収録されており、確かに彼らはそこにいたのだ、あの動乱の中を苦しみながら駆け抜け、こうして再会できたのだと、ため息と共に眺めたものだった。

幕末の動乱は多くの者の人生に影響を与えたが、この四人ほど数奇な運命に弄《もてあそ》ばれた兄弟はいないだろう。

本書『流転の中将』はその姉妹編、いや、文字通り兄弟編にあたる。主人公は桑名藩主にして京都所司代の松平定敬である。

なるほど、定敬か——と唸《うな》った。

幕末を描いた小説やドラマは数多《あまた》あり、その中でも会津藩を襲った悲劇は有名だ。松平容保の名前も広く知られている。だが桑名の定敬を描いたものは少ない。京都所司代という役目についてはいたものの、京都守護職の兄・容保の側にいた弟、という印象しか持っていない人は多いのではないだろうか。

江戸が無血開城したあと、戊辰戦争の戦火は北へと移っていく。アームストロング砲で有名な北越《ほくえつ》戦争。新選組の残党も加わった会津戦争。そして五稜郭《ごりょうかく》での箱《はこ》館《だて》戦争。

それぞれ河井継之助《かわいつぐのすけ》、松平容保や白虎隊《びゃっこたい》、榎本武揚《えのもとたけあき》と土方歳三《ひじかたとしぞう》などなど、その戦いの象徴たる人物がいる。彼らを描いた小説も、これまた多い。では定敬は？

言われてみれば定敬ってそのあとどうしたんだろう――と思った方は、ぜひ本書をお読みいただきたい。幕末の高須四兄弟ではどうしても会津の容保がフィーチャーされがちだが、定敬は決して「京都でお兄ちゃんを支えた弟」というだけの存在ではないのだ。松平定敬という数奇な――四兄弟の中でも輪をかけて数奇な彼の人生が、本書には余す所なく綴《つづ》られている。きっと驚くに違いない。

もちろん、定敬のその後を知っている読者も、本書には新たな見方を提供できるであろうことを告げておかねばならない。それについては後述する。

鳥羽伏見《とばふしみ》の戦いの最中、将軍・慶喜《よしのぶ》が密《ひそ》かに大坂城を脱出する場面から物語は始まる。わけもわからず随行《ずいこう》を命じられた会津の容保と桑名の定敬。江戸に帰るなり慶喜は新政府に恭順《きょうじゅん》し、徳川を守ってきた容保と定敬を恭順に邪魔な存在として遠ざけてしまう。

一方、藩主が江戸に行ってしまった桑名藩も混乱の中にあった。この時期はどの藩も恭順するか、それとも幕府側として戦うかの選択を迫られたが、京都所司代を担った桑名は新政府から敵視されているのは明らか。定敬の留守を任されていた桑名藩の重臣たちは、お家存続が第一と定敬を藩主の座から外《はず》し、幼い後継を立てて恭順を決める。それに納得のいかない一部の藩士は江戸に向かい、定敬に徹底抗戦を望んだ。

つまりこの時点で、定敬には帰る場所がないのだ。

ではどうしたか？

私は先に、北へと移った戊辰戦争の舞台として、北越戦争、会津戦争、箱館戦争を挙げた。そのすべての場所に定敬がいたのである。いやはや、驚くまいことか。いわんやそのあとで上海《シャンハイ》にまで行っていたことをや！

だが——定敬が「いた」と書いた。「戦った」ではない。桑名の義を通すため、彼に戦う気持ちはあった。しかし前述のどの場所でも、定敬は戦うことができなかった。それはなぜなのかは本書でお読みいただきたいが、新潟から会津へ、会津から米沢《よねざわ》、仙台を経て北海道へ、そのどこにあっても彼はさまざまな理由で戦いから遠ざけられたのである。

帝《みかど》と幕府のために誠心誠意尽くしてきた自分が、なぜ朝敵と呼ばれなくてはならないのか。その悔しさを胸に秘め、国許《くにもと》にも幕府にも、さらには新政府軍と戦う藩の中にも居場所をなくした定敬はわずかな家臣を伴い、流浪《るろう》するのだ。

義を通すのなら戦う。だが戦う場所がない。

藩のためを思うのなら恭順する。だがそうすれば脱藩までして彼についてきた家臣たちはどうなる。そもそも自分は新政府軍に謝罪することなど何もしていないではないか。

戦うでもなく、投降するでもなく、ただ彷徨《さまよ》う定敬。

なんと悲しい運命だろう。なんと激しい宿命だろう。

彼の懊悩《おうのう》を、迷いを、その引き裂かれるような慟哭《どうこく》を、どうかじっくり味わっていただきたい。こんな藩主がいたのだ。それを伝えてくれた奥山景布子にお礼を言いたい。

しかし、話はここで終わらない。

これだけでも悲運の藩主の物語として圧巻なのだが、本書の最大の読みどころはもうひとりの主人公の存在にある。桑名藩の国家老に相当する御勝手《おかって》惣宰《そうさい》を務める酒井《さかい》孫八郎《まごはちろう》だ。彼の視点を通して桑名藩側の事情が綴られる。むしろこれこそが本書ならではの特徴と言っていい。

薩長が錦《にしき》の御旗《みはた》を掲《かか》げて官軍となったこと、藩主・定敬はどうやら将軍とともに江戸に向かったらしいことが知らされた桑名藩は、抗戦か恭順かで藩論が二分する。だが相手が「官軍」である以上、戦えば桑名藩は朝敵となる。お家は取り潰されるだろう。家名を存続させるには恭順しかない。その窮余《きゅうよ》の一策が、定敬は隠居したことにして前藩主の十二歳の息子を新藩主とし、粛々《しゅくしゅく》と恭順の意を示すことだった。

ところがその定敬が抗戦しているというではないか。実際には戦っているわけではないのだが、その場所にいること自体、はたから見れば戦っているのと同じだ。せっかく家名存続を許されそうだったのに、定敬の行動如何《いかん》では藩は再び窮地に陥《おちい》る。孫八郎は定敬を見つけ出して説得すべく、北海道へと向かうことになる。

このときの桑名藩を会社に喩《たと》えるならば、孫八郎は会社と社員を守るために社長を追放した立場だ。社長の留守中にクーデターを起こしたようなもので、封建社会では異例と言っていい。しかしこれは自分が社長にとってかわるとか、定敬が憎いとかではない。家名断絶となれば「桑名藩」という名前が消えるだけではなく、桑名藩士すべてが失業してしまうのである。藩を預かる者として孫八郎は藩士たちを守らねばならない。その上で、定敬が処断されるのであれば自分もそのあとを追うとまで決意する。忠と義の間で奔走する孫八郎。彼は、定敬とはまた別の意味で、この物語で最も辛《つら》い立場にいるのである。

戊辰戦争での定敬を知っている読者にも新たな見方を提供できると書いたのは、ここだ。この孫八郎のパートが並行《へいこう》して描かれることで、物語はより重層的になり、複数の視点から幕末という時代が浮かび上がってくる。

定敬の物語は確かに悲劇的で、彼のパートだけを読めば、定敬は何も悪くないし存分に戦わせてやれよと思う。しかし恭順を決めた藩士たちから見れば、前藩主の行動は迷惑極《きわ》まりない。気持ちは痛いほどわかるが、藩を大事に思うならやめてほしいと願わずにはいられない。誰もが納得する解答は、どこにもないのだ。

守るべきは義が忠か。義とは何なのか。忠とは誰に対してのものなのか。それは立場によって異なる。藩は恭順、藩主は抗戦という極めて稀《まれ》な、歪《いびつ》と言ってもいいその構造から見えてくるのは、明治維新という政治システムの転換の過程そのものが歪であったという事実に他ならない。

定敬と孫八郎、それぞれの思いを汲み取りながら読むことで、本書は幕末の悲劇を炙《あぶ》り出す。と同時に、明治維新とは何だったのか、内戦は誰のためのものだったのか、誰が得をする政治だったのかという重い問いかけが、この物語には含まれているのである。

（文芸評論家）

この作品は、二〇二一年六月にＰＨＰ研究所より刊行された。

著者紹介
奥山景布子（おくやま　きょうこ）
1966年、愛知県生まれ。名古屋大学大学院文学研究科博士課程修了、博士（文学）号取得。
2007年、「平家蟹異聞」（『源平六花撰』所収）でオール讀物新人賞、18年、『葵の残葉』で新田次郎文学賞＆本屋が選ぶ時代小説大賞を受賞。
著書に、『恋衣　とはずがたり』『時平の桜、菅公の梅』『秀吉の能楽師』『圓朝』『小説　真景累ヶ淵』『浄土双六』『やわ肌くらべ』『葵のしずく』『元の黙阿弥』『ワケあり式部とおつかれ道長』などがある。

ＰＨＰ文芸文庫　流転の中将

2024年7月22日　第1版第1刷

著　者　奥　山　景　布　子
発行者　永　田　貴　之
発行所　株式会社ＰＨＰ研究所
東京本部　〒135-8137 江東区豊洲5-6-52
文化事業部　☎03-3520-9620(編集)
普及部　☎03-3520-9630(販売)
京都本部　〒601-8411 京都市南区西九条北ノ内町11
PHP INTERFACE　https://www.php.co.jp/
組　版　朝日メディアインターナショナル株式会社
印刷所　株　式　会　社　光　邦
製本所　株　式　会　社　大　進　堂

　ISBN978-4-569-90412-2